Sarah Chiche est écrivain, psychologue clinicienne et psychanalyste. Elle est l'auteur de deux romans et de trois essais. *Les Enténébrés*, son troisième roman, a reçu le prix de La Closerie des Lilas 2019.

DU MÊME AUTEUR

L'Inachevée
Grasset, 2008

L'Emprise
Grasset, 2010

Personne(s)
d'après Le Livre de l'intranquillité de Fernando Pessoa
Éditions nouvelles Cécile Defaut, 2013

Éthique du mikado
Essai sur le cinéma de Michael Haneke
PUF, 2015

Une histoire érotique de la psychanalyse
De la nourrice de Freud aux amants d'aujourd'hui
Payot, 2018

Sarah Chiche

LES ENTÉNÉBRÉS

ROMAN

Éditions du Seuil

TEXTE INTÉGRAL

Pour la citation en exergue :
Sur le théâtre de marionnettes de Heinrich von Kleist

ISBN 978-2-7578-7865-1
(ISBN 978-2-02-139947-9, 1re publication)

« – Eh bien, mon excellent ami, dit monsieur C., vous êtes désormais en possession de tout ce qui est nécessaire pour me comprendre. Dans le monde organique, nous constatons que plus la réflexion est obscure et faible, plus la grâce qui en surgit est souveraine et rayonnante. Comme l'intersection de deux lignes de part et d'autre d'un même point, après leur traversée dans l'infini, se retrouvent soudain de l'autre côté, ou que l'image d'un miroir concave, après s'être éloignée dans l'infini, revient soudain juste devant nous, il en va de même pour la connaissance qui, après avoir traversé l'infini, retrouve la grâce ; si bien que dans la même structure corporelle, l'homme apparaît le plus pur lorsqu'il n'a aucune conscience ou lorsqu'il a une conscience infinie, c'est-à-dire lorsqu'il est soit pantin, soit dieu.

– Par conséquent, dis-je un peu distrait, nous devrions goûter de nouveau à l'arbre de la connaissance pour retomber dans l'état d'innocence ?

– C'est tout à fait ça, répondit-il ; tel est bien le dernier chapitre de l'histoire du monde. »

HEINRICH VON KLEIST,
Sur le théâtre de marionnettes

I

L'allégorie de la peinture

1

À l'été 2010, un anticyclone d'une ampleur anormale s'installa au-dessus de la Russie ; il s'étendit vers l'est, sur des milliers de kilomètres, paralysant la circulation atmosphérique depuis Moscou jusqu'à l'Oural et au Kazakhstan. Venue de Turquie et du Moyen-Orient et remontant au même moment vers le nord, une masse d'air torride fit alors déferler une vague de chaleur exceptionnelle, la plus forte – dirent après coup certains experts – depuis mille ans. Des bouleaux et des mélèzes plusieurs fois centenaires se mirent à flamber comme de l'étoupe sous la flamme du briquet. L'azur du ciel se drapa de gris. Moscou fut recouvert d'une épaisse fumée sombre de cendres, étouffante, qu'aucun souffle ne dissipait plus et qui stagna un nombre interminable de semaines. Des particules fines produites par la combustion des arbres polluèrent les terres noires, grasses et fertiles d'Ukraine, au moment de la récolte des céréales. Les sols, sous la brûlure, se crevassèrent. Le maïs prit feu à son tour. Les tournesols se fanèrent. Les marchés agricoles s'affolèrent face à cette calamité extraordinaire ; en peu de jours, la valeur du quintal de blé fut multipliée par trois. Il fut décidé d'un embargo sur les exportations de blé russe. Mais la sécheresse gagna bientôt la Chine – d'autres évoqueraient, plus tard, des températures anormalement hautes au Canada, d'autres encore diraient que tout avait peut-être aussi commencé en Australie. Malgré les gouvernements, les cours explosèrent partout. Le prix du pain monta en flèche. Le tourbillon cendreux s'étendait toujours. Affamée, une foule immense, que nul ne pouvait compter, quitta, sous un soleil noir comme un sac de crin, les campagnes d'Égypte, de Tunisie, du Maroc, de Jordanie, du Yémen et de Syrie, pour gagner les villes. Des enfants déscolarisés, faméliques, erraient dans les rues. Les fragiles économies du Croissant fertile et du Maghreb commencèrent à se disloquer. Une multitude de jeunes gens se retrouvèrent sans emploi. Et puis, humilié par la police, un jeune vendeur ambulant de fruits et légumes, à qui l'on refusait, faute de bakchich, un quelconque permis, s'aspergea d'essence, craqua une allumette et s'immola devant la préfecture. Métamorphosé en esprit vengeur, le vent souffla alors plus fort, plus rageusement. La vague de contestation partie de la région agricole de Sidi Bouzid gagna Kasserine, s'abattit sur les villes de l'Atlas, enfla dans Tunis – le président Zine el-Abidine Ben Ali s'enfuit –, elle déferla sur le Caire – emportant le président Moubarak –, Marrakech, Casablanca, Alger, Manama, Mossoul, Bagdad et Ramallah, puis le Yémen – incapable de mater les troubles, le président Saleh quitta le pays –, suscita au passage une rébellion touarègue contre le Mali, avant que les émeutes de la faim et de la misère ne finissent écrasées dans le sang en Syrie par le gouvernement de Bachar al-Assad. L'obscurité s'épaissit une ultime fois. Et le ciel se retira comme un livre qu'on roule. Des navires de guerre russes firent mouvement près des côtes de Tartous et Lattaquié. Le sang coula, encore, dans les rues d'Alep devenues ruines. L'esclavage, la mendicité, les mariages forcés par le désespoir et le cynisme augmentèrent dans des proportions abominables. Épouvantés, des centaines de milliers de Syriens se mirent en route, vers la Turquie, le Liban, la Jordanie, l'Irak, l'Égypte, l'Autriche, l'Allemagne, la France ou l'Angleterre, grossissant le flot des migrants d'Irak, d'Afghanistan, du Mali ou du Soudan. Des rafiots bondés avec, à leur bord, des enfants, des femmes et des hommes qui avaient été torturés, violés, spoliés, persécutés de toutes sortes de façons, ou qui avaient dû, pour se défendre, tuer à leur tour, surgirent, au large de la Grèce, de toutes parts, nuit après nuit, glissant lentement sur les eaux couleur d'ébène. Et la mer devint leur tombeau. Des bateaux chavirèrent. Des femmes jetèrent leurs enfants malades par-dessus bord pour ne pas contaminer le reste de l'équipage – peut-être pour n'être pas elles-mêmes poussées par-dessus bord. Des pêcheurs remontèrent dans leurs filets des corps par centaines. Certains les ramenaient à terre. D'autres, épouvantés, les rejetaient dans l'ourlet des vagues sans lune. Mais d'autres cadavres éventrés, rongés, déchiquetés, finirent par s'échouer sur les rivages. On les enterra à la hâte, dans des sépultures nues. Il se disait dans les îles que bientôt, sur terre, on ne trouverait plus de place – ni pour les accueillir, ni pour les inhumer. Le vent du diable souffla de plus belle. D'Afghanistan, d'Iran, d'Irak, d'Érythrée, du Soudan, du Kurdistan, du Darfour, une écume bouillonnante et informe de fuyards se massa, dans les environs de Calais, dans une jungle de cabanes et de tentes, dans l'espoir halluciné de pouvoir, un jour, gagner l'Angleterre. On posa à l'entrée du tunnel sous la Manche des rouleaux de fil de fer barbelé et de hautes clôtures, dont on inonda les abords, pour qu'ils s'y noient. On découvrit, en bordure d'une autoroute autrichienne, au niveau de la ville de Parndorf, dans un camion frigorifique immatriculé en Hongrie, mais au nom d'une entreprise de volaille slovaque, soixante et onze corps de réfugiés empilés, dont certains dans un état de décomposition avancée. Des liquides pestilentiels sortaient de la remorque. Un côté du véhicule avait été enfoncé de l'intérieur. Les victimes enfermées avaient tenté de s'échapper en poussant les tôles – en vain. La photo d'un cadavre d'enfant échoué sur une plage turque fit le tour de la planète. Le père de l'enfant appela le monde à ouvrir ses portes. L'Autriche et l'Allemagne, dans un de ces moments fugitifs où la tempête trompe le marin par une accalmie, ouvrirent leurs frontières. Mais on prétendit bien vite qu'il s'agissait de la part du père de l'enfant d'une mise en scène macabre. On l'accusa de ne lui avoir pas passé de gilet de sauvetage. On raconta qu'il voulait se rendre en Europe pour se refaire les dents et qu'il avait lui-même organisé la traversée qui avait tourné au drame. Autrement dit, et si l'on ne craint pas de recourir à une formule peu optimiste, mais parfaitement exacte : ce 28 septembre 2015 était une nuit affreuse. La gare centrale de Vienne, où je me trouvais cette nuit-là, cette gare n'était plus une gare. C'était le ventre débondé, crevé, excrémentiel de la route des

Balkans, recrachant sans cesse, sur ces quais balayés par le vent, des milliers de gens qui descendaient des trains et titubaient hagards, tels des automates, leurs enfants dans les bras, sous les applaudissements des Viennois venus les accueillir, leur porter à manger dans des cantines de métal, ou des plats enveloppés dans du papier d'aluminium, leur distribuer des vêtements, des brosses à dents et des couvertures. Leur bonté, comme l'éclaircie dans l'orage, comme un souffle frais et paradoxal dans le brasier qui s'écroule sur lui-même, ne dura qu'un temps.

2

L'air de la reine de la nuit s'échappe un instant encore de la boîte à musique dont je tourne la manivelle, puis que je repose, dans ce magasin de jouets, d'où je sors, les poings dans les poches. Je traverse une allée de fast-foods et de boutiques de vêtements. Je pousse une porte à battants. Je longe l'aile est, deux étages sous les trains. Je pousse une nouvelle porte. Ils sont là, légion sur des matelas de fortune, à faire la queue devant d'immenses marmites de soupe, essayant de joindre par téléphone leur famille, emmitouflés dans des sacs de couchage, blottis, les uns contre les autres, sous des couvertures, des manteaux, parfois empaquetés dans de simples serviettes éponge, les hommes réchauffant les femmes qui réchauffent les enfants qui serrent tout contre eux des doudous qu'on leur a distribués. Dans cette Babel fracassée, certains sont en transit, le temps de trouver un train pour l'Allemagne. D'autres n'ont plus la force d'aller plus loin. Ce que je vois dans tous ces regards, je ne l'avais jamais vu nulle part. L'homme face à qui je m'assieds, par terre, a une cinquantaine d'années. Il est vêtu d'un cachemire gris râpé. Avant, il était architecte. Il me dit en anglais

Je sais que je suis arrivé sur une île grecque, que de là j'ai gagné Athènes, puis que d'Athènes j'ai marché jusqu'en Macédoine, qu'on était des centaines à suivre les voies de chemins de fer, et tandis que cet homme parle, les rafales de vent qui traversent la gare, les vents qui la traversaient, avant nous, et la traverseront encore, quand plus personne ne se souviendra de nos noms, font siffler à mes oreilles la voix de ma mère racontant *Tout ce que je sais c'est qu'ils étaient des milliers, sur les routes, y en avait qui mouraient, au fur et à mesure des jours, ils tombaient, paf, à côté de lui, tout d'un coup, comme ça, lui, il pouvait pas les ramasser, il fallait pas s'arrêter, si tu t'arrêtes tu es mort, alors il a continué à marcher*, et ma mère encore, hurlant, plus fort que le vent, dans cette gare *Je vais te démolir*, et sa voix me flagelle et je tombe, inerte, sur le carrelage laiteux et détrempé d'une salle de bains d'enfance, et à nouveau ce réfugié m'explique J'ai marché jusqu'à Belgrade, ensuite je suis arrivé en Hongrie, de là j'ai pris un train, pour Vienne, et je suis arrivé ici. Je sais tout ça parce que d'autres qui étaient avec moi et qui sont assis là, plus loin, sur le grand tapis, me l'ont dit, et qu'ils m'ont dit que c'est ce que j'avais fait aussi, demandez-leur, me dit-il en désignant un groupe de Syriens assis en face de lui, mais moi, je ne me souviens pas de tous les endroits par où je suis passé, je ne me souviens que de la faim, alors ma mère toujours *Mon père crevait de faim, mais quand tu traverses ça, tu n'as pas le choix, tu avances, tu avances, tu te poses pas de questions, tu avances, alors il a continué à avancer, comme ça, pendant des jours et des jours, et pour tenir le coup, il a mangé des chiens et des chats*, puis cet homme à nouveau Ça brûle tout, la faim, c'est comme un grand feu, il n'y a plus de place pour le reste. Tout se tait. Soudain, un petit garçon, juché sur un camion en plastique, s'arrête à ma hauteur. Un autre, perché sur une trottinette, le rejoint. Puis un autre, encore. Et un quatrième. Tous regardent par-dessus mon épaule, les yeux brillants. Je me retourne. D'abord je ne vois qu'un attroupement, des Afghans en cercle en train de cirer leurs chaussures consciencieusement. Et, derrière eux, un mur sur lequel des jeunes gens punaisent des portraits où l'on peut lire une inscription en anglais : *Missing persons*. Brusquement, un colosse roux d'un mètre quatre-vingts, coiffé d'un serre-tête en peluche rose en forme d'oreilles de lapin, une marionnette tout aussi rose mais à la crinière orange à la main, fend la foule. C'est une nuée de tout-petits et de mamans portant leur enfant dans les bras qui convergent vers lui, yeux exorbités, bouche bée. Ils palpent le crin des cheveux de la marionnette. Ils s'extasient devant les oreilles en peluche rose du serre-tête. Et moi, je me mets à toucher ses oreilles aussi. Johannes est psychologue. Il me désigne un groupe de jeunes qui le dévisagent avec mépris en chuchotant.

Certains me trouvent tout à fait stupide, dit-il. Ils pensent que je ne suis pas un homme. Juste une lavette, un abruti, et ça me va très bien. Au moins, ça provoque un peu quelque chose. Quand on est traumatisé, vous savez, on a des images obsédantes, elles tournent en boucle dans la tête.

Mains tendues, son bébé accroché sur le dos, une femme s'avance vers nous, fait quelques pas encore, puis, tout à coup, porte la main à sa poitrine. Elle tousse, respire bruyamment, avec difficulté, se plie en deux, tousse encore, de plus en plus. On se précipite. On prend le bébé dans les bras. Des gens crient. C'est du farsi. Des bénévoles accourent. On la transporte en fauteuil roulant. La femme suffoque, son visage devient bleu. Son bébé hurle. Avant même que le diagnostic tombe, je comprends. Crise d'asthme. Il faut aller très vite. On l'assied. On lui fait inhaler plusieurs aérosols successifs. Aucun n'a l'air de faire effet. L'interprète ne la quitte pas. Il lui tient la main, la rassure. Au bout d'une dizaine de minutes, sa respiration se fait enfin plus calme. On repose son enfant contre son sein. Je pense à la façon indigne dont, chez moi, on a traité les réfugiés : comme des chiens. À ces enfants qui ont vu leur mère violentée sous leurs yeux.

Les mamans réfugiées, continue Johannes, culpabilisent souvent beaucoup de ne plus réussir à être la maman qu'elles étaient avant. Ça laisse des traces dans leur corps.

Plus tard, je lirai quelque part que les hommes, eux, meurent du cœur. C'est bien plus que de mourir d'une maladie cardiaque, c'est la vie qui, tout d'un coup, on ne peut pas le dire autrement, les déserte. La pensée se gèle. Le corps cesse de fonctionner. Le cœur de battre. Je pense à ces enfants, en Suède, ces centaines d'enfants réfugiés – beaucoup sont roms ou ouïgours – tombés dans le coma après avoir appris que la demande d'asile de leur famille avait été refusée par les autorités. Ils n'ont aucune maladie physique ou neurologique. Du jour où ils apprennent la nouvelle, ils arrêtent de parler, de s'alimenter et de bouger.

Ils se couchent, se roulent en boule, les poings devant les yeux, et tombent, effrayés à mort, dans un sommeil dont rien ne peut les tirer.

Il est 6 heures du matin quand je sors. Ma chemise est moite. Je passe un doigt sous mon aisselle. Je pue. Je devrais dormir. Je ne veux pas rentrer. Je marche. Longtemps, je ne croise que des ombres ou mes pensées. Vienne somnole encore dans une aube mauvaise. Je prends le tramway jusqu'au centre-ville. À un feu rouge, j'aperçois, dans une boutique d'Innere Stadt, à côté de l'Opéra, des flacons de « Johann Strauss pour homme » sur des étagères, coincés entre des mugs Klimt et des statuettes peintes de Mozart. Paul aurait ri. Je repense à la dispute épouvantable que nous avons eue avant mon départ. Au visage de Paul se superpose celui d'un Algérien rencontré sur les marches de la Maison des réfugiés à Paris. Il n'avait plus donné de nouvelles à sa mère depuis cinq mois. Il avait trop honte de lui avouer qu'il avait atterri là. Cinq jours avant que j'arrive (non pas pour apporter mon aide ni même pour observer et décrire pour un journal, mais pour une tout autre raison, ou plutôt du fait d'une espèce de volonté ombreuse, impalpable, modelée par les nuits d'enfance puis par toutes celles qui viendraient), il avait essayé de se tuer en se jetant du toit. Trois de ses camarades avaient dû y grimper pour l'en dissuader. Les mots avaient mis du temps à venir. Il avait d'abord beaucoup fumé. Il avait ensuite parlé de la couleur de mes yeux, puis de la nourriture, du fait qu'il n'y avait que quatre douches pour tout ce monde – ils étaient environ un millier à squatter dans ce lycée désaffecté du 19ᵉ arrondissement. Il m'avait dit Tu sais, j'ai fait une bêtise. Je l'ai faite, parce que, en tant que Maghrébin, ici je suis moins bien traité qu'un Afghan, par exemple. Les Afghans, c'est déjà des chiens pour les Français. Alors, tu vois, je suis le chien des chiens. Et puis il avait levé la tête vers le toit et m'avait dit en riant, désignant du menton les marches d'escalier, C'est drôle, la psy, je te parle assis exactement là où j'aurais dû tomber si j'avais réussi mon coup.

Les maisons d'Operngasse trépident au passage du soleil sur leurs façades. Elles s'habillent de rose, puis de jaune. Puis les lumières s'allument aux fenêtres. Puis une foule compacte se dirige vers les bouches de métro. Le tram se remplit de gens fixant leur téléphone, le visage absent. Le soleil s'étire sur les joues duveteuses de la vieille femme dont le sac me frôle quand elle s'assied, dans le sens inverse de la marche. Son sourire est triste et gentil. Je sais bien que, moi aussi, je dois avoir cette tête-là. Le médaillon en or rose serti de perles fines qu'elle porte autour de son cou flétri, la mèche de cheveux ou la photographie qu'il contient me font fuir aux confins du rêve et de l'oubli. Je descends. Je m'arrête au café Landtmann. Je confie mon imperméable au vestiaire. Je me blottis sur une banquette. Je commande un double expresso. Je pose ma tête sur mes bras croisés. Je me laisse bercer par les flots d'une langue interdite dans ma famille et dont je ne comprends pas un mot. L'écran de mon portable s'allume. Ça n'est pas Paul. Ça n'est jamais Paul. Pourquoi ? Je voudrais qu'il m'aime. Je voudrais qu'il me comprenne. Je repose ma tête sur mes bras.

Je ne suis ni réveillée ni endormie. Je renonce à être l'un ou l'autre pour aujourd'hui. Par la baie vitrée, j'aperçois, au loin, une coupole baroque surmontée d'une statue, encadrée de deux tourelles. Je sors mon guide. Je regarde le plan. Je comprends que le musée qui abrite tous les tableaux qu'aimait mon père, et que j'avais plutôt prévu de visiter cet après-midi, se trouve de l'autre côté du jardin. Je souris. Je me tiens là, dans le silence qu'il y a entre les mots, assise à côté du corps de quelqu'un qui continue de mener toutes les apparences d'une vie réelle, qui n'a pas particulièrement de sympathie pour moi, et qui, vraisemblablement, porte mon nom.

3

Les chasseurs rentrent bredouilles, escortés par une meute de chiens. Les fleurs sont mortes. Le gazon est blême. Les fenêtres blafardes. Les flocons glacés ont recouvert les plaines, le clocher des églises, les haies, le pont sur lequel passe cette femme un fagot sur le dos, et le toit de l'auberge devant laquelle une enfant regarde ses parents roussir le poil d'un cochon. Je recule, puis je m'approche, le plus près possible, pour mieux voir chaque détail du tableau. Mon regard s'attarde sur l'enfant vêtue de noir, le nom de l'auberge – « In den Hert » –, part, très loin, jusqu'à la ville du bord de mer, se perd dans la plaine, contourne le château fort, les haies, les arbres, revient sur les champs, les canaux, les rivières, la femme près du moulin, la fumée qui sort de la maison, et je ressens soudain l'envie immobile et urgente de devenir l'un de ces minuscules personnages réduits à un fourmillement qui glissent sur les plaques de glace gris-vert et jouent avec des toupies à l'arrière-plan.

– Un pas de plus, et vous le léchez.

Je sursaute. D'abord, je ne vois personne. L'homme qui vient de parler, et dont je n'avais d'abord pas remarqué la présence, est assis à l'écart, sur une banquette grise, la cheville droite posée sur le genou gauche, le menton dans une main. C'est un homme très grand, très mince, aux yeux pâles, au visage en lame de couteau auréolé de cheveux blancs. Il est vêtu d'une chemise et d'un pantalon noirs, tout semblables aux miens. Nous échangeons un long regard.

– Je vous reconnais, dit-il dans un français parfait avec une pointe d'accent qui me fait comprendre qu'il est germanophone. Vous êtes la femme qui, hier après-midi, dans le Volksgarten, s'est jetée sur un homme qui venait de gifler un enfant.

Je ne réponds rien. Il n'y a plus que du blanc, tout est blanc, sauf ma mère hurlante, de la boue jusqu'aux genoux dans un champ non loin de Compiègne. Je détourne la tête, je fouille dans mon sac, je sors mon téléphone portable. Il se lève. Je sais pourtant qu'il me suit. Je quitte la salle. Je fais mine de consulter des messages. Quand je relève la tête, il a disparu. J'ai dû le rêver, sans doute n'existe-t-il pas plus que moi. Je continue à marcher. J'ai trouvé l'œuvre que je cherchais. Derrière un lourd rideau de tapisserie, dans une pièce dallée de noir et blanc et baignée de lumière, une jeune fille, qui semble pétrifiée pour l'éternité, tenant une trompette et un livre, une couronne de laurier bleu sur la tête, regarde distraitement vers une table sur laquelle sont disposés un masque de plâtre sans yeux et un livre ouvert qui ressemble à une partition de musique tandis qu'assis de dos, au premier plan, un peintre, vêtu d'un costume comme on en portait plus d'un siècle avant l'exécution de ce tableau, s'est figé, le pinceau à la main, avec moi. Je n'imaginais pas ce Vermeer si petit.

J'entends des pas derrière moi. Je vois, dans le reflet de l'écran noir du téléphone, la longue silhouette de l'homme s'avancer. Je m'arrête. Je me retourne.

– Je suis fatiguée. Laissez-moi.

Il me dévisage un instant, un peu étonné, puis :

– Ce que vous avez fait hier pour cet enfant, je l'ai fait il y a des années, dans un train, vous n'étiez sans doute pas née.

Je lève les yeux et l'écoute continuer son récit d'une voix lente, caverneuse et profonde comme le sommeil :

– Je me rendais à Berlin-Ouest. C'était dans les années 1960. La Fraction Armée rouge venait d'attaquer trois banques, dans le train que je prenais la police s'est mise à contrôler tout le monde. Je fumais une cigarette à la fenêtre dans le couloir. Je n'avais pas mon passeport sur moi. Quand je suis retourné le chercher, j'ai vu, dans un compartiment, une femme donner un coup de pied à sa fille, une petite fille, dix ans à peine. J'ai tout de suite reconnu cette femme. C'était un professeur de piano réputé, ici, à Vienne. J'ai ouvert la porte du compartiment. Et je me suis jeté sur elle en hurlant. Je lui ai dit que je me ferais un plaisir de rapporter dans tout Vienne ce qu'elle avait fait. Je n'ai jamais oublié les yeux brûlants de son enfant qui me regardait, ni le visage empourpré de cette femme. Elle avait honte. Et cette honte était encore plus obscène que sa violence, vous savez pourquoi ?

Juste à ce moment, un gardien apparaît dans la salle, balaie la pièce du regard, puis la traverse sans même nous regarder, ou plutôt comme si nous n'étions pas réellement là. Je regarde l'homme, un peu perplexe. J'éprouve soudain je ne sais quelle envie de connaître la suite. Mais je lui dis simplement, d'un ton un peu désagréable :

– Et pourquoi donc ?

Son regard se porte sur le Vermeer.

– J'observais cette femme dans le train tandis qu'elle bredouillait des excuses, et j'ai su que c'était pour cette raison-là, non pas par amour mais par amour-propre, par peur de perdre sa réputation, qu'elle ne recommencerait pas.

Je me tourne à demi vers la fenêtre. De l'autre côté du parc, la lumière poudre d'or les toits du Musée d'histoire naturelle et les roses du parc. J'ai envie de lui dire Ils recommencent toujours, vous savez. Je ne le dis pas. Je m'assieds. L'homme fait quelques pas dans la pièce, pivote sur lui-même, marque un temps d'arrêt, plisse les yeux, s'assied à côté de moi. Nous nous tenons côte à côte dans le silence. Au bout d'un temps, j'entends :

– Je ne voulais pas vous déranger.

Je secoue la tête.

– Vous ne me dérangez pas. Je suis fatiguée.

Le soleil est déjà haut dans le ciel. Je regarde ma montre. Je comprends que j'ai passé plusieurs heures ici sans m'en rendre compte. Je suis maintenant coutumière de ces moments où je cesse d'être quelque chose ou quelqu'un. La première fois, j'avais dix ans, je visitais les châteaux de la Loire avec ma mère. Tout à coup, tout ce qui nous entourait devint un rêve rêvé par d'autres auxquels j'avais rêvé mais qui étaient morts. La réalité de mes mains, du visage de ma mère, comme des tours, des fontaines et des jardins qui nous entouraient, avait une consistance à laquelle je ne pouvais plus croire. Les mots n'étaient d'aucun secours.

Je tombais dans un puits sans parois. Cela se répéta. Une fois, pendant deux ans et demi. Ce fut un grand malheur. Puis j'appris à ne plus en faire une maladie. Je date même de ce moment l'émergence, en moi, d'une très bizarre car très étendue capacité à entendre les angoisses et la tristesse des autres. J'en fis une chance et un métier. Aujourd'hui encore, je ne peux considérer sans sarcasme ma faculté à déserter ce corps qui est le mien – même si je sais que, domptée, cette même faculté qui va jusqu'à l'inertie semble présenter quelques avantages, qu'on l'appelle « douceur », « flegme » ou « altruisme » (il n'y a probablement que pour moi que ces trois choses se ressemblent tant). La plupart de mes patients ne lisent pas mes livres. Quand cela arrive, ce qu'ils en disent n'est qu'une manière de parler d'eux. Dans leur tableau, je n'ai pas plus de consistance qu'un point de fuite vers lequel ils regardent parfois pour se saisir des images qui les concernent. Le reste n'a aucune importance.

À nouveau, levant la tête, je croise le regard scrutateur de l'homme. Je commence à lui expliquer que je suis écrivain et psychologue, que je suis ici pour faire plusieurs reportages, dont un sur la prise en charge des réfugiés, et que, de ce fait, j'ai passé toute la nuit dans la gare de Hauptbahnhof, et pas dormi. Je lui raconte que c'est dans cette gare-là que je me rendais, hier, quand j'ai été arrêtée, dans le parc, par les cris de cet enfant giflé par son père. Il sourit.

– Voulez-vous un café ?

– Je veux bien, oui.

4

Nous sommes assis l'un en face de l'autre, au premier étage du musée, dans une grande salle sous coupole aux murs ornés de boiseries, à une table ronde recouverte d'une nappe blanche. De la fenêtre, bordée de lourdes tentures rouges, on a vue sur tout le parc. Le jardin est vide. Les escaliers, l'herbe et les statues trempés de pluie scintillent. Le sol est semé de flaques. Le ciel s'y reflète. Autour de nous, des gens, attablés devant des pâtisseries, des chocolats chauds ou des *Kaisersemmel*, ces petites boules de pain dont la mie, onctueuse, presque nuageuse, fond si bien dans la bouche, parlent avec des voix douces et basses, lisent, ou consultent leur téléphone. De temps à autre, un groupe de visiteurs se lève, un autre arrive. Tout est calme. L'homme retrousse les manches de sa chemise. Ses bras, maigres, sont très bronzés. Il est singulièrement beau. J'observe à la dérobée son corps qu'il habite avec un détachement aristocratique et une élégance étrange, comme s'il était, à tout moment, prêt à quitter le monde, et ses pupilles qui flottent dans le feu pâle de ses yeux. J'ai déjà vu ce regard-là. Mais où ? Je ne m'en souviens pas. Il sort un mouchoir de sa poche, ôte ses lunettes, les essuie, les remet, replie le mouchoir, le range, commande avec un entrain soudain au serveur une quantité énorme de gâteaux, sans rien me demander, d'ailleurs. Le ciel s'obscurcit. Des lumières s'allument dans la cafétéria. Puis finalement, pour parler de quelque chose, je dis :

– Depuis mon arrivée ici, dans votre pays dont je ne connaissais rien, j'assiste à des choses folles : je suis allée au musée Freud, c'était très surprenant, ces pièces totalement vides, la volonté de la directrice du musée de ne pas installer une réplique du divan, j'ignorais qu'au moment de l'Anschluss, Freud et sa famille, quand ils avaient fui, avaient emporté la plupart de leurs meubles à Londres et que ce qui restait avait été pillé… La même journée, j'ai interviewé un psychanalyste viennois, qui m'a dit, les yeux dans les yeux, que je me trompais lourdement et que, non, il n'y avait jamais eu de vague de suicides chez les jeunes Autrichiens, après la guerre, entre les années 1950 et les années 1970, alors que tout cela est parfaitement documenté, et maintenant, ici, dans ce musée, ce Vermeer, exposé fièrement, sans mention aucune qu'il était l'un des tableaux que préférait Adolf Hitler, et qu'il l'avait confisqué.

Il hausse les épaules.

– Vous avez raison. Tout ça est plus que honteux. Mais ne soyez pas hypocrite. Vous croyez, en France, qu'avec la guerre d'Algérie vous avez fait mieux ?

Il attrape sa fourchette à gâteau, découpe un petit morceau de *Linzer Torte*, puis me tend son assiette avec un sourire froid.

– Non, merci, lui dis-je, ça a l'air très bon, mais je n'ai pas faim.

Puis je reprends :

– Vous ne pouvez pas comparer la guerre d'Algérie et la question du racisme en France avec… Non, merci, jamais de sucre dans le café. Oui, un peu de lait, volontiers. Vous ne pouvez pas comparer la situation de la France avec…

– Vous devez au moins une fois goûter les pâtisseries qu'on fait à Vienne, ce sont les meilleures du monde, insiste-t-il avec un peu d'ironie.

– En réalité, je ne suis pas très sucré, je préfère le salé ; par exemple, vous avez cette espèce d'escalope panée fine que j'ai mangée avant-hier, dans un restaurant sur Rennweg, juste à côté du Belvédère.

– Le *Wiener Schnitzel* ?

– Oui, c'est ça, le *Wiener Schnitzel*, ça, ça me plaît vraiment, où en étais-je ?

Il mange la moitié de sa tarte, regarde son assiette, fait une grimace, la déplace de côté, comme pour la chasser de son esprit. Je comprends que la conversation risque de tourner court si je ne change pas immédiatement de sujet. Je lui demande ce qu'il fait dans la vie. Il me dit qu'il est musicien. Je lui demande son nom et lui donne le mien. Il s'appelle Richard K. Je sens mon visage se couvrir de rouge.

– Pardonnez-moi, je suis désolée de ne pas vous avoir reconnu. Ses sourcils drus se soulèvent. Il a tout à coup l'air très content.

Il dit qu'à Vienne tout le monde le reconnaît, au café Landtmann, au supermarché Billa, dans le parc Sigmund Freud, à l'arrêt du tram, on vient toujours le voir pour lui demander ce qu'il a pensé de tel ou tel concert, ou de telle ou telle interprétation, ça le dégoûte toujours un peu, c'est donc bien, vraiment bien que je ne l'aie pas reconnu. Puis, après un long silence, C'est peut-être aussi parce que j'ai vieilli.

Avant que je lui réponde que non, que c'est tout simplement parce que mes connaissances en musique sont quasi nulles, il se met à parler du vieillissement, du problème que c'est pour lui d'entendre de moins en moins bien. Il se demande s'il va finir complètement sourd. Il dit que c'est de pire en pire. Mais il n'y a pas que ça, la mémoire aussi lui fait défaut. Il oublie les noms des gens qu'il a croisés, des livres qu'il a lus et pourtant aimés. Cela arrive avec l'âge, dit-il, d'abord sans qu'on le remarque, les choses se ternissent et s'éteignent, tout doucement. Les sensations s'assèchent. La vie s'aplatit. Le monde se rétrécit et devient plus silencieux. La plus petite phrase musicale a la signification de tout un acte.

J'hésite un instant, puis je lui dis que je crois que ça n'a rien à voir avec l'âge.

Le flux de la foule qui coule le long de la Ringstrasse puis se déverse dans le quartier des musées devient plus lointain. Le bruit des conversations autour de nous m'apparaît de plus en plus tamisé. Les visages des autres s'effacent. Je me sens profondément heureuse et profondément triste.

Il y a une scène, avant celle-là, dont je ne parle pas. C'est il y a sept ans, à Paris. Je suis couchée dans la baignoire vide de la salle de bains, du sang entre les jambes. Je fais une fausse couche. Dans la pièce d'à côté, Paul reçoit un patient. Le matin, on m'a annoncé que c'était fini. Je me suis cramponnée à l'espoir qu'à l'hôpital on se trompait. On peut se tromper, même si je saigne, ça arrive à tout le monde de se tromper, sur l'écran on vient de voir quelque chose, me semble-t-il. Ne venait-on pas de voir quelque chose ? C'est fini, madame. Le cœur ne bat plus. Non, on ne peut plus rien faire. Il n'y a rien à sauver. Rhabillez-vous. Vous allez rentrer chez vous. Vous allez avoir des contractions. Vous allez l'expulser. Paul me raccompagne à la maison. Il entame son après-midi de consultations. Je m'allonge. Le sang coule. De plus en plus fort. La douleur monte. Le jour tombe. La douleur, atroce, me poignarde le ventre puis le dos, comme si mes os étaient comprimés dans un étau. Je me précipite dans la salle de bains, pliée en deux. Je saisis une serviette. Je mords dedans pour ne pas hurler. Je colle mon front contre l'émail froid de la baignoire. J'attrape le petit sac luisant qui vient de tomber de mon ventre. Je crois deviner l'esquisse d'une tête, la forme d'une main. Je le tiens serré contre moi. Longtemps. Je le remercie pour les six semaines passées ensemble où j'ai cru de toutes mes forces à la possibilité de son sourire. Mais cette chanson que je lui ai chantée avant de tirer la chasse d'eau, aujourd'hui encore je ne peux plus l'entendre, car malgré la merveilleuse petite fille qui est arrivée plus tard, il n'y aura jamais de mots pour dire cette horreur-là. Deux heures après, Paul me trouve dans le salon. Il parle en savant : La nature a fait son travail, il s'agissait sans doute d'une grave anomalie chromosomique, c'est souvent le cas avec ce genre de fausse couche. Il dit À six semaines de grossesse c'était pas un vrai bébé, c'était rien, ça n'existait pas, tu n'as rien fait de mal, ça arrive à une femme sur quatre, tu sais, c'est très banal. Il dit Ça va aller. Il dit Nous en aurons d'autres. Je ne pleure pas. Je ne crie pas. Un instant encore l'image de l'enfant, sautant dans les flaques, sa main dans la mienne, flotte devant mes yeux comme flotte le visage que je lui avais rêvé. Je m'accroche à Paul. Je m'enroule dans la peau de mon ventre vide. Je tombe dans le néant de moi-même. Je ne rêve plus. Je ne parle plus. Je reste couchée. Je repense à l'effondrement que j'ai subi, des années avant. Je ne veux pas que ça recommence. Il faut se lever. Il faut vivre. Il faut continuer. *Tu avances, tu avances, tu penses à rien d'autre, juste ça, tu avances.*

Un soir, nous devons aller à un concert consacré à Schumann. C'est prévu de longue date pour mon anniversaire. Nous avons acheté les places très cher. Paul voue un culte à Barenboim dont il m'a appris à connaître toutes les subtilités de la direction d'orchestre et du jeu pianistique. Nous décidons de ne pas annuler. Je suis très anémiée. Je perds toujours beaucoup de sang. Je dois me changer toutes les heures. Paul m'aide à m'habiller. Je lève vers le miroir une tête craintive. Je suis livide, effrayante. Je patauge dans ma robe noire. Je me déplace lentement. Chaque pas me coûte un effort infini. Je sais que l'orchestre joue. Je sais que Barenboim a joué la *Sonate pour piano n° 1* de Schumann. Je sais qu'un violoncelliste, un violon, et d'autres instrumentistes peut-être ont joué, avec Barenboim, un autre morceau, que je ne connais pas. Je sais qu'il y a de la musique. Je sais que Paul est heureux. Mais tout me parvient de très loin, en sourdine, comme si j'étais couchée sous la glace d'un lac gelé. À l'entracte, je n'ai pas la force de me lever. Mes pieds me brûlent. Je reste enfoncée dans mon fauteuil. J'ouvre mon sac. J'en sors deux mouchoirs en papier que je glisse sous ma robe. Paul revient avec, dans les mains, un café que je bois à grand-peine. Il passe son bras autour de mon épaule. Je froisse le gobelet vide dans mes mains et le cache dans mon sac. Le concert recommence. Au bout d'un temps, un homme, très grand et tout de noir vêtu, entre en scène, un violoncelle à la main, et se dirige vers une chaise, à grandes enjambées, comme porté par les fils d'un marionnettiste caché dans les cintres imaginaires d'une salle Gaveau fantastique et mystérieuse. Chuchotements et bavardages tombent soudain. Les applaudissements crépitent. Paul m'explique, sans tourner sa tête vers moi – ou l'explique-t-il à tout le monde ? –, que Richard K. a manifesté, dès ses quatre ans, d'étonnantes dispositions pour le violoncelle. Au départ, on l'avait initié au violon, parce que sa tante, qu'il aimait beaucoup, en jouait déjà. Il n'était pas particulièrement doué. Mais un jour, au conservatoire, il voit une contrebasse grosse huit fois comme lui. Le petit garçon dit à sa mère C'est ça que je veux. On l'emmène chez un luthier, lequel prend un alto, auquel il fixe une pique escamotable. L'enfant s'y essaie avec ferveur. Suffisamment grand, il passe ensuite au violoncelle, armé d'une technique surnaturelle. Très vite, ses interprétations soufflent la critique par leur sobriété radicale.

L'homme en noir, l'ex-enfant prodige, se tient donc là, tête penchée. Ses mains, tels des gants de peau vide, sont comme accrochées à la touche de l'instrument. Le reste de son corps semble tout à fait inerte. Il annonce d'une voix creuse que ce qu'il va jouer n'est pas au programme, et qu'il s'arrêtera là pour ce soir. La salle, un peu surprise, se raidit. Devant nous, un homme murmure C'est toujours comme ça avec K., il n'en fait qu'à sa tête. Aux premiers accords des instruments à vent, Paul me chuchote à l'oreille C'est absurde, il y a un orchestre, ça ne peut pas ne pas avoir été mis au programme. C'est le *Concerto en* la *mineur* !

Quand il l'écrit, apprendrai-je plus tard, Schumann est assailli par d'atroces hallucinations auditives. La note *la* lui perce le crâne. Les médecins l'obligent à garder la chambre. Mais son éditeur vient tout juste de lui envoyer les épreuves de la partition. Il se relève et les corrige. Il y a caché les trois lettres musicables du prénom de l'amour de sa vie, Clara : les deux A, qui, dans le système de notation germanique, correspondent à la note *la*, et le C, ou *do*. Des anges et le diable tournent autour de lui. Au matin, une accalmie, durant laquelle il recouvre fugitivement sa lucidité, lui révèle que ce qu'il a craint toute sa vie est tout simplement ce qu'il est en train de vivre : il devient fou. Dans un ultime effort, il se jette sur les épreuves des feuilles qu'il lui reste à relire. Il ne dort plus. Il envoie ses corrections à son éditeur puis, six jours plus tard, il quitte sa maison en peignoir et pantoufles, enlève son alliance, la jette dans le Rhin et s'y précipite. Deux bateliers le repêchent. On l'interne au sanatorium d'Endenich. Il n'en sortira plus jamais. Son concerto n'aura pas d'exécution publique de son vivant.

La musique s'élève en trois larges accords mystérieux et, déjà, je vois autour de moi les âmes toutes palpitantes des spécialistes prêtes à communier comme des crapauds en rut « dans une solitude qui n'est plus la leur », mais, conformément à ce qui est noté sur le programme du concert, « celle de nos existences suspendues au-dessus de l'abîme qui cherchent, fragiles, leur chemin dans l'obscurité ». Mais rien de tout cela ne se produit. Le violoncelle solo entre sur un accompagnement bizarrement syncopé. K. joue avec une austérité spectrale, le visage dépouillé de toute mimique. Chacun de ses gestes est minéral, d'une maîtrise glacée qui en deux coups d'archet a déjà précipité le premier mouvement dans l'eau froide du Rhin. Plouf. Les visages des spectateurs se figent. Je sens ma bouche s'étirer jusqu'à mes oreilles. L'orchestre reflue, puis reprend, bientôt rejoint par le violoncelle qui scie et rescie les phrases, désosse Schumann, enchaîne les triolets comme on décapite puis subitement se fait si doux, si tendre, si enveloppant, qu'instantanément ce musicien, dont je ne sais rien, devient mon frère. Je ris, enfin presque. Mais ce rire coïncide avec le sentiment de reconnaître absolument cette fine frontière entre l'exaltation et la destructivité qui fait que je sais très bien que l'on peut se jeter d'un pont toute joyeuse. Quand la musique s'arrête, les spectateurs restent d'abord immobiles, congelés. Puis, soudain, les bouches s'ouvrent toutes grandes et coassent des bravos éperdus. *Standing ovation*. K. se lève. Il a, sous les projecteurs, le front blême. Il balaie la salle de ses yeux bleu pâle, esquisse un sourire, puis brusquement marche tout droit, épaules en avant, tête baissée, et disparaît sans se retourner. Malgré les rappels enfiévrés, il ne reviendra pas. Paul me dit à l'oreille en riant Il est au sommet de sa carrière et n'a plus rien à prouver à qui que ce soit, on a de la chance, c'est peut-être la dernière fois qu'on le voit, regarde-le, avec sa tête de chien mélancolique, c'est tout à fait le genre à saluer, puis à rentrer chez lui et, très calmement, à sortir une corde de sous son lit, monter sur une chaise et se pendre.

En rentrant du concert, je m'aperçois que je ne saigne plus.

Dans la cafétéria du musée d'Art ancien, je ne raconte rien de tout cela à Richard K. Je finis simplement par dire Il y a sept ans, j'étais à Gaveau. Votre *Concerto en* la *mineur* m'a consolée.

Il penche la tête vers la droite, remue son café, sourit légèrement et dit qu'il est content de m'avoir fait plaisir. L'instant d'après son visage se referme, il s'affaisse dans l'ombre de la pièce et se fige. Je le vois rentrer sous sa peau et se déserter pour ne laisser qu'un costume noir flottant sur la chaise. Plusieurs minutes passent. J'ai dû le froisser, manquer de pudeur, peut-être est-il temps que je parte. Je ne pars pas. J'attends. Au bout d'un temps, les doigts de sa main droite remuent à nouveau. Son cou se déboîte, sa tête reste immobile, puis, tout à coup, se projette en avant et s'incline vers la droite, tandis que ses épaules se déplacent à leur tour pour la rattraper. Il regarde fixement son assiette et, avant que je puisse m'excuser de l'avoir contrarié par mon aveu, il répond :

– Quand on me parle de ma façon de jouer du violoncelle, de faire parler mon instrument et qu'on dit de sa voix qu'elle est profondément humaine, ça me flatte, ça me fait, pour quelques secondes, me sentir être un type important, mais, si je veux être honnête, je ne peux pas m'empêcher de penser que tous ces honneurs dont je suis gratifié reposent sur un profond malentendu. C'est toujours un peu bizarre pour moi d'incarner ce qui est humain alors que moi-même je me sens un peu…

– Ni tout à fait mort ni tout à fait vivant, observant l'agitation du monde comme derrière une couche de glace ?

Il me regarde, assez surpris. Je lui dis que je parle, dans un petit livre que j'ai écrit sur la mélancolie dans *Le Livre de l'intranquillité* de Fernando Pessoa, de ce qu'est la négation de soi, la certitude que tout est incertain, les objets du monde comme cette fiction que l'on appelle le moi. Il écoute, avec beaucoup d'attention. Il dit qu'il a essayé de lire Pessoa, plus jeune, mais qu'il a trouvé ça trop plaintif, même s'il rapproche sa détestation du semblant social de celle de Thomas Bernhard, qu'il aime beaucoup. Puis Moi non plus, je n'aime pas la compagnie des hommes ni me retrouver en compagnie de moi-même, mais j'aime les pâtisseries du musée d'Art ancien, alors je viens souvent me promener ici, même si, en règle générale, je n'aime pas trop me promener et que la qualité des pâtisseries a baissé, ces dernières années.

J'éclate de rire.

À nouveau, ses yeux se portent sur moi avec ce bizarre mélange de calme, de concentration et de détachement. Il ajoute, sur un ton presque chaleureux, que, pour reprendre le fil de la conversation, chez les romantiques Schubert et Schumann ont sa préférence, mais qu'il se méfie toujours du côté hollywoodien du reste de la musique romantique. C'est la maîtrise de la forme en combinaison avec la pureté de l'intention qui peut faire venir l'émotion. Sinon, c'est de la tricherie, ou du kitsch, ou du dilettantisme, et ça ne m'intéresse pas.

Je cherche quelque chose de sensé à lui répondre. Je fouille dans mon sac, je jette un œil à mon portable, réponds à un message, puis :

– Je crains de ne pouvoir soutenir cette discussion. Je ne sais pas parler de musique.

Je vide ma tasse, j'attrape la cafetière, je la remplis à nouveau. Il dit dans sa propre langue quelque chose que je ne comprends pas, puis :

– Avez-vous besoin de connaître toute la biographie de Lucian Freud pour être saisie par ses nus ?

– Non, certainement pas.

– Avez-vous besoin, pour comprendre son rapport à la nudité du corps, de savoir qu'il a grandi dans un quartier très bourgeois et que la lumière de Vienne venait se poser sur les mains tachées d'huile de son père architecte, qui peignait, parfois, pour se détendre ? Non, vous n'en avez pas besoin. Pour le langage musical, c'est pareil. Vous pouvez percevoir la trajectoire d'une œuvre, ce qu'elle a à vous dire, sans connaître son langage ni percevoir les combinaisons instrumentales en détail. Nous sommes devenus sourds, en Autriche, à force de nous branler dans des concerts pour vieillards, dans des expositions de peintres morts.

Il parle d'une voix rude, presque violente. Ses yeux se sont obscurcis. Ses doigts longs, aux ongles soignés, se croisent et se décroisent en un ballet frénétique.

– La musique de Ligeti, par exemple, reprend-il, on dirait des blocs statiques mais ils sont en réalité tissés d'une multitude de sons, un peu comme un essaim d'abeilles. Mais peu importe que vous entendiez le bourdonnement de chaque abeille, ou que vous ne perceviez que le bruit de la ruche. Ce qui compte, c'est comment la musique vous pique. Le reste, je préfère *m'en fouter*.

– Foutre.

– Pardon ?

– On dit foutre, pas fouter.

Ses joues entaillées de rides s'ouvrent sur un sourire incroyablement juvénile qui lui découvre les dents. Il répète « foutre », demande si je ne veux pas un verre d'eau, je fais signe que non de la tête. Il attrape la carafe, se sert, boit un peu, repose son verre avec précaution et m'observe longuement. Et pourtant je sens que ça n'est pas simplement moi qu'il regarde. Il fixe un point dans le lointain, que je reconnais soudain, sans pouvoir le nommer. Je sais que c'est là d'où je viens et là que je veux aller.

– Une fois, lui dis-je pour essayer de raconter quelque chose sur la musique contemporaine, je me suis rendue à la Philharmonie écouter les *Klavierstücke* de Stockhausen avec Paul, mon compagnon, il a même écrit un traité très savant sur le cerveau et la musique, dont tout un chapitre sur les fameux *Klavierstücke* de Stockhausen, peut-être l'avez-vous lu ? Bref, Paul m'a dit Viens j'ai deux billets, c'est un événement, tu n'entendras pas ça deux fois dans ta vie. Le concert a commencé. Et là, eh bien, ç'a été terrible. La musique s'est mise à me percer la peau comme des cris que mon corps voulait expulser. J'étais obligée de me boucher les oreilles. Paul avait honte. Il répétait À l'entracte on te met sous une bâche et on t'exfiltre, discrètement. À côté de nous, les gens me regardaient, courroucés, un peu comme ça, vous voyez.

Je fronce les lèvres en louchant.

Richard K. écarquille les yeux. Un rire incrédule sort de sa poitrine.

– Excusez-moi, lui dis-je tout bas, je suis confuse de l'embarras dans lequel je vous mets.

– Ne vous excusez pas. Vos mots sont touchants, parce que vous n'avez pas d'image.

– Quoi ?

– Je voulais dire, quand vous vous regardez, dans le miroir, il n'y a pas toujours d'image, n'est-ce pas ?

Un flot d'enfants s'écoule d'une porte et pépie dans le grand escalier. Un serveur s'approche et nous explique que le musée va fermer. La cafétéria s'est vidée. Il s'est mis à pleuvoir. Je ne l'avais pas remarqué.

– Vous restez longtemps à Vienne ?

– Non, je dois repartir demain en urgence par l'avion de 7 h 15, il est arrivé quelque chose, ma mère a été hospitalisée et…

– C'est grave ?

– Je sais pas.

– Vous voyagez sur Austrian Airlines ?

– Oui, Austrian.

– Vous avez raison, ils sont plus ponctuels qu'Air France, sur Air France ils sont toujours en retard. Vous avez prévu de revenir à Vienne ?

– Non.

Il sort son portefeuille de sa poche et, comme je prends moi-même un billet de vingt euros, fait un geste de la main.

– Laissez, c'est pour moi.

– Non, s'il vous plaît.

– Mais si.

– Bon d'accord.

Je scrute les éphélides sur ses mains hâlées et, posées sur mes genoux, de l'autre côté de la table, mes mains trop rondes et trop petites.

– Je repense à notre première rencontre, dit-il brusquement.

– Tout à l'heure, dans le musée ?

– Non, hier dans le parc, quand vous vous êtes jetée sur cet homme qui venait de gifler son fils, quand vous lui avez hurlé dessus et que vous avez pris cet enfant dans les bras avec une tendresse incroyable, comme si c'était le vôtre.

Il s'arrête un instant, devient grave.

– Ce n'est pas très convenable de vous dire ce que je vais vous dire. Je ne vous aurais jamais abordée directement. Je ne vous l'aurais jamais dit si le hasard ne nous avait pas fait nous recroiser aujourd'hui. Mais je vous ai trouvée très belle, à ce moment-là, dans ce parc, et je veux que vous le sachiez.

Je détourne la tête, il se lève, je me lève, il prend son imperméable, quitte la table et se dirige, tête en avant, bras croisés dans le dos, comme un grand oiseau traverse une langue de terre, vers la sortie de la cafétéria, j'enfile mon imperméable, je range mon portable dans ma poche, la main au bout de mon bras tente de saisir la tasse encore pleine à ras bord que le serveur s'apprête à débarrasser pour la hisser jusqu'à ma bouche qui se met tout à coup, au moment où je rejoins Richard K., à raconter, j'ignore pourquoi, n'importe quoi sur les portraits de Van Eyck, dont les visages aux yeux presque toujours fixés sur le spectateur du tableau sont souvent de trois quarts, légèrement tournés vers la gauche, pendant que je me demande comment un homme de son âge peut se mouvoir avec une telle agilité. Nous parlons encore. Il s'excuse de ne pouvoir m'inviter à dîner. Il est attendu chez lui : son fils aîné vient, ce soir, avec ses petits-enfants. Il s'inquiète de savoir si mon imperméable est suffisamment chaud et si je ne risque pas d'attraper froid. Je lui réponds que je ne vais pas très loin, je loge à seulement dix minutes. Il me regarde en silence, fouille dans sa poche et en sort une carte de visite qu'il me tend. Je plonge la tête dans mon sac pour trouver la mienne mais je n'en sors piteusement que des tickets de tramway et des feuilles volantes sur lesquelles j'ai griffonné des fragments. Nos yeux se rencontrent. La pensée me traverse de me défenestrer tout de suite pour nous épargner d'avoir à vivre la joie dévastatrice des années qui viendront.

5

– On lui avait enlevé un petit morceau derrière l'oreille, là, le cartilage à droite, les nazis, on faisait des expériences sur lui, on lui a enlevé, là, tu sais, là, derrière l'oreille on a un os, excuse-moi, j'ai un peu de mal à respirer, peux-tu redresser mon oreiller, voilà, merci, un os, mon père ne pouvait plus conduire en voiture en Afrique il avait toujours un chauffeur, derrière l'oreille on a un os qui te fait avoir l'équilibre ou pas, à vif, sans anesthésie, il m'avait raconté ça, ça, c'est tout ce qu'il m'avait raconté de là-bas, il racontait très peu de choses, il n'aimait pas parler de ça, il pouvait pas, il pouvait pas, tu comprends, on peut pas, des chiens et des chats, pour tenir le coup, je te l'ai dit, tu sais, je sais même pas où il est enterré, c'est pas grave, c'est la vie, c'est comme ça, les camps, on parlait jamais de ça, mais on parlait jamais de rien, rien, rien, non il ne me disait même pas Voilà aujourd'hui qu'est-ce que tu veux pour le déjeuner, il s'est jamais occupé de mes repas, mon père, j'étais très peu avec lui, très très peu, sauf pendant ses crises de palu, tu sais, des fièvres terribles, pendant des jours, ça m'est revenu, là, à l'hôpital, avec cette saloperie d'infection, l'état dans lequel ça le mettait, lui, il tremblait, il tremblait, je pouvais rien faire, je l'entendais hurler, il voulait s'arracher la tête tellement ça faisait mal, au début il a cru que c'était le typhus qui revenait, il l'avait attrapé dans les camps, il a cru que ça revenait, le typhus, le palu, il a tout eu, mais bon, tu sais, moi il me disait jamais rien ou alors Attends-moi sur la plage je vais nager jusque-là, là, il nageait jusqu'à là-bas, tu vois, là-bas, dit-elle en tournant la tête vers la fenêtre, tu vois l'antenne sur le toit du bâtiment gris, eh ben lui, il allait encore plus loin que ça, jusqu'à l'horizon, il disait Attends-moi sur la plage tu vois le soleil quand il sera là en haut là, il faisait comme ça avec son doigt, je reviendrai, je l'attendais assise sur la plage de Grand-Bassam, il disait Tu comptes jusqu'à cent et à cent tu me verras, je l'aurai passée, je l'aurai franchie, je serai de l'autre côté de la barre, la tête hors de l'eau, il plongeait, je comptais jusqu'à cent, la tête il la ressortait toujours de l'eau, toujours, personne n'avait jamais vu un Blanc faire un truc pareil, tout le monde disait qu'il était fou de faire ça, mais tout le monde le laissait faire, il voulait l'océan, le chaos, il voulait ça, tous les matins, le corps-à-corps avec l'eau, il avait besoin de ça, il plongeait, il nageait, loin, il revenait, il mourait pas, il mourait pas, tu sais, c'est pour ça, moi, là, je vais pas mourir, t'inquiète pas, je vais pas mourir, tu sais, ma mort, on me la volera pas, je mourrai quand je l'aurai décidé, pas avant, et ce jour-là, il faudra que tu me laisses partir, mais tu le sais, tu le sais depuis toujours, mon écureuil, mais c'est pas pour cette fois, je te le garantis, oh non, pleure pas, chérie, c'est maman, maman est là, dans la vie on n'a qu'une maman, tu vas avoir quarante ans mais tu es toujours mon bébé, tu seras toujours mon bébé, tu sais, allez, tiens-toi droite, on est comme ça dans la famille, on se tient droit, n'oublie pas, la promesse, quand tu étais petite, écrire et te tenir droite, toujours, tu te rappelles, tu sais, mon père, c'est comme ça qu'il m'a appris à nager, petite, un jour, en France, on vivait encore tous les trois, avec ta grand-mère, à Colombes, un jour, il m'a jetée dans l'eau, il était sur une barque, il a hurlé Nage, j'avalais de l'eau, de plus en plus d'eau, j'ai compris qu'il ne plongerait pas, qu'il ne bougerait pas de sa barque, que si je n'avais pas réussi à nager, il aurait simplement considéré que je n'en valais pas la peine et qu'il faudrait me laisser crever, alors j'ai commencé à faire comme les petits chiens, comme ça, avec les mains, avec les bras, comme les petits chiens, j'ai pas coulé, j'ai pas coulé tu vois, on coule pas dans la famille, on se tient – ses mains agrippent le drap –, ensuite, l'argent, tout l'argent que j'ai gagné comme mannequin, jamais eu besoin de demander quoi que ce soit à personne, indépendante, moi, et maintenant, tu vois comme je nage, tu vois la nageuse que je suis, jamais eu peur de l'eau, jamais, une autre fois, à Grand-Bassam, moi, je me suis baignée, est-ce que je voulais faire comme lui, je ne sais pas, je me suis baignée, j'ai été prise dans les rouleaux, ce sont des boys qui m'ont retrouvée sur le sable, inanimée, sans maillot, arraché par les vagues, j'arrête, là, voilà, essuie encore un peu, sous l'œil gauche, là, voilà, rien vu, personne n'a rien vu, ne t'inquiète pas, personne ne verra rien, tu t'en fous du regard des autres, chacun sa vie, chacun sa truffe, mais, s'il te plaît, mon écureuil, ne dis rien à ta sœur de tout ce que je t'ai dit, ne lui dis rien, ta sœur, elle construit sa vie, elle est toute jeune encore, il ne faut pas l'encombrer avec ça, mais, quand j'y pense, maintenant, quand j'y pense, j'ai eu un père déporté et une mère folle et, ma chance, tu sais ce que ç'a été, ma chance, c'est de n'avoir pas vécu avec eux, si j'avais vécu avec eux, je serais un petit chiffon, un petit légume, un petit chiffon, juste un petit chiffon, pas la peine de me dire le contraire, je le sais.

– Mais tu l'as toujours su, maman.

– Oui, je l'ai toujours su, mais je ne l'ai jamais pensé.

Je tiens sa main dans la mienne, jusqu'à ce qu'elle s'endorme, en lui chantant une chanson qui couvre le vacarme lointain du couloir, et dont je me rends compte, au milieu d'une rime, qu'elle me la chantait, quand j'étais enfant, et que c'est aussi celle que je chante désormais à ma fille. Des nuages ronds et roses flottent au-dessus des tours de l'aile ouest de l'hôpital. La lumière du couchant qui traverse la chambre se pose sur la couverture de ce livre que je lui ai apporté et qu'elle ne lira jamais, puis tourne et fait briller les fleurs qui ne tiendront guère plus de trois jours, puis tourne encore et s'arrête sur un pan de son visage mouillé de sueur, rendant à la mèche qui barre son front l'éclat doré de ses trente ans. À un moment donné, j'essaie de me lever de ma chaise. Mais une pensée vient, puis en amène une autre, et une autre encore, et je reste là, les yeux mi-clos, concentrée et dissoute dans les ombres d'une fatigue infinie que j'avais oubliée mais que je reconnais soudain. Je me souviens. J'ai dix-huit ans. Ma mère est encore couchée dans un lit. Elle dort. Mais elle ne tremble plus. Mais elle ne claque plus des dents. Mais elle ne hurle plus et ne bat plus des bras. Les traces de rimmel sur son menton et sur ses tempes ont été nettoyées. Cela fait deux jours qu'elle dort. Le médecin est venu à la maison. Il a dit que la mort de sa mère lui rappelait la mort de mon père. Il a dit Ce qu'il faut, c'est une cure de sommeil, on va la plonger dans une narcose profonde et prolongée. Il a dit que ce qu'il allait faire, là, normalement on n'avait pas le droit de le faire à domicile, qu'il prenait un risque. Je sais qu'il le fait parce que sa femme travaille avec mon beau-père, dont elle est très proche. Je sais aussi qu'il le fait parce que, les jours qui ont précédé la perfusion, ma mère hurlait qu'elle ne voulait pas être enfermée dans un hôpital psychiatrique, à cause de ce qui est arrivé à sa propre mère. Cachée derrière la porte, j'entends, par bribes, des phrases du médecin qui chuchote à mon beau-père Ses terreurs nocturnes… images traumatiques de ce qu'elle a dû faire quand elle était toute jeune… culpabilise… se sent sale…

La perfusion a fait effet très rapidement. Ils l'ont commencée le matin, au moment où je partais à l'école. Lorsque je suis rentrée, à 17 heures, ma mère dormait. Elle dort tout le temps, maintenant. Elle est couchée dans ce qui fut ma chambre, et ce qui est désormais la sienne. Moi, je dors dans un studio contigu. Le soir, ma sœur et moi, nous mangeons en silence. Tout est devenu absolument calme dans l'appartement.

Personne ne fait aucun bruit. C'est drôle comme, quand la maladie rentre dans une maison, elle met la vie en sourdine. Même les meubles semblent briller moins fort sous l'éclat des lampes. Personne ne pense à faire la poussière dans le salon. De toute façon, on n'y va plus. Mon beau-père, lui, ne va plus au bureau. Il travaille depuis la maison. Il vient souvent dans la chambre. La nuit, il éteint la lampe de chevet, il tire les doubles rideaux. Le matin, il rallume la lampe et ouvre les doubles rideaux. Depuis le couloir, on l'entend pleurer. Ma sœur est une toute petite fille de cinq ans. Je ne me souviens pas du bruit qu'elle fait quand elle joue. On la tient éloignée de la chambre de ma mère. Une infirmière vient prendre la tension plusieurs fois par jour et changer la perfusion. Il y en a une pour le matin jusqu'à 18 heures et une autre pour la nuit. J'ai oublié les visages de ces femmes et le détail de leurs gestes. Je ne me souviens pas de grand-chose. Juste que c'était le printemps mais qu'on ne devait jamais ouvrir les fenêtres.

Je regarde les aiguilles du réveil sur la table de chevet de ma mère. La perfusion qui, goutte à goutte, s'écoule dans son bras. La veine bleue au pli de son coude. La peau sur ses clavicules, fine comme du papier de soie. Sa main, longue, que je caresse, que je soulève, et qui retombe automatiquement dès que je la lâche. Son visage, si calme, sans ride aucune, celui d'une enfant. Je me penche au-dessus d'elle. Je ne l'entends pas respirer. Je passe mes doigts devant son nez. Je fais ça tous les jours, en rentrant de l'école. Je m'assieds au bord du lit. Je la regarde. Je mets mes doigts devant son nez. J'attends, jusqu'à ce que je sente un souffle chaud sur mes phalanges. Ensuite, je sors de la chambre, je vais dans la cuisine et je mange des céréales au chocolat en lisant des bandes dessinées. Beaucoup trop de céréales. Je mange des céréales jusqu'à ce que l'écœurement m'empêche de penser à autre chose que le fait que je suis écœurée. Un jour, on lui enlève la perfusion. On me dit Votre maman va se réveiller. Je pars à l'école. Je ne suis pas certaine de m'être particulièrement dépêchée, le soir, de rentrer à la maison. Lorsque je suis rentrée, elle dormait encore. C'est arrivé le lendemain, ou le surlendemain, je crois. Je ne sais plus. Ce dont je me souviens, c'est ça : je suis rentrée dans sa chambre et j'ai vu maman assise sur son lit. Elle était immobile, elle avait retroussé un pan de sa chemise de nuit et, les mains posées sur ses cuisses chétives, elle regardait ses jambes. Je me suis approchée d'elle. Elle a levé les yeux vers moi et m'a dit d'une voix très douce Regarde, maintenant, comme j'ai de belles jambes. Mais moi, je ne voyais que ses yeux, devenus aussi doux que sa voix. Elle s'est appuyée sur moi. Elle s'est levée. Ses belles jambes la soutenaient à peine. Elle est allée aux toilettes. Je suis restée à côté d'elle. Elle a uriné, les yeux clos. Elle s'est relevée. Elle a tiré la chasse. Elle a marché à nouveau s'appuyant sur moi. Elle s'est assise sur son lit, le visage moite de sueur. Elle a répété J'ai vraiment de très belles jambes. Elle s'est recouchée. Elle s'est rendormie. Plus tard, elle s'est réveillée à nouveau et elle a réclamé des bananes. Ensuite, pendant deux mois, elle n'a fait que ça, manger des bananes, parler de ses belles jambes et dormir. Je ne me souviens plus du jour exact où elle a été tirée d'affaire.

C'était en automne, je crois. Je ne sais plus. Je suis aveugle à son malheur, aveugle à la détresse de mon beau-père, aveugle au désarroi de ma petite sœur. Je me tiens quelque part, cachée, en arrière de mes yeux, en arrière de la vie, en arrière du chagrin, et je flotte, dans l'égoïsme immense de mon adolescence. J'écris. Je lis des romans gothiques et des ouvrages de psychanalyse. Je vois tous les films d'Ingmar Bergman et de Nagisa Oshima, en mangeant les restes de céréales au chocolat que j'avais jetées à la poubelle et que je m'étais juré de ne plus jamais toucher. Je pense à un homme qui, chaque jour, vient dans le même café que moi. Il a vingt ans de plus que moi. Il est très grand, très élégant, toujours habillé de noir. Il me plaît terriblement. Je veux vivre dans son regard. Je ne mange plus de céréales au chocolat. Je me mets à maigrir pour lui plaire. Je rêve, les yeux ouverts. Il m'emmène au cinéma. Nous écrivons des livres. Nous allons à l'Opéra. Il me baise contre un mur en me tenant fermement par les hanches. Il ne se passe rien de tout cela. L'homme dont je suis amoureuse préfère les hommes, je ne veux pas le comprendre. Aujourd'hui, je sais pourtant que rêver à cet homme qui ne m'aimait pas m'a sauvée – sinon je me serais couchée en boule contre ma mère, j'aurais été avalée, engloutie par son envie de mourir. Des années plus tôt, ou, plus exactement, dans une autre temporalité qui n'a jamais cessé d'exister et où, pétrifiée, j'ai cinq ans pour toujours : ton visage maman ton visage en pleurs au milieu des ruines du monde on est là perdues parmi les choses dans cette grande chambre seules j'ouvre mon cartable j'en sors un petit pot que je tiens très fort dans mes mains je te dis Avec la maîtresse on a planté des graines dans un pot de yaourt et mes graines ont germé regarde maman ça fait une petite plante elle est zolie, « Vas-y, dis-lui que tu l'aimes, allez, vas-y, dis-le, allez, dis-le, encore, encore », crie quelqu'un dans la télévision et Romy Schneider à califourchon sur un homme mort crie « Mais je ne peux pas, mais je ne peux pas », et l'autre se remet à crier « Tu es payée pour ça, tu fais ce qu'on te demande, allez vas-y », le gros plan sur le visage de l'actrice, la jaquette du film sur laquelle on peut lire *L'important c'est d'aimer*, les flashs d'un appareil photo, « Arrêtez, ne faites pas de photos, s'il vous plaît, non je suis une comédienne, je fais des trucs bien, ça je le fais pour bouffer, alors ne faites pas de photos », et mes yeux allant de ton visage à son visage, maman, de la table de chevet où tu as posé tes faux cils à l'écran où les pleurs font scintiller les faux cils de l'actrice, où tu étais, maman, pendant que j'étais à l'école, maman, « Arrêtez, vous savez, je fais aussi des films bien », ton regard vide, pourquoi tu réponds pas, maman, pourquoi tu regardes pas ma petite plante, pourquoi t'es toute molle, maman, parle-moi, parle-moi, maman, maman, je ne te lâche pas, jamais, maman, on va y arriver, maman, on va faire équipe, maman, réponds-moi, maman, reviens, maman, meurs pas, maman, meurs pas, maman, meurs pas.

Des années plus tard, cependant, en 2010, un samedi, je m'étais levée, très tôt, et j'avais confié ma fille de cinq mois à ma mère, justement, pour aller assister, avec Paul, à une conférence d'un vieux psychanalyste, né dans une ville lointaine d'Orient à l'époque coloniale. Il était là dans son fauteuil, plus fluet, plus humble et plus facétieux que je ne l'avais imaginé. Il avait parlé, pendant deux longues heures, de son parcours, de l'évolution de sa pensée, puis, à un moment, il avait gardé les yeux clos, longuement, et chacun d'entre nous s'était demandé s'il ne s'était pas assoupi – ou s'il n'était pas mort. Au bout d'un temps, il avait rouvert les yeux. Il avait parlé, encore, sans le nommer, d'un écrivain qui avait été l'un de ses patients et qui, pendant vingt ans, après la mort accidentelle de son enfant qui s'était noyée sous ses yeux, n'avait plus écrit une ligne, répétant, inlassablement, à chacune de ses séances Ça ne chante plus, ça ne chante plus. D'un seul coup, Paul et moi avions reconnu – étions-nous les seuls ? – l'auteur de somptueux fragments inachevés écrits à la troisième personne où jamais l'écrivain ne put donner une forme claire à son deuil. Puis le vieux psychanalyste avait raconté que beaucoup de patients étaient également venus le voir à cause de son article sur « La mère morte ». Il avait expliqué que la mère morte n'est pas une mère distraite ni négligente. C'est une mère qui porte la mort en elle. Et cette mort qu'elle porte en elle, c'est ce qui se transmet dans son rapport à celui qui jusque-là était son enfant chéri. Soudain, l'enfant perçoit que sa mère est devenue déprimée. Il se demande alors ce qui lui arrive mais aussi si ça n'est pas sa faute. Ce qui arrive, en fait, ce sont des choses sur lesquelles la mère a été obligée de mentir, des choses qu'elle n'a pas pu avouer. Par exemple une mère qui vient de découvrir que son mari la trompe, une mère qui fait une fausse couche, une mère qui perd son père ou sa mère. Je savais que le vieux psychanalyste avait confié, ailleurs, que l'inspiration de ce concept était extrêmement personnelle. Alors qu'il avait deux ans, sa mère fit une grave dépression. Il ne se souvenait de rien, seulement des photos qui montraient son visage dévasté par la maladie. Sa mère était partie dans une station thermale. Il avait fallu trois analyses au vieux psychanalyste pour pouvoir repenser pleinement cette expérience. Qui de nous, avait-il dit, qui de nous n'a pas été atteint par la tristesse, la perte du goût de vivre pendant quelque temps ? C'est une idée folle de penser que les mères n'ont pas des périodes de dépression comme nous en avons tous. Heureusement, on en guérit. Dans la salle, une quiétude épaisse s'était fait sentir. Des gens pleuraient, d'autres souriaient en silence.

*

Un grand fracas venu du couloir me fait sursauter. Il est déjà 20 heures. Ma mère dort. Je sors de la chambre d'hôpital sur la pointe des pieds. Je ferme la porte aussi doucement que possible. Une aide-soignante a renversé les restes de plusieurs plateaux-repas. Je m'adosse au mur. Je ne sais pas quoi faire de la minute suivante. Je scrute les points roses microscopiques qui parsèment le sol bleu et la lithographie de Sonia Delaunay accrochée face à l'ascenseur. Je songe à cet homme qui, sur un blog, s'est livré à une méditation sur la tristesse particulière qui affleure des couloirs d'hôpitaux, qu'il semble avoir lui-même beaucoup fréquentés, aussi bien comme malade que comme visiteur. Ce qui rend triste, raconte-t-il, c'est précisément quand on sent que des efforts d'originalité ont été désespérément tentés pour faire oublier, par la présence d'un cerf ou d'un vol d'oiseaux peints sur un mur, que, derrière les portes colorées, certains ont mal mais sont très seuls, d'autres ne s'en sortiront pas, d'autres encore ont tout simplement envie ou tout simplement peur de mourir. Une famille arrive, les bras chargés de fleurs. Un vieillard passe en fauteuil roulant, une poche de liquide reliée à son nez, posée sur ses jambes. D'une chambre restée ouverte s'échappe un gémissement. Passe une femme, regard embrumé, bras ballants. Son visage est sillonné de traces de larmes. Elle fait un pas, puis deux, s'arrête, regarde vers le local vitré des infirmières, dit Excusez-moi, puis S'il vous plaît, d'une voix lente et molle. Personne ne remarque sa présence. Je vais vers elle. Je lui demande ce qu'elle veut.

– Je voudrais juste un verre d'eau.

Je fouille dans mon sac. J'en sors une bouteille d'Évian. Je la lui tends.

– Je l'ai achetée ce matin et je ne l'ai pas entamée. Vous pouvez la prendre.

Elle me regarde, hébétée, prend la bouteille, s'assure que le bouchon n'a pas été dévissé, renifle, lève les yeux vers moi, se remet en mouvement et disparaît. Arrive un homme petit et osseux, aux tempes grises. Il s'arrête devant moi et, du menton, désigne la porte de la chambre de ma mère.

– Vous êtes de la famille ?

– Je suis sa fille aînée.

Il hoche la tête.

– Docteur O., c'est moi qui vous ai parlé au téléphone tout à l'heure.

– Ah, bonjour.

– On vient d'avoir les premiers résultats.

– Oui ?

– Apparemment, c'est une infection à Escherichia coli. Je ne peux pas mettre en place d'antibiotiques, ça risquerait de libérer des toxines dans l'organisme et donc de faire proliférer la bactérie.

Mon ventre se noue. Je me racle la gorge. Je lui demande ce qu'il compte faire.

– Votre mère a eu beaucoup de chance. Si elle ne s'était pas cassé la cheville en faisant ce malaise dû à sa diarrhée et ses vomissements, elle ne serait pas arrivée aux urgences aussi vite. La prolifération de la bactérie aurait provoqué un syndrome hémolytique et urémique grave, avec des complications neurologiques irréversibles.

Il s'arrête puis reprend :

– Là, la priorité, c'est de la réhydrater au maximum. Vous m'avez dit qu'elle avait mangé dans une station-service le matin du jour où les symptômes ont commencé ?

– Oui, elle a mangé un sandwich.

Il réfléchit.

– Vous savez si elle a bu de l'eau, aussi, de l'eau du robinet ?

Je cherche à me souvenir de ce qu'on m'a dit.

– Je ne sais pas. Je viens juste de rentrer d'Autriche, ce matin. C'est ma petite sœur qui était avec elle. C'est elle qui l'a trouvée par terre. Et sa cheville ?

– La fracture a été réduite. On lui a posé une plaque vissée ce matin au bloc. Elle va devoir garder sa botte en résine pendant un mois et demi. Et on va la mettre sous anticoagulants.

Je le regarde.
– Docteur, encore une chose…
– Oui ?
– Je la trouve un peu logorrhéique. Avec une tachyphémie caractérisée. Son débit verbal…
Le médecin, étonné, me demande :
– Vous êtes psychiatre ?
– Psychologue.
Son regard s'éclaircit.
– Tout s'explique. Bon, de vous à moi, elle s'est enfourné une boîte d'Imodium, du Lexomil, elle a eu de l'Atarax en préop, une anesthésie, et maintenant les antidouleurs opiacés. C'est logique qu'elle plane et que ça lève ses défenses. Elle va retrouver son état normal d'ici quarante-huit heures. Ensuite, on réintroduira son antidépresseur habituel.
– Elle va rester ici longtemps ?
– Une dizaine de jours. Après, interdiction de poser le pied par terre pendant deux mois. Puis il y aura de la rééducation. Ne vous inquiétez pas, votre maman va s'en sortir.
– Entendu, merci.
Le médecin réprime un petit rire, puis me jette un coup d'œil et lance :
– Ça a l'air d'être une dure à cuire.
Il flotte dans l'air comme une odeur de gazole qui n'attend que son allumette pour tout incendier. Je tourne les talons, un sourire très calme, presque apathique, accroché à la bouche.
Je prends l'ascenseur. J'appuie sur le bouton du sous-sol. Je colle mon front contre le miroir. Je vois le visage de Richard K. s'entrelacer au mien. Une

émotion animale me poinçonne les reins. Je ferme les yeux. J'entends des halètements, des cris de jouissance. L'ascenseur descend puis s'immobilise. La porte s'ouvre. Je tourne à droite, puis à droite encore. J'arrive à la cafétéria. À l'une des tables, je trouve ma sœur en pleine conversation téléphonique. Elle me sourit, me fait signe de m'asseoir, dit J'attends de toi que tu sortes de ta zone de confort et que tu ailles au-delà de ce que tu estimes être tes possibilités, c'est comme ça qu'on avance, tu te débrouilles comme tu veux mais je veux ce rapport pour demain matin première heure sur mon bureau, je sais que c'est dur et que pour le moment tu me hais, mais tu verras, tu me remercieras un jour, congédie son interlocuteur d'une voix tranchante, m'embrasse chaleureusement, chasse une mèche blonde de ses yeux et m'explique :

– C'était mon stagiaire. Il est un peu mou, mais sympa. Tu as vu maman ? Vous avez pu parler ?

– Oh, comme d'habitude, de la danse, de ses chiens, de Céline, tu sais sa copine du cours de barre au sol. Elle espère reprendre très vite. Bon, tu sais, c'est toujours pareil, elle radote un peu. Là, elle dort. Et l'heure des visites est terminée. Tu retourneras la voir demain.

Elle acquiesce, se penche vers le muffin posé sur une assiette devant elle et, de ses doigts fins, entreprend de le débarrasser de ses pépites de chocolat.

– Comment elle a pu faire un truc pareil, prendre dix Imodium pour…

– Je t'ai dit, pour moi c'est évident, dès qu'elle arrête de prendre son antidépresseur, au bout de quatre mois ça revient.

– Je ne savais pas qu'elle avait arrêté de le prendre.

Elle jette sur moi un regard désolé, hoche la tête, soupire, je soupire aussi.

– Tu sais, lui dis-je, si tu n'avais pas été là, dans l'appartement, quand c'est arrivé, ç'aurait pu être pire.

Elle regarde son portable, me montre un message.

– C'est mon amoureux, je lui ai dit que j'allais te retrouver ici. Il t'embrasse.

Elle croque une pépite de chocolat, fait une grimace et couine :

– Tu vois, ma vieille, comme quoi ça sert d'être une Tanguy qui squatte encore chez ses parents.

Mes yeux s'arrêtent sur la bague de fiançailles qui brille à son doigt, puis sur son visage éclatant de beauté et de santé, ses yeux limpides, son nez fort, ses seins haut perchés que son débardeur blanc cache à peine, et la peau cuivrée de son cou. L'enfant asthmatique que je tenais dans mes bras, la nuit, dans la salle de bains où j'avais fait couler assez d'eau chaude pour l'empêcher d'étouffer, s'en est allée avec le printemps. Et que ce printemps qui vient pour elle soit mon automne m'attendrit en même temps qu'il me blesse. Elle est d'une beauté évidente, immédiate, solaire, sans opacité aucune. C'est une beauté qui fait du bien au cœur quand on a perdu le goût des choses, comme se mettre au soleil réchauffe quand on sort de l'eau fraîche. Elle ne sait pas ce que c'est que de n'avoir plus envie de vivre. Je n'ai pas eu de père. Ma sœur en a eu un. Il y a longtemps, déjà, que j'ai cessé de considérer sa disparition comme une injustice ou comme un traumatisme. C'est juste un fait, banal, qui a eu un certain nombre de conséquences objectives et notamment celle-ci : ma sœur et moi, on a la même mère et pourtant on n'a pas eu la même mère.

Je viens m'asseoir à côté d'elle. Je pose ma tête sur son épaule. Elle pose sa tête sur la mienne. Nous regardons le soir tomber et le ciel devenir indifférent à la beauté et à la tristesse des choses. Je pense à une exposition vue à Madrid il y a longtemps, au musée du Prado, consacrée à la grisaille, cette technique, dont à l'époque j'ignorais absolument tout, consistant à dépouiller les personnages de toute couleur pour ne les peindre qu'en monochrome. L'autre technique, fréquemment utilisée au Moyen Âge, et que j'avais pu voir dans d'autres tableaux du Prado, juste à côté des premiers, c'est celle dite du « fond d'or ». Cette couleur, la plus précieuse de toutes, se substituait aux paysages et au ciel et permettait de bien détacher les personnages du fond sur lequel ils évoluaient. J'avais, plus tard, trouvé à ces deux techniques, qu'un couloir de musée m'avait fait prendre pour complémentaires, une analogie avec les différents plans sur lesquels évoluent les personnages du *Livre de l'intranquillité* – le territoire des ombres, celui de la grisaille des jours, qui n'est pas la réalité, se transmue, au premier coin de rue, en rêverie intérieure tout en ciel poudré d'or, les deux plans de la couleur et de la non-couleur se superposant sans pourtant se fondre. La nuit est tout à fait noire. Nous sortons de l'hôpital. L'air s'est rafraîchi.

– Tu sais, dis-je à ma sœur, je me suis fait la réflexion tout à l'heure en regardant maman ratatinée dans son lit puis en te voyant, si belle et si juvénile, que je ne peux pas m'empêcher, lorsque je regarde maman, d'avoir, superposée à ce qu'elle est devenue, l'image de son corps et de son visage figés dans la splendeur de ses trente ans. De sorte que, dès qu'elle vient chez moi pour s'occuper de la petite, il m'arrive, quand je sors de mon bureau pour faire une pause, d'ouvrir la porte de ma cuisine et de me demander, perplexe, qui est cette petite dame qui farfouille dans des pots de plastique pour en extirper la tambouille improbable qu'elle a mis des heures à cuisiner. Tu vois ce que je veux dire ?

Elle rit, un peu gênée. Brusquement, je lui confie :

– Il faut que je te dise quelque chose.

– Quoi ?

– Voilà, ça faisait des années que j'y pensais, mais je n'avais jamais eu le courage de le faire. Et puis ça m'a pris en Autriche, tout d'un coup, comme ça, hier soir, en sortant du musée d'Art ancien, c'est un musée que je te recommande vraiment, les salles des Vélasquez surtout, il y a des portraits de l'infante Marguerite saisie à différents âges qui… Bref, je suis rentrée à l'hôtel. J'ai ouvert mon ordinateur. Et j'ai envoyé un courrier au Service international de recherches de Bad Arolsen.

– Qu'est-ce que c'est ?

– C'est un centre de documentation et de recherches sur la persécution, le travail forcé et la Shoah. C'est en Allemagne. Ils peuvent retrouver la trace d'anciens persécutés du nazisme. Ils ont accusé réception de ma demande. Ils m'ont dit que ça prendrait longtemps. Des mois, peut-être.

– Tu veux dire que…

– Oui, quand ils nous écriront, on saura si maman nous a menti pour ça aussi ou pas. Mais, de toute façon, il faudra qu'on y aille, un jour, ensemble.

– Où ça ?

– À Buchenwald.

– D'accord. Mais là j'ai déjà deux week-ends prévus, un à Londres et un autre en Provence. Alors l'été prochain, si tu veux. Parce que je ne veux pas y aller quand il fait trop froid.

Nous faisons quelques pas dans un sens, puis dans l'autre. Elle me serre dans ses bras. Puis chacune d'entre nous repart dans une direction, décidément, différente.

6

La première lettre est un rectangle de papier jaunâtre de 16 centimètres sur 23. On peut y lire :

Tribunal départemental pour enfants de la Seine
Cabinet du juge des enfants
Numéro du juge : I20439.

Paris, le 11 avril 1963

Monsieur,

Je suis depuis quelques mois saisi d'un dossier d'assistance éducative à l'égard de votre nièce B. Ève, fille de votre frère. Le père étant en Afrique et la mère internée, j'ai confié provisoirement la garde de cette enfant à sa tante, sœur de sa mère, Mme K.-F., qui s'en occupe de son mieux.

Votre nièce et filleule Ève est une enfant qui, en plus de ses antécédents psychopathiques, est assez profondément traumatisée par l'abandon de son père et les accès de délire de sa mère auxquels elle a assisté.

Je pense que vous êtes son plus proche parent et que vous êtes celui qui pourrait s'en occuper utilement, peut-être la prendre chez vous, pour lui donner une vie de famille normale, car je ne pense pas que l'on puisse compter sur votre frère. Je vous serai très obligé de bien vouloir me faire connaître votre sentiment sur la question, et si vous pouvez faire quelque chose et dans quelles conditions.

Le juge des enfants

La seconde lettre a été tapée à la machine sur une feuille de format A4 dont le papier, plus fin, est de meilleure qualité. Une cousine me l'a confiée, il y a une dizaine d'années. Cette lettre a été écrite par Évelyne, la demi-sœur de ma grand-mère maternelle, à André, le frère de mon grand-père maternel, à propos de ma mère, Ève. Évelyne et sa compagne Esther ont tenté de s'occuper de ma mère, à son retour d'Afrique, avant de renoncer. On peut lire :

Paris, le 15 juin 1969

À Monsieur André B.

Monsieur,

Merci d'avoir si vite revu Ève. Il semble que votre empressement témoigne de vos sentiments envers elle.

Je vais vous causer du souci, et je vous en demande pardon, car je sais que vous venez d'avoir vous-même quelques années très dures. Ève doit vous revoir cet été : pouvez-vous hâter la chose, serait-il possible que vous la fassiez venir près de vous plus tôt ? Je la crois en période de complet désarroi. Je voudrais être comprise. J'ai souhaité jadis collaborer avec vous, et cela n'a pas marché. Elle est donc partie en Afrique chez son père. Sa vie y a été pleine d'écueils. Si vous le souhaitez et surtout si vous le croyez utile pour Ève, nous pouvons nous revoir, et je peux vous aider, dans le cas où vous voudriez reprendre Ève en main. Elle est votre pupille.

Car cela nc va pas, pas du tout même. Je regrette d'être attristante. Je crains assez deux choses pour Ève : 1. Qu'elle ne soit sur le point de subir une première crise de déséquilibre nerveux. 2. Et encore plus, que, dans une recherche consciente ou non de compensation à des expériences qui sont en train de la mettre dans le vide, elle ne cherche à avoir un enfant pour n'être « plus seule »…

Un enfant de cette descendance, monsieur. Assez de malédictions comme cela. On aurait dû prévenir Pierre – qu'il n'en naisse plus. L'arrière-grand-mère, la grand-mère, la mère. Et Ève.

Peut-être pourrez-vous quelque chose. Essayez, essayez, si vous êtes vraiment désintéressé. Je veux dire que c'est un être dont il ne faut attendre aucune compensation, aucune gratitude sincère de longue durée, aucune expression vraie. C'est très aride. Ce qui importerait serait de la sauver. C'est un être perdu si rien ne change. Moi, je n'ai rien pu changer, et il me reste une profonde compassion, quelles que soient les apparences. Ève ressemblera à sa mère ; mais elle est pire, car elle n'en a pas le courage. Il ne sert à rien d'enjoliver, de dissimuler pudiquement ;

cela ne ferait que vous tromper, retarder, pour vous faire reculer de mépris si vous étiez pris au dépourvu. Son cœur est trouble, comme de l'eau sale qui n'a jamais été assainie. Moi et ma compagne Esther, nous n'avons rien pu faire, malgré nos efforts. C'est une vraie affliction devant ce qui attend Ève : la solitude, la lassitude même des meilleurs, peut-être une certaine aliénation mentale. Il faudrait beaucoup d'envergure, d'amour, de temps. Moi, je renonce. Vous ignorez ce qu'elle est. Et ce n'est pas beau. Mais tout être peut changer, avec la grâce de Dieu. Si vous êtes, comme moi, croyant, commencez par prier pour elle. Elle est une malheureuse bête qui tourne en rond dans ses propres pièges, et elle mord. Il faut en avoir à la fois une profonde pitié et s'en garder prudemment. Elle a perdu son travail au drugstore : renvoyée. Je ne sais si elle en recherche, elle préfère la facilité de sa joliesse au travail, et c'est un des dangers. Je la laisse. Elle est à peu près seule au monde. Elle vous a été confiée par la justice. Je vous la confie ce jour. Vous pouvez, naturellement, l'émanciper. Je ne le souhaite pas. Je crois que la voie pour la récupérer serait : dureté et bonté.

À votre disposition, dans la mesure de mes possibilités. Avec mes souhaits les meilleurs.

Évelyne K.-F.

7

Peut-être avons-nous tous plusieurs vies. Il y a celle dont nous avions rêvé, enfant, et à laquelle nous pensons toujours, une fois adultes, et celle que nous vivons, chaque jour, dans laquelle nous nous devons d'être performants, responsables et utiles, et que nous terminerons jetés dans un trou. Dans l'autre vie, il n'y a ni chagrin, ni douleur, ni manque, dans l'autre vie, Richard K. et moi nous marchons, d'un même pas, sous le ciel rouge sombre, le long de Rennweg, jusqu'à la place Schwarzenberg, pour remonter le Ring, passer devant l'Opéra, descendre, au crépuscule, la Kärntner Strasse, jusqu'au pied de la tour de la cathédrale Saint-Étienne, atteindre le Graben, puis Kohlmarkt, avant de traverser la Hofburg, puis le Volksgarten, où nous montons dans un tramway à l'arrière duquel je somnole, ma tête appuyée sur son épaule et sa main dans la mienne. Et il n'en sait rien. Avec une cuillère, je racle les dépôts bruns qui coagulent au fond d'un bol de chocolat. Par la fenêtre de la cuisine, je vois sous un ciel singulièrement bleu pour un mois de décembre ma fille et son père partir pour l'école. Main dans la main, ils traversent la rue en sautillant, et les songes de tous ceux qui marchent dans la rue les précèdent – et je les regarde, depuis la pénombre paisible d'un rêve où je n'ai plus de dedans et où je n'ai plus à vivre. Ce soir, nous irons ensemble acheter le sapin de Noël et un calendrier de l'avent. Puis les deux grands fils que Paul a eus d'une première union viendront dîner chez nous. Voilà trois mois que je suis rentrée de Vienne. Et pourtant, je n'en suis plus jamais partie.

– Je vais peut-être acheter une machine à faire de l'eau gazeuse.

La voix de Paul me tire de ma rêverie. Je le croyais encore dehors. Je n'avais pas remarqué qu'il était rentré, qu'il avait fait les courses, les avait rangées dans le réfrigérateur, qu'il avait rempli le lave-vaisselle, puis s'était assis pour boire son deuxième café de la journée.

– Une machine à faire de l'eau gazeuse ? lui dis-je. Mais pourquoi ?

– Moins de plastique pour la planète, moins de déchets qui viennent de nos maisons avalés par les poissons dans les mers et moins d'émissions de gaz à effet de serre, et donc une façon très concrète de lutter contre le réchauffement climatique.

Je me dilue dans le tourbillon noir qui se crée dans sa tasse quand Paul tourne son café avec sa cuillère puis, d'un coup, j'attrape une casserole, que j'entreprends de récurer à l'éponge avec une énergie qui ne me ressemble guère. Paul m'observe, amusé, en se massant l'arête du nez avec le pouce et l'index, regarde son téléphone et découvre, consterné, un message en provenance de son laboratoire de recherches, auquel il s'empresse de répondre avec un air qui me donne instantanément envie de déboutonner le col de sa chemise pour y glisser mes mains puis ma langue et qu'on roule, ensemble, dans une aisance bonne, hardie et douce, sur le sol de la cuisine. Les yeux rivés sur la bonde de l'évier, je dérive parmi les cadavres de bouteilles, les morceaux de sacs en plastique, les filets de pêche fantômes perdus au gré des flots, dans le vortex de la plus grande poubelle du monde. La panique me gagne. Je sens mes orteils se retrousser dans mes chaussures. Mes doigts qui s'étaient agrippés à l'éponge se figent.

– Chéri, lui dis-je, il faut que je te raconte quelque chose…

Les doigts de Paul continuent à pianoter sur l'écran de son téléphone portable. Épaules tendues, mâchoires serrées, il secoue dédaigneusement la tête, grimace, envoie son message, repose son téléphone et répond froidement :

– Dépêche-toi alors, j'ai un patient qui arrive dans cinq minutes.

J'ai lâché la casserole et posé une main sur le mur de la cuisine pour ne pas vaciller. Je ferme les yeux et bredouille d'une voix blanche :

– Très bonne idée pour la machine à eau gazeuse. Commandons-en une.

Paul sort de la cuisine et me laisse, appuyée contre le réfrigérateur, les yeux mi-clos, face à la fenêtre.

8

Je vous connais. Vous venez de toujours. Nous ne devons pas nous revoir. Jamais. J'ai couturé mon cœur. J'ai demandé, chaque matin et chaque soir, en prière, que l'oubli de vous vienne. Je me suis enfouie dans les bras de l'homme que j'aime, à qui j'ai voué ma vie, attendant de lui un geste, une parole qui me guériraient de vous. J'ai travaillé à mieux m'occuper de mon enfant. J'ai accepté toutes les propositions d'articles ou de conférences qu'on me faisait, même quand je n'en avais plus le temps. Les jours, les semaines, les mois ont passé. Je ne suis pas parvenue à vous chasser de mon esprit. Ni l'amour pour mon compagnon, ni l'amour pour mon enfant, ni le travail, ni le sommeil ne m'ont délivrée de vous. Chaque fois que je crois vous fuir, je vous retrouve, épouvantée, au centre de mon cœur. Vous me manquez. Vous me manquez jusqu'à la dévastation. Au point que j'en perds la parole – j'en deviens insaisissable, à moi-même et aux autres. La journée, je vois votre visage flotter devant moi et vos lèvres me sourire. La nuit, quand tout le monde dort, je vais me cacher dans la cuisine pour pleurer et entrer dans votre absence jusqu'à me pénétrer de vous. Après notre rencontre à Vienne, j'ai déchiré votre carte de visite. Il m'a fallu demander à un ami journaliste de m'aider à trouver votre adresse e-mail. J'ai prétexté un reportage. Vous aimer, c'est commencer à mentir. Et pourtant, je hais le mensonge. Je le hais. Vous n'avez pas idée à quel point j'ai construit toute ma vie contre ça. Devant tous, j'étouffe donc la joie que votre existence me cause comme le dégoût de n'avoir pas le cœur aussi noble que je l'aurais souhaité. Mais la joie l'emportant sur le désespoir et, ne voulant renoncer à rien, j'accepte de tout endurer en silence. Mes amis comme ma famille ignorent tout de ce qui m'agite en secret. Je n'ai pas de goût pour les confidences que l'on fait à un tiers pour s'enorgueillir avec des trémolos dans la voix de ses bouleversements hormonaux. L'amour, dès qu'il cherche à se raconter, devient une farce dite par un aveugle à un sourd, le couinement obscène d'animaux humains qui n'ont pas même la simplicité des bêtes pour se renifler le derrière sans en faire toute une histoire quand ils sont contents de se rencontrer.

Il y a un mois, des hommes armés ont surgi dans une salle de concert à Paris, pour massacrer des femmes et des hommes venus là pour s'amuser. Certains de mes amis y ont perdu des proches. Chacun semble avoir son mot à dire sur le mal. Mais tout le monde semble oublier que si nous avons été frappés c'est aussi que la France a vomi des bombes sur la ville de Raqqa investie par Daesh – tuant des civils innocents – et que les musulmans en France sont, chaque jour, l'objet de racisme et de stigmatisation d'une violence inouïe. Depuis les attentats, on dépose du jambon et du lard devant les mosquées. On écrit sur les murs « Mort aux Arabes » comme on écrivait naguère « Mort aux Juifs ». Des femmes voilées se font agresser dans le bus ou refuser l'entrée de magasins de mode. Partout dans les rues se déploient des drapeaux français, des blocs de militaires avançant au pas. Je tourne le dos à ce monde en lambeaux et trouve refuge dans l'amour de vous. Il n'y aura pas d'autre e-mail. Je me tais. Je vous laisse. Du temps passera. Du temps passera encore. Et un matin, je me lèverai et, croyez-moi, je vous aurai oublié. Déjà, je vous aime moins. Déjà, je ne vous aime plus comme je vous aimais au musée. Je suis en train de vous oublier. Regardez comme je vous oublie. Je mange, je dors, je travaille et j'aime comme avant vous. Sauf que vous êtes toujours à mes côtés. Sauf que rien n'est comme avant. Sauf que je vis ailleurs, avec votre souffle dans ma bouche. Nous sommes assis, face à face, dans la cafétéria du musée d'Art ancien, inertes et cependant émerveillés de nous être enfin trouvés. Vous n'avez jamais bien su ce qu'était la vie, vous la cherchez en moi. Je vous regarde et je ne sais pas quoi faire de ce savoir immédiat que j'ai de vous et de ce qu'ont vu vos yeux – hormis ceci, peut-être : le crime, ça n'est pas notre différence d'âge, ni la peine que nous pourrions causer à nos proches. Le crime, c'est d'être encore de ce monde sans pouvoir coucher avec vous.

9

Les morts voyagent vite. Ils sont toujours en train d'arriver. Le dimanche 4 septembre 1977, aux environs de 17 h 30, mon père, qui était hospitalisé depuis de longs mois déjà, voulut prendre un bain. Son état s'était subitement amélioré, pour une raison que l'on ne s'expliquait pas, mais dont chacun se félicitait. Il fut donc convenu que je viendrais lui rendre visite. J'avais quatre mois quand mon père tomba malade. Ma mère passait l'essentiel de ses jours et de ses nuits à son chevet. Ce fut une nounou allemande qui s'occupa de moi. Je fus livrée à ses soins et à sa rudesse. Elle n'était pas gentille ; mais elle était là. Alors qu'il était seul, dans sa baignoire, occupé à se laver, et à se faire beau, me dira-t-on des années plus tard, pour ma visite, pendant que je me dirigeais avec ma nounou vers l'hôpital, mon père fit un malaise. Il glissa dans son bain. On traite parfois la leucémie aiguë lymphoblastique par radiothérapie. Les rayons ou les particules de haute énergie émettent des radiations à travers la peau qui visent à détruire la tumeur mais aussi une partie du tissu qui l'entoure. Fragilisés par les traitements à répétition, les poumons de mon père étaient devenus beaucoup plus poreux. Quand il glissa dans son bain, il n'eut pas la force de se débattre. En quelques minutes, ses bronches furent gorgées d'eau. On le retrouva dans sa baignoire, en pleine détresse respiratoire. On le transféra d'urgence dans un hôpital du Plessis-Robinson, en banlieue parisienne. La nounou et moi sommes arrivées trop tard. L'ambulance était déjà partie. Je n'ai jamais pu lui dire au revoir. On m'a rapporté plus tard que juste avant de monter dans l'ambulance qui le conduisait au centre Marie-Lannelongue, mon père avait dit Et surtout, embrassez bien Sarah. Mais je ne veux pas imaginer un seul instant que c'est vrai, qu'il a vraiment dit ça, qu'il était encore en état de pouvoir dire une chose pareille, et que ce sont effectivement, comme plusieurs personnes de la famille présentes ce jour-là me l'ont pourtant confirmé par la suite, les dernières paroles qu'il a pu prononcer, parce que si je l'envisage, aujourd'hui encore, malgré toutes les très grandes joies que m'a apportées l'existence, l'envie de traverser instantanément la fenêtre face à laquelle je me trouve au moment même où j'écris cette phrase me reprend.

Quand mon père arriva au centre Marie-Lannelongue, on le mit sous respirateur artificiel. Il passa les deux derniers jours de sa vie privé de toute possibilité de parler. Les derniers mots qu'il écrivit, sur une ardoise mise à disposition pour qu'il puisse communiquer avec ses proches, furent « ma femme, ma fille ». Après quoi il perdit lentement conscience. Il mourut peu après midi. Il venait de fêter ses trente-quatre ans. J'avais quinze mois. On me tint éloignée de sa dépouille. On jugea que j'étais bien trop petite pour aller à son enterrement.

Je sais simplement qu'au cours des funérailles ma mère voulut se précipiter dans la fosse où l'on venait de descendre son cercueil. J'ai mis dix-huit ans à pouvoir me recueillir sur sa tombe.

J'ai, caché dans le tiroir de mon bureau, un Polaroid de moi enfant : j'ai neuf ans et je me tiens, solidement campée sur mes jambes, un crayon à la main, face à une fenêtre devant laquelle se trouve un bureau en bois. Je sais que, déjà, j'écris depuis ce lieu-là, face à une fenêtre d'où je ne saute pas, car ma main doit reprendre la suite des lettres tracées une à une par mon père. C'est lâche et vaniteux, j'en conviens, de se raconter qu'on a une œuvre à écrire, et qu'il faut donc continuer, d'accorder à sa vie une importance bien trop grande et de l'aimer malgré tout, alors même que tout est absurde, tout, c'est-à-dire aussi bien sa vie que la vie même. Peut-être cette disposition d'esprit résulte-t-elle d'une succession de hasards. Qu'un deuil nous frappe dans l'enfance et le sentiment de la continuité d'exister n'ira plus de soi. Et, pour peu que la chose se répète avec une réalité comique, on a tôt fait d'acquérir l'indésirable certitude d'être le prochain sur la liste – ce qui expose soit à la tentation de faire le mort, soit à la fièvre de vouloir tout ressentir de toutes les manières possibles. Mon père mourut. Puis son père mourut de chagrin peu de temps après. Ma mère se coucha et, pendant de longs mois, ne se leva plus. Quand elle fut à nouveau en mesure d'accomplir ce qui concerne les tâches élémentaires du quotidien, la nounou allemande fut congédiée. Ma mère m'aima ; ma mère m'aimait. Mais tantôt elle me donna un amour trop ardent, tantôt elle voulut me tuer ; tantôt, jusqu'à ce qu'elle rencontre mon beau-père, elle me garda tout contre elle dans son lit, tantôt elle m'en délogea pour le remplir d'hommes qu'il m'arriva plus souvent que nécessaire de voir nus – j'aimais pourtant voir les corps de ces hommes nus, j'aimais intensément cela, trop pour mon très jeune âge ; tantôt ses phrases, les seules que j'avais pour m'orienter dans l'existence, me racontaient des histoires merveilleuses, irréelles, insensées, pleines de héros épiques et de mystères grandioses, tantôt elles étaient plates, vides, et sortaient de sa bouche sans m'être adressées. Je ne lui en veux de rien. Je ne me souviens pas de mon père. Ni maintenant de l'étendue du chagrin que me causa ma mère. Je peux seulement me souvenir de la fierté d'être sa fille. Parfois, je lui tenais la main, lorsqu'elle était triste. Je savais déjà tout de ce chagrin dont j'espérais encore la sauver. Elle regardait autour d'elle. Ses yeux s'agrandissaient terriblement. Je voyais dans son regard à quel point elle avait peur, parce que la vie l'avait conduite au-delà des limites de ce qu'on peut supporter. Quand elle me disait Ne dis rien, nos yeux parlent pour nous, je savais qu'il fallait que je ravale ma peine pour laisser toute la place à la sienne. Alors, on restait là, côte à côte, sans rien dire. Je caressais l'os de sa main avec mon pouce. On était bien.

Je ne me souviens pas de la voix de mon père, de son regard ni même de ce que pouvait bien être l'entendre rire ou partager un bon repas à ses côtés. C'est peut-être la raison pour laquelle j'ai trouvé à loger mon squelette dans le corps des lettres tracées une à une dans des carnets puis dans des livres. Pour donner une représentation aussi imagée que possible de cette forme de vie : mon centre de gravité ne se trouve ni entre mes jambes ni dans ma tête, mais dans l'abîme où je flotte, jusqu'à devenir l'abîme lui-même quand j'écris ou que j'aime – ce qui, chez moi, revient d'ailleurs au même. Cet abîme n'a pas de genre ni de sexe. Je ne me considère pas comme une femme ni comme un homme. Tout au plus suis-je un personnage au sein duquel vivent d'autres personnages, tous parlant entre eux et formant une constellation dont je ne suis pas l'épicentre. J'ai la plus grande répugnance pour mes faiblesses, mais je vis. Je n'ai pas peur d'être seule – on est toujours seul. Je peux rester interminablement seule du moment que j'écris – c'est quand on m'arrache à cette solitude-là que j'ai mal. Mais toute liberté a sa contrepartie, et toute jouissance qui excède une certaine intensité a son prix. Souvent, il n'y a plus de mots pour dire les choses. Tout simplement parce que jamais nos mots ne peuvent dire exactement les pages inscrites en nous et que tenter de peindre la suffocante beauté du monde aboutit nécessairement à une expérience grotesque, comique, imparfaite et ratée. L'enfant du Polaroid a grandi. Je suis assise à mon bureau, cherchant à décrire les châssis d'une fenêtre, la poussière qui danse dans les rais de lumière, les tortillons laissés par une pelure de poire au bord d'une assiette. Mais, tout à coup, tout est blanc. Tout devient aussi blanc qu'un corps recouvert d'un drap dans la chambre d'un hôpital de banlieue. Un jour, le blanc gagnera. C'est comme ça pour vous, pour moi, pour tout le monde. Peu importe l'endroit, un hôpital, le canapé d'une maison de retraite, devant la télévision, dans une forêt ou une chambre. Un jour, on n'arrive plus à accoster sur les rives de sa propre conscience. Le blanc gagne.

Je n'ai qu'une photo de mes deux parents et moi. Je ne sais pas qui l'a prise. Nous sommes tous les trois dans le salon. Elle et lui debout, et moi au milieu, la main dans la main de mon père – j'ai neuf ou dix mois, je ne sais pas encore marcher, j'ai besoin de sa main pour tenir debout. Mon père et ma mère regardent l'objectif en riant – et je regarde mon père. J'aurais tout donné pour me souvenir de son rire. Les mots ne me le rendront jamais. Je regarde la photographie. Mon regard cherchait le regard de quelqu'un qui allait mourir. Ma main se cramponnait à quelqu'un qui était déjà malade, déjà en train de s'effacer. Je regarde ma main gauche. Celle qu'il tenait sur la photographie. Celle avec laquelle j'écris. Je ne peux pas sentir sur mes doigts la chaleur de sa paume. Je n'arrive pas à croire que j'ai pu la sentir un jour. On me dirait qu'il ne m'a jamais tenu la main ni serrée dans ses bras, je le croirais, s'il n'y avait pas cette photographie. Ma mère n'a jamais pu jeter les vêtements de mon père, même quand, onze ans après sa mort, elle a fini par se marier une autre fois – je ne peux pas écrire « se remarier », cela supposerait qu'elle ait cessé d'être mariée avec mon père après sa mort. Or, ce ne fut pas le cas. Mon beau-père a accepté. Il a compris. Il a eu ce courage, cette intelligence. Adolescente, ces vêtements de mon père, je les ai portés, souvent. C'était ridicule. Ils étaient beaucoup trop grands. J'avais l'air d'un clown. Mais on a besoin d'espoir. Et cependant, que les bras de mon père, son regard et sa voix n'aient jamais été qu'un songe, que le corps des mots, la chair des livres aient suppléé son corps absent, et la fiction délirante inlassablement déroulée par ma mère fut successivement, et peut-être simultanément, dans ma vie, un grand malheur, puis une grande chance – puis cela aussi devint banal.

10

Des pluies diluviennes puis des flocons s'abattent sur la France. Du givre se colle aux fenêtres. Ça arrive un matin de janvier 2016. Je suis passée à la conférence de rédaction d'une des revues pour lesquelles j'écris régulièrement. On est en pleines commémorations des victimes des attentats de *Charlie Hebdo* et de l'Hyper Cacher. On y pense tous. On n'en parle pas. On se regarde, l'œil bas, puis on se met au travail. Mon téléphone sonne une première fois, un numéro masqué, je ne réponds pas. Pas de message. Cinq minutes plus tard, le téléphone sonne à nouveau. C'est peut-être un patient, la nounou de ma fille, ou ma mère. Je demande à pouvoir m'absenter un instant, je me lève – allô, ne quittez pas, je vais dans le couloir, allô ? Tout de suite, je reconnais la voix profonde comme le sommeil, et avec elle me revient en plein cœur la joie immense que j'ai voulu étouffer.

– Je viens de terminer l'écriture d'une pièce pour violoncelle et voix. Ça s'appelle *L'Intranquille*. Il me semble bien qu'elle est pour vous.

– Pourquoi vous n'avez jamais répondu à mes messages ?

– Je ne suis pas très bavard, vous savez. Mais je les ai tous lus.

Silence.

Il reprend :

– Par ailleurs, j'ai lu votre livre sur la mélancolie. Ça m'a pris du temps, à cause de tous les mots compliqués que vous utilisez. Pourquoi ne m'écrivez-vous plus ?

Silence. Puis :

– Écoutez, je suis en pleine conférence de rédaction, là. Je ne comprends pas. Pourquoi vous m'appelez ?

– J'arrive à Roissy demain matin, par l'avion de 9 heures.

– Ah, un concert ?

– Non.

– Je ne comprends rien. Pourquoi venez-vous à Paris ?

– Pour vous aimer.

11

Il est 7 heures. Elle se lève. Elle marche dans un couloir. Son corps n'est pas encore délié du sommeil. L'image se fige, flotte dans ma pupille puis se détache de mes yeux au moment où elle tourne vers la droite. C'est absolument moi dans ce couloir – absolument calme, absolument résolue. Quand je suis absolument moi, je suis absolument vide et donc toujours la même et un autre ou une autre, tantôt homme, tantôt femme, tantôt adulte, tantôt enfant, et je passe en somnambule dans des images identiques et mouvantes – et nul ne s'en doute. Je la vois entrer dans la cuisine. Elle prépare du café, fait chauffer un chocolat et griller des tartines. Elle revient dans le couloir. Elle entre dans la salle de bains. Elle se douche. Elle applique une crème sur son visage et tapote du bout des doigts les ridules au coin de ses yeux. Elle regarde sa montre. Elle repose son crayon à lèvres. Elle sort de la salle de bains. Elle rentre dans une chambre plongée dans l'obscurité, où dort un homme. Elle le regarde, longuement, en silence. Elle se penche au-dessus de lui. Elle l'embrasse. Il dit quelque chose qu'on ne comprend pas. Elle sort de la chambre par la droite. Elle s'arrête dans le couloir, épaules un peu voûtées. Un souffle sec sort de sa bouche. Elle redresse la tête, traverse le couloir, ouvre une porte, rentre dans une seconde chambre, tire les rideaux, allume la lumière, se penche au-dessus d'un petit lit et chantonne C'est l'heure d'aller à l'école. Elle sort de la chambre et revient portant sur un plateau des tartines beurrées et du chocolat fumant. L'enfant se frotte les yeux, s'étire, se redresse sur son lit et, le visage encore chiffonné de rêves, boit son chocolat, mange ses tartines, puis se lève, va dans la salle de bains, s'assied sur les toilettes, tire sur un rouleau de papier, s'essuie, demandant Aide-moi. Un instant, l'image de ma mère et moi enfant dans une tout autre salle de bains brille devant mes yeux, puis à nouveau j'assiste à moi-même sous un de mes déguisements en disant Non, chérie, maintenant tu es grande, et l'enfant se lève, tire la chasse, va vers le lavabo, monte sur un tabouret et se lave les dents. Le visage aussi, avant d'aller à l'école. L'enfant fait une grimace, passe une main sous l'eau, puis une autre, frotte son visage, attrape une serviette, s'essuie, retourne dans la chambre, enfile la tenue préparée la veille au soir et se regarde dans la glace, l'air satisfait. À 8 h 30, mère et fille arrivent, ponctuelles, main dans la main, devant l'école. L'enfant retrouve ses camarades de classe. Sa mère la couve du regard, tout en échangeant des banalités avec les autres mères. La cloche sonne. Mère et fille consultent, toutes deux, fébriles, la liste des ateliers du semestre. Elles sont rassurées : l'enfant est dans l'atelier musique, avec un animateur qui a une excellente réputation, et on ne l'a pas séparée de sa meilleure amie. La mère dépose un baiser sur le front de son enfant, puis un autre encore, la serre tendrement dans ses bras, lui souhaite une belle journée, s'assied sur un banc dans la cour de l'école et remplit scrupuleusement une fiche qu'une représentante de l'association de parents d'élèves vient de lui distribuer. Elle salue le directeur, la dame qui surveille la porte d'entrée, puis les autres mères, remonte la rue avec l'une d'elles qu'elle complimente sur son bronzage. L'autre femme, en retour, la complimente sur sa silhouette, disant Tu as raison, à nos âges, l'attitude et le maintien, c'est important. Elles se séparent à un carrefour, chacune partant dans une direction différente. Elle prend le métro. Elle descend cinq stations plus loin. Elle marche. Ensuite, il y a une chambre. Les rideaux qu'on a fermés. La porte qui claque. L'obscurité. Les corps qui trébuchent. L'interrupteur qu'on ne trouve pas. Les bouches qui se cherchent et se mordent. L'homme boit les larmes tombées au creux du poignet, il mord la pointe des seins qui jaillissent du chemisier, il lèche les yeux, la crénelure des côtes, le nombril, les fesses amples, le ventre au bas duquel se cache une cicatrice. Ses mains tremblent. Le corps de l'homme, qui parfois est le mien, à l'insu des autres, est très mince, presque maigre, tout en finesse et en longueur, comme celui des coureurs de fond. Il a cette peau hâlée des gens des villes qui, dès qu'ils le peuvent, vont s'isoler dans la nature. Il est difficile de lui donner un âge. Les traits de son visage et la blancheur de ses cheveux lui donnent l'air de n'être ni de ce monde ni de l'autre. Mais il n'a pas le corps d'un homme âgé. On pourrait facilement donner à ce corps dix ou quinze années de moins. C'est le corps d'un homme qui prend soin de lui et n'aime pas se mettre au soleil autrement que nu. Des rideaux rouges filtre un rai de lumière qui zèbre un pan de mur de la chambre. Elle roule sur lui et, les seins pressés contre son torse, ses doigts enserrant ses poignets, elle plante ses yeux dans les siens. Elle lui dit qu'elle a peur. Il sourit et ce sourire lui étire la bouche jusqu'à lui découvrir les dents. Il lèche la main, très petite, posée sur son visage, plaque sa bouche sur sa paume, l'empoigne, la serre et ne la lâche plus. Il dit qu'il a peur, lui aussi. Leurs larmes se confondent. Les bouches ne sont plus que deux traits roses qui s'ouvrent, se tètent, puis se referment, puis s'ouvrent encore. Un bras sous sa taille, l'autre caressant son front, il entre en elle. Lentement, très calmement, il la déprave, elle le désarme, ils se fouillent, se reniflent, se déchirent, se rassemblent, encore et encore. Les heures passent. Le ciel les traverse. Ils ne sortiront pas de la chambre.

Ils restent enlacés, se caressant, se parlant à voix basse. De temps en temps, ils regardent les murs, les rideaux, le miroir qui reflète leur corps. À nouveau, ils s'embrassent, se lèchent, se touchent, et constatent, ahuris, qu'ils sont deux.

Elle glisse sa tête sur le torse de l'homme, colle son oreille contre sa poitrine. Ainsi, dit-elle, contrairement à ce qu'on prétend, vous avez donc un cœur. Il sourit. Elle s'endort immédiatement, la tête toujours posée sur son torse, dans le bruit de ce cœur qui bat, le visage caché par sa chevelure, dans laquelle il laisse ses doigts se perdre, puis qu'il relève, dégageant son oreille dont il effleure le lobe. De l'autre côté de la porte, on entend parfois dans le couloir les portes de l'ascenseur s'ouvrir, et les roulettes de valises crisser sur la moquette. Des pas se rapprochent, puis s'éloignent. Des voix : C'est là, J'espère que la salle de bains est correcte, tu te rappelles la dernière fois à Rome c'était… Attends-moi, la valise est lourde.

De dos, la main entre les jambes, la femme allongée dans la chambre se met à respirer bruyamment, bouche entrouverte, et son souffle se raccourcit. Et, du fond d'un amour où ni lui ni moi ne saurons jamais plus si l'autre n'est pas lui-même, je les vois, cependant, tous les deux. Je la vois ouvrir les yeux, s'asseoir sur le lit. Elle aperçoit l'homme, immobile, sur une chaise, qui ne la quitte pas du regard. Elle sourit. Elle lui dit qu'elle a rêvé. Elle ne veut pas raconter. Elle dit que ça lui arrive, quand elle est très heureuse, de s'endormir, subitement, dans la tristesse ancienne des histoires des autres. À dire vrai, elle n'est pas certaine qu'il s'agisse de sommeil – juste d'un moment où le drôle d'air des choses, la texture du silence, le vent qui cogne aux fenêtres se taisent enfin pour laisser venir l'oubli de soi. Elle se lève pour aller aux toilettes, elle titube, se rassied, cligne des yeux, un peu ahurie, se met à frotter son front dans un mouvement répétitif, l'homme se lève, l'étreint avec force, l'accompagne jusqu'à la salle de bains, la regarde pisser, puis lui essuie le sexe. Il la cueille dans son regard. Elle se recroqueville dans ses bras. Il la baise, encore, avec une ardeur inouïe. Et son étreinte la dépose dans un lieu qu'elle ne connaît pas. Elle lui dit que personne ne croirait une chose pareille, à cause de son âge à lui et de l'austérité qu'on lui suppose, et que tout le monde trouverait ça beaucoup plus normal, beaucoup moins dégoûtant, beaucoup plus tolérable, s'ils étaient tous les deux jeunes, mais qu'elle, elle savait aussi, dès le premier jour dans le musée d'Art ancien, que ça serait comme ça entre eux. Il lui dit qu'il l'a aimée, d'abord, tout de suite, violemment, pour cette tristesse qu'elle a au coin des yeux, sa façon de marcher épaules voûtées, au bord du monde, à côté de son corps – et pour son odeur, aussi. Qu'il l'a aimée tout de suite mais qu'il ne le savait pas. Elle répond qu'elle a toujours eu honte de son odeur, même quand elle se lave, même en mettant du parfum, dès qu'elle travaille intensément, au bout de quelques heures, cela revient, quelque chose qui indique la tristesse des entrailles, la putréfaction inéluctable du corps, la mort au travail, la soif d'amour et le besoin d'étreintes sauvages. Elle ne répond pas au reste. Elle sait que, dès le premier jour, il l'aimait déjà.

Il l'enlace.

Il la fait rouler sur le dos, enfouit son visage dans sa chevelure, mange sa bouche, mord sa nuque. Elle pose ses mains de part et d'autre de son cou et l'enserre doucement. Ils regardent vers la caméra et éclatent de rire. À ce moment-là, l'image du film tressaute, se mouchette, se strie, se floute, puis disparaît tout à fait. Dans la salle du cinéma, des spectateurs râlent de dépit.

Dans la scène suivante, je la vois sortir de l'hôtel. Elle marche jusqu'au métro. Elle descend les marches. Et réapparaît, cinq stations plus loin. Elle regarde sa montre. Elle ôte ses chaussures à talons. Elle court, sur un boulevard, le long du métro aérien, chaussures à la main, dans l'odeur de l'homme qu'elle a sur ses vêtements, dans sa bouche, sur ses cheveux. À 16 h 24, elle est, comme toujours, en avance, recoiffée, à nouveau chaussée, devant l'école de son enfant. La cloche sonne. Sa fille apparaît dans l'embrasure de la porte, de l'encre sur les doigts et, son cartable encore sur le dos, saute dans ses bras. Maman ! L'enfant rit. La femme rit aussi. C'est une joie immense, une joie qui brûle tout, une joie enfin débarrassée de la honte de préférer la vie. En remontant la rue, son enfant dans les bras, à qui elle chante une chanson, elle sent du foutre couler entre ses cuisses.

12

Jadis, j'avais peut-être huit ou neuf ans, j'attendais parfois si longtemps qu'on vienne me chercher à la sortie de l'école que je finissais par pourrir sur la chaise où l'on m'avait laissée jusqu'à devenir la chaise elle-même. Comme je ne disais rien, on louait mon calme. La rue vacille, s'incurve, tourne et se retourne éternellement jusqu'à former un cercle où les morts marchent parmi les vivants, et de nouveau ma fille sort, surexcitée, de l'école, devant laquelle je l'attends depuis cinq minutes déjà, m'embrasse, saute dans mes bras, fait de ses mains tachées d'encre un collier autour de mon cou, et me supplie d'organiser pour elle ce soir une soirée pyjama à la maison. Je lui dis que non, pas ce soir. Ses sourcils s'arquent. Elle demande à descendre de mes bras et défait prestement son chignon de danseuse. Ses cheveux sinuent comme des serpents.

– Allez, maman, s'il te plaît, maman.

– C'est non, ma chérie.

Un despote d'un mètre douze en salopette et blouson Harry Potter se plante face à moi. Son nez se fronce. Ses lèvres se pincent. Son visage se tord en sanglots épouvantables.

– Mais c'est le week-end. C'est pas juste. Tu es la plus nulle des mamans.

Des passants s'immobilisent, nous regardent. Il faudrait que je hausse le ton, parce qu'il faut bien que je manifeste mon autorité d'une façon ou d'une autre, c'est comme ça qu'on doit faire, je sais bien que c'est comme ça qu'on doit faire, il faudrait donc que je dise quelque chose, alors je dis quelque chose, quoi, je ne sais même pas, je n'y crois pas moi-même.

Le vent fait virevolter un sac de plastique bleu autour de nos pieds. Je cligne des yeux. À nouveau, la rue vacille, s'incurve, tourne et se retourne sur elle-même jusqu'à former un cercle. Sous mes paupières, dans une voiture à l'arrêt, une enfant au visage livide hurle tandis qu'on la roue de coups. Je secoue la tête. Je promène mes yeux alentour. Personne n'a l'air de savoir que j'ai disparu dans un pli du sac de plastique qui vient de s'écraser dans une flaque froide. L'enfant que j'ai mise au monde me dévisage. Je pense Si elle est là, et que tu la vois te regarder, et que puisque tu la vois te regarder c'est qu'elle te voit, c'est donc que du temps a passé et que tu n'es pas un sac de plastique, et que tout ce qui a eu lieu auparavant est fini et bien fini et ne recommencera plus jamais. Le vent se faufile le long de nos jambes. La porte du square claque. Les arbres se décolorent. Les façades des immeubles s'ombrent de gris chrome. Tout a pris la couleur du ciel d'où semble sourdre la menace encore lointaine, imprécise, d'un orage. Ma fille et moi levons en même temps les yeux vers les nuages. Nous nous faufilons jusqu'aux étals du marché.

– Regarde, j'ai acheté un bon poulet pour ce soir, avec des pommes de terre sautées. Maintenant, aide-moi à choisir des tomates, s'il te plaît.

Elle soupire, s'efforce de masquer un petit sourire, pose une main sur un cageot, finit par plonger l'autre dans les tomates, les tâte, prend un plaisir certain à les choisir et glisse :

– Pardonne-moi, s'il te plaît, maman.

J'observe ses pupilles qui se dilatent dans ses yeux penauds. Je m'accroupis face à elle et fais courir mon index sur son nez.

– Tu t'es rendu compte que tu m'avais mal parlé, lui dis-je. J'accepte donc tes excuses. Pas ce soir, pour la soirée pyjama, mais la semaine prochaine, si tu veux.

*

Les gens ne se baignent pas. Ils nagent dans leurs souvenirs d'enfance ou dans ceux des êtres qu'ils aiment. Je vais tenter de raconter comment tout ça s'est passé. Tout ce qui va suivre est absolument réel. Parfois, le réel devient fou. Ce qui nous arrive défie tellement l'entendement que cela met en péril notre continuité d'exister, cette stabilité que nous avons conquise depuis notre naissance et qui nous a permis de nous construire un monde intérieur et d'acquérir une identité. Et l'on se demande alors, quand on revient de certaines expériences – si l'on en revient –, à quoi on doit sa survie et si l'on mérite encore de vivre. Il n'y a que la fiction pour faire entendre ce réel-là. Le réel des survivants. Un réel autrement impensable.

Je n'ai pas de moi. Cette histoire n'est pas mon histoire. Mon histoire n'a pas d'intérêt. Cette histoire, c'est l'histoire de ce qu'il advient quand nous découvrons que ce que nous prenions pour une peinture sincère de la vérité n'est qu'un repentir qui masque et recouvre un mal absolu. Il était une fois une femme bien trop belle se réfugiant dans la bêtise pour s'empêcher de penser. Et, allongé à ses côtés, un enfant coulé dans ses bras. *Je vais te démolir*. Que celle qui donne le jour fasse aussi plonger dans la nuit, que la démolisseuse soit aussi, à d'autres moments, vraiment la plus merveilleuse des mamans est pour l'enfant proprement incompréhensible. Les années passent. Il faut toujours être en tête de classe. Sinon, ça tombe. Mais elle cogne toujours très proprement – jamais le visage, c'est une question d'éducation. Car chez les voisins ou à l'école, personne ne veut savoir : les coups, c'est chez les pauvres. Parfois, à la sortie de l'école, la maman est la dernière des mamans à venir chercher l'enfant. L'école appelle à la maison. Personne. Elle est peut-être morte, elle aussi. L'enfant attend, dans le bureau de la directrice. À force, l'enfant y a ses habitudes. La directrice lui prête des livres. Elle sort de sa boîte en verre un bonbon poussiéreux. La directrice regarde l'enfant mâchonner le bonbon. Assise dans un fauteuil de velours bleu, l'enfant mâchonne le bonbon en regardant la directrice signer des papiers administratifs. La directrice ne dit rien. Elle ne pose jamais les questions que l'enfant aimerait bien que quelqu'un pose enfin. Alors l'enfant ne dit rien non plus (où est maman combien de temps les cadavres mettent-ils à pourrir ne plus penser quand on est mort est impensable les insectes nécrophages comme les mouches bleues sont-ils le produit de la putréfaction du corps à partir de quand ne reste-t-il du cadavre que son squelette dans quel état est le corps de mon père à présent où est maman au bout de combien de temps les restes se transforment-ils en poussière chaque instant qui passe va vers la mort où est maman où sont passés tous les cadavres de tous les gens qui sont morts depuis la création du monde a-t-on suffisamment de place sur terre pour mettre tous ces corps qui s'empilent sur des corps qui s'empilent sur des corps 2 + 2 = 4 4 + 4 = 8 8 + 8 = 16 16 + 16 = 32 32 + 32 = 64 64 + 64 = 128 128 + 128 = 256 je ne veux pas mourir 256 + 256 = 512 je ne veux pas que maman meure elle aussi 512 + 512 = 1024 il m'est impossible de changer le cours de l'histoire 1024 je ne peux rien faire contre ça + 1024 tous ces gens que je vois passer dans la rue par la fenêtre vont tous mourir un jour et la directrice aussi et moi aussi et maman où est maman où est le centre des choses où est le sens de tout ça = 2048 ça n'a pas de sens ni mon existence ni aucune autre existence qu'est-ce qui me prouve d'ailleurs qu'en cet instant je suis vraiment en vie qu'est-ce qui me prouve que tout ce que je vois autour de moi n'est pas un film qui défile sur un écran que nos visages ne sont pas que des masques d'où sortent des voix qui parlent mais qui se sont tues depuis longtemps combien de temps les cadavres mettent-ils… Maman !). Quand la mère arrive enfin, dans une robe que d'ordinaire on ne porte que pour un bal, elle est si belle, elle sent si bon que tout le monde lui pardonne et personne ne lui demande les raisons de son retard.

Dans la voiture, à table, dans le lit, à la campagne, sur la plage, la mère invente des jeux extraordinaires. Elle chante. Elle danse. Elle câline l'enfant et se laisse câliner par lui sans retenue aucune. Encore, maman. Encore ton odeur. Encore tes seins. Encore ta voix. Encore ta peau. Et elle parle. Elle parle sans arrêt. L'enfant se tait et laisse les récits de sa mère se glisser en lieu et place du néant qui l'habite. La mère raconte son enfance heureuse au Danemark. Une belle enfance, dans une belle petite maison au bord de la mer, à Copenhague, tout près de la statue de la Petite Sirène. La mère parle très très bien français. Elle a juste une pointe d'accent et une orthographe quasi irréprochable. Dans les premières lettres qu'elle écrivait à son mari, on pouvait lire Mon chéri, merci de me donner tant *de* amour. Maman, quand je demande à mamie de me parler du Danemark elle voit pas du tout de quoi je parle. Et chaque fois que j'essaie de la faire parler sur la guerre, elle se souvient de rien, elle veut rien me dire du tout. Par contre, elle dit qu'elle n'est pas du tout juive mais catholique. Tu ne devrais pas lui poser toutes ces questions, mon écureuil. On ne doit pas faire parler les gens malades. Ça leur fait remonter des mauvaises choses dans le cerveau. Tu sais bien que mamie a perdu la tête en se cachant pendant la guerre dans des fermes avec son papa, elle a été conditionnée à ça, ne jamais avouer qu'elle est juive, tu comprends ? L'enfant retourne dans sa chambre et joue là où on lui dit de jouer. C'est très pratique. On peut le laisser des heures sans lui parler. Quand on revient le voir, il est toujours au même endroit avec, dans une main, la tête d'une poupée qu'il a dévissée du corps. À sa mère qui le questionne, l'enfant rétorque, levant lentement vers elle son visage, Je veux voir l'envers des choses, puis replonge, exalté et éteint, dans l'étude du crâne de son jouet. La mère rit. L'enfant gazouille. Dans le grand lit, les fabuleuses histoires maternelles continuent, mais sur un tout autre thème. Je vivais en Afrique avec mon papa, on allait dans la brousse en Côte d'Ivoire, il me faisait grimper sur le dos des lions. Dans le désert en Mauritanie au milieu des Touareg, pendant que mon père travaillait à ses affaires j'ai vécu avec des Mauritaniennes, très grosses et très gentilles, qui voulaient sans arrêt me faire manger, elles disaient que je n'étais pas assez grasse. Elle décrit le grand-père : blond, athlétique, la peau brûlée par le soleil, avec de grands yeux clairs. Dommage qu'il soit mort. C'était un héros, tu sais. Un homme sauvage et fougueux que personne ne pouvait apprivoiser. Rien ne l'arrêtait. Il était capable de piloter un avion sans jamais avoir appris à le faire. Il n'avait peur de rien. On n'a peur de rien quand on a été déporté. Il a été déporté parce qu'il était juif. D'abord à Buchenwald puis Auschwitz. Oui, deux camps, tu te rends compte ? Et il a survécu à ça. Ensuite, dit la mère, après la guerre et l'échec de son mariage, parce que sa femme ne savait pas bien s'occuper de la maison ni faire la cuisine, il s'est réinventé une nouvelle vie, en Afrique. Ce qu'il faisait là-bas ? Des photos, oui, beaucoup de photos. Il était propriétaire de plantations de cacao, aussi. Parfois, il s'agit de plantations de café. Du cacao et du café, en fait. Parfois, la mère, très petite, a pris un bateau pour venir le rejoindre. Parfois, c'est l'avion. D'autres fois encore, c'est lui qui est venu la chercher dans l'internat où on l'avait parquée. Parfois l'internat est au Danemark, parfois en France. Ça fait si longtemps, tu sais, je ne m'en souviens plus. Ils vivent à Cocody, un quartier résidentiel d'Abidjan. Ils ont une grande et belle maison avec des domestiques. Ils font souvent des expéditions dans la brousse. Le père emmène toujours sa fille. Ils partent pour plusieurs jours. Ils roulent, longtemps, dans une terre de beauté, de mystère et de majesté. La terre d'Afrique. Le vent souffle. *Quand le souffle passait en sifflant au-dessus de ma tête, c'était le vent dans les grands arbres de la forêt, et non la pluie. Quand il rasait le sol, c'était le vent dans les buissons et les hautes herbes, mais ce n'était pas la pluie*[1]. Au passage de la jeep, la latérite rouge des pistes vole sur le pare-brise et recouvre la voiture, les vêtements, les cheveux et les corps d'une pellicule de poussière. Le soir, ils campent autour d'un feu. Le papa shampouine la tête de sa grande fille, au milieu des girafes, des lions et des éléphants. Jamais les bêtes sauvages ne les attaquent car le papa sait bien parler aux animaux et, surtout, les rendre très dociles. Un jour l'enfant quelconque tombe par hasard sur un film qui s'appelle *Out of Africa* adapté du roman d'une Danoise, Karen Blixen. Sur l'écran de la télévision, Robert Redford lave les cheveux de Meryl Streep dans la savane, exactement comme grand-père avec maman. D'ailleurs, c'est drôle, la voix off du film raconte exactement la même chose que maman quand elle parle de l'Afrique.

Maman ?

1. Le passage en italique est tiré de *La Ferme africaine* de Karen Blixen.

*

À propos du récit, devenu film, que fit Misha Defonseca de son enfance, *Survivre avec les loups*, on avait parlé partout de cette « incroyable histoire vraie d'une rescapée de la Shoah ». Fille unique d'un couple raflé par la Gestapo en 1941, l'auteur avait, disait-elle, parcouru, à l'âge de huit ans, trois mille kilomètres à pied, dans l'Europe en guerre, mangeant des vers de terre et des écorces, à la recherche de ses parents, avant d'être sauvée par une meute de loups.

Mais quelques années plus tard, un spécialiste des loups, des historiens et des membres de la communauté juive pointèrent plusieurs invraisemblances dans son récit. Misha Defonseca avait alors admis qu'elle avait tout inventé et qu'elle s'était raconté une autre vie à laquelle elle avait fini par croire, s'identifiant à ce qu'elle considérait comme les « victimes absolues », à savoir « la communauté juive pendant la Seconde Guerre mondiale ». « Ce livre, cette histoire, c'est la mienne. Elle n'est pas la réalité réelle, mais elle a été ma réalité, ma manière de survivre. » « Oui, je ne m'appelle pas Misha Defonseca mais Monique De Wael, mais depuis que j'ai quatre ans je veux l'oublier. » Son père, inculpé pour des actes de résistance en 1941, a ensuite été accusé de trahison : il avait parlé sous la torture. En 1947, le nom du père fut effacé de la plaque commémorative des fonctionnaires morts pour la patrie. Sur la plaque, on ne vit plus que cette ligne raturée. Progressivement, elle se réfugia dans la fiction d'une vie peuplée de chiens, de poules, et de peluches. À vingt-deux ans, elle épousa un certain Morris Lévy. Elle confiera plus tard être terriblement fière, grâce à ce mariage, de s'appeler « Lévy » – tout comme ma mère fut très fière, grâce à son mariage avec mon père, de s'appeler « Chiche ».

*

Je ne sais pas exactement à quel moment de son existence ma mère a cessé d'être une personne, y compris pour elle-même, pour devenir l'héroïne de sa propre fiction et de celle que je savais, depuis l'enfance, qu'il faudrait que j'écrive un jour. Pendant un temps, après la naissance de ma fille, j'ai racheté des photographies sur lesquelles on peut voir ma mère. Dès que j'en trouvais une sur Internet, je m'en portais acquéreur (je dis bien « acquéreur » et certainement pas « acquéreuse »). Il fallait parfois enchérir. Il était hors de question que tout autre que moi remporte la mise. J'ai fini par disposer d'une collection importante. Ma mère devant un château, en robe violette, tout droit sortie d'une histoire de vampires de Sheridan Le Fanu adaptée par Roger Vadim ; ma mère en cuissardes blanches, une perruque courte sur la tête, devant une Harley-Davidson (au dos de cette photographie-là, il y a marqué « Sophie ») ; ma mère, à genoux sur le sable, croupe offerte, devant des palmiers de ce qui ressemble à une plage d'Afrique, un tchador blanc sur la tête ; ma mère en costume de cow-boy, stetson noir sur la tête, santiags aux pieds, un pistolet à la main, marchant dans une ville fantôme du Nouveau-Mexique ; ma mère en manteau de fourrure, courant au bras d'un gangster ;

ma mère en pull à col roulé, à l'arrière d'une jeep, un fusil à la main (sur celle-ci, quelqu'un a noté au dos de la photographie « Karina ») ; ma mère en bikini rouge Courrèges (sur cette photographie-là, elle s'appelle « Miel ») ; ma mère assise sur des marches de pierre, page 80 du magazine *Photo* n° 177, au détour d'un article consacré à Serge Jacques, le photographe dont elle fut le modèle, et qui commence ainsi : « Stéphane Jourdain, Sarah Joyce, David Courcel, Art Kapone's, Mary Hellen Primm, Arielle, Danielle Olivier, Roland Carré. Ces noms fleurissent au fil des pages des magazines de charme du monde entier. Ces photographes n'existent pas. Ils sont quelques-unes des dix-neuf identités sous lesquelles se cache un étonnant personnage, Serge Jacques, l'Unilever de la photo de charme, le Roux-Combaluzier du sexy comme l'appellent ses amis. En chiffres, c'est plus impressionnant encore : 37 ans de carrière, 360 photos par jour, 20 à 30 sujets par mois, 350 000 photos archivées en noir et blanc, 522 parutions pour le seul mois d'avril dans 73 magazines. C'est vrai qu'au début on n'y croit guère. Quand cet homme petit, drôle et élégant qui flirte avec la soixantaine vous reçoit dans sa maison du boulevard Malesherbes, mythomane et affabulateur, on doute un moment, et puis peu à peu, l'humour opère, les preuves s'ajoutent, les anecdotes abondent, l'existence s'impose. Cet homme est vraiment à lui tout seul une usine de la photo de charme. L'énorme et l'irréel acceptés, sa vie devient alors une odyssée et l'une des pages les plus incroyables de l'histoire de l'image fixe artistique et cochonne. » J'ai mis un certain temps à faire le lien entre la dilection de Serge Jacques et de ma mère pour les noms d'emprunt et mon intérêt pour Fernando Pessoa, un homme qui au cours de sa vie endossa au moins soixante-douze identités littéraires. Du temps, aussi, à faire le lien entre mes « rachats » et les circonstances dans lesquelles mon père et ma mère s'étaient rencontrés. Cela ne m'est venu qu'après ma première rencontre avec celui que dans ce livre j'appelle Richard et que je peins en violoncelliste, quand il m'a dit Vos mots sont touchants, parce que vous n'avez pas d'image.

13

C'est un salon rempli de livres, où se trouvent un canapé, une table en bois et deux chaises sur lesquelles nous avons posé nos vêtements. Les rideaux sont fermés. Du monde ne nous parviennent que des bruissements en arrière-plan. Nous ne sortons pas, si ce n'est, parfois, pour acheter à manger, quand nous sentons que si nous ne mangeons pas nos esprits et nos corps ne pourront plus mettre en actes ce que veut notre imagination. Se lever, aller aux toilettes, boire une gorgée d'eau est un effort qui nous coûte trop. Nous ne pouvons pas nous détacher l'un de l'autre.

J'ai pensé qu'il fallait le faire. Me laisser traverser de part en part par cet amour. Nous sommes dévastés. Dévastés de joie. Dévastés que chacun de nos gestes, chacun de nos mots confirme en tout point la façon dont nous nous étions rêvés l'un l'autre. Dévastés que les limites de nos corps nous empêchent de pénétrer encore plus profondément l'un dans l'autre.

Je me suis organisée pour écrire mes articles une partie de la nuit, et recevoir mes patients uniquement le matin très tôt, le soir et le week-end. Je dors peu. Je vis avec Richard, du lundi au vendredi, de 10 heures à 16 heures, dans cet appartement qu'il a loué exprès pour nous, à deux rues de celui où vivaient ma mère et mon père, et dans lequel ma mère et moi avons vécu ensuite toutes deux, pendant des années, avant que mon beaupère ne vienne lui aussi s'y installer, dès après son mariage avec ma mère. De sorte que, chaque fois que nous sortons, Richard et moi, pour faire les courses, nous passons devant mon école primaire et nous allons chez le boucher, le boulanger et à la supérette que je fréquentais enfant. Un jour, je me retrouve, stupéfaite, nez à nez avec le pharmacien chez qui je passais de longs moments, après l'école, m'étonnant presque, comme je lui dis qui je suis, qu'il ne reconnaisse pas immédiatement, sous les rides et le fard, l'enfant taciturne à qui il faisait cadeau de flacons vides et de planches anatomiques. Et tous ces trottoirs le long desquels j'avais pleuré, devenant l'ombre qui rapetisse sous le soleil sombre puis soudain glisse avec l'eau dans les égouts, à présent je les arpente d'un pas léger.

Je ne pensais pas qu'on pouvait faire ça pour quelqu'un – lui rendre l'enfance qu'il n'a pas eue et lui permettre de reprendre une croissance interrompue. Me reviennent en mémoire les mots d'un médecin chez qui on m'avait expédiée, après une deuxième tentative de suicide, réalisée trois jours après la précédente. J'avais quinze ans. Je ratais tout, y compris ma façon de me supprimer. Le printemps était là, mais il faisait extrêmement froid. C'était un froid qui ne quittait plus. Un froid gris. Un froid qui piquait tant qu'il obligeait à s'ensevelir dans la crasse, s'enterrer en soi-même et se dissoudre dans le corps de livres où logent d'autres auprès desquels on trouve la confirmation de sa propre existence – compagnons de mots et de papier avec lesquels s'entretenir et que l'on aime encore quand on ne s'aime plus. Dans son cabinet de la rue V., meublé sans ostentation aucune, le Dr G. me recevait, après le lycée, deux fois par semaine. Je m'y rendais, les poings dans les poches, l'âme pleine de clous. J'avais accepté d'y retourner uniquement, croyais-je à l'époque, parce qu'il me laissait fumer pendant les séances. J'allumais la cigarette suivante avec celle qui entre mes doigts recouverts d'encre et de cendres terminait de se consumer.

– Pourquoi vous avez fait ça ?

– Je sais pas.

– Il y a une colère noire en vous. Vous êtes en colère contre quelqu'un et comme vous ne pouvez pas dire qui c'est, vous vous faites du mal.

– Je sais pas.

Il regarde mes mains sales. Mon pull taché. Mes cheveux que j'ai tailladés, laissant par endroits le crâne presque visible. Le cendrier dans lequel je fouille pour rallumer un mégot.

– La colère recouvre de ses cendres ce que vous avez à donner. Il y a au fond, sous le noir, des trésors de tendresse.

– Je sais pas.

– Un jour, ces trésors de tendresse, vous pourrez les donner à un homme.

– Je sais pas.

– Vous ne savez pas ?

– Si. Je sais que vous dites vos trucs de psy exprès pour que je m'attache à vous et que je me foute plus en l'air, vu que vous avez l'âge d'être mon père et que vous avez toutes les rides qu'il aura jamais. C'est pratique. C'est même ça qu'on appelle le « transfert », je l'ai lu dans un « Que sais-je ? », et je trouve ça débile et sale parce que c'est un mensonge.

– Un mensonge ?

– Un faux amour qui n'est pas de l'amour.

– Alors, ce serait quoi, un vrai amour ?

Je raconte tout cela à Richard, des années après, marchant dans la même rue V., tandis que nous revenons du musée Rodin et que nous voyons, défilant au pas, en sens inverse de nous, des blocs de militaires qui se déploient devant des immeubles aux balcons desquels flottent, depuis les attentats, de plus en plus de drapeaux français. Mais tout me paraît plus joli. La peau luisante des poissons sur les étals du marché, la pluie sur nos chaussures, les gestes des commerçants, les combats quotidiens qui se cachent dans une phrase, la soif d'amour, le besoin de reconnaissance, la lutte pour la dignité de tous ces visages, anonymes, que nous croisons, au cours de nos promenades. Mon anecdote le touche parce qu'elle nous concerne.

– Mais les Autrichiens, dit-il avec un sourire sarcastique, n'aiment pas passer leur temps à tout psychologiser.

Nous rentrons à son appartement. Je regarde le feu brûler dans la cheminée.

– Viens plus près de moi, dis-je à Richard.

Il se laisse faire puis :

– Je ne cherche pas à savoir pourquoi ta tendresse me bouleverse à ce point ni pourquoi tu m'es devenue si indispensable. Je ne crois pas que l'on puisse connaître quoi que ce soit de sa propre vérité ni de la vérité des êtres. Je connais des fragments de toi, et je les adore. Paul en connaît d'autres. Et ta fille d'autres encore. Et la somme de ces fragments n'est pas réductible à ta totalité. Et c'est valable pour moi aussi, pour chacun d'entre nous. C'est offenser l'amour que d'en chercher les peines. Nous ne faisons rien de mal ni ne faisons souffrir nos proches tant qu'ils ne savent rien. Margarethe et moi allons la semaine prochaine à l'inauguration de l'exposition Kiefer à Vienne. Comme je l'ai déjà vue avec toi ici à Paris, il va falloir faire semblant de tout découvrir à nouveau. Tout cela est un peu comique. Mais protéger ceux dont nous partageons le quotidien et que nous aimons est à ce prix. Nous sommes tous les deux dans un piège dont je ne sais pas comment sortir. Je ne peux ni quitter tout ce que j'ai construit en Autriche ni te quitter. Je ne sais pas comment faire. Mais ce que je sais, c'est que je t'adore, que jamais je n'aurais espéré que la vie m'accorderait sur le tard un si grand bonheur, que je te dois à la fois mes plus grandes joies et le malheur dans lequel me plonge l'impossibilité de t'avoir toute à moi, et que je mourrais de te perdre. C'est vrai, je pourrais dire que ta tendresse est devenue nécessaire à l'équilibre de mon monde. Tu m'as transformé. Depuis que je te connais, je suis plus gentil avec tout le monde. Avec les gens que je croise au restaurant, dans le bus. Et même avec ma femme.

Je lui dis que je ressens la même chose quand je me surprends à m'occuper de ma fille avec plus d'entrain ou même quand je suis plus encline à pardonner à Paul son mauvais caractère. Il hésite puis :

– Tous les soirs, je prie ce Dieu auquel je ne crois pas pour Lui demander de me conserver Margarethe et toi. Continuer à vous avoir toutes les deux et que rien ne change.

Il cache son visage dans ses mains. Je ne dis rien. J'écoute les bruits de pas des voisins au plafond. Puis tout se tait. Tout devient absolument calme. Le feu s'éteint sans bruit. Richard s'endort dans mes bras.

Je n'ignore pas que je vis avec un géant parmi les hommes – moi aussi je le révère. Mais je n'ai pas de maître. Pour moi, Richard K. est Richard. Et Richard est l'homme avec qui je peux passer deux heures tête-bêche, dans la baignoire, à parler de l'usage d'une virgule chez Musil ou à chanter des chansons idiotes. Il lit mes textes. Je participe à l'écriture du livret d'un opéra pour violoncelle et voix qu'il souhaite monter. Nous travaillons souvent côte à côte. Nous prenons soin l'un de l'autre avec la même dévotion et la même ferveur. Car nous sommes un seul et même paysage, que nous arpentons, vides de nous-mêmes et emplis de l'autre. Si je veux être tout à fait honnête, je ne comprends pas toujours comment un être peut passer autant de temps à en regarder un autre aller aux toilettes, changer son tampon hygiénique ou se brosser les dents – toutes ces choses dont on prétend qu'elles doivent rester cachées pour maintenir les mystères nécessaires à la préservation des illusions de l'amour. Mais je laisse Richard voir tout ce qu'il veut voir, filmer tout ce qu'il veut filmer avec son téléphone portable, dans un rêve sans aucune dissonance où le monde semble n'avoir été peint que pour abriter notre amour – j'ai le sentiment que la loi aveugle qui nous régit tous à notre insu est devenue notre loi et, en une sorte de court-circuit invraisemblable, puisqu'elle est devenue notre loi, nous a comme délivrés de la loi. Le Richard de Margarethe est un Richard que je ne connais pas. Je sais cependant que dès qu'il retourne en Autriche, trois jours toutes les deux semaines, il ne peut plus faire un pas sans sa femme. Ils sont comme ces couples de petits perroquets trapus que l'on nomme inséparables et qui passent tout leur temps collés l'un à l'autre dans leur cage. Richard a besoin de Margarethe. Et Margarethe a besoin de Richard. Je l'aime donc, puisqu'elle est aussi la cause de sa joie. Elle est née à Vienne. Elle a grandi à Vienne. Elle vient d'un milieu où une erreur d'interprétation dans Schubert peut vous faire mépriser comme un chien. Nous sommes trop différentes pour être rivales.

Richard passe toutefois relativement peu de temps à jouer en dehors de ses concerts. Son stradivarius de 1712, s'il est toujours avec lui, où qu'il aille, reste souvent dans son étui. À force de vivre à ses côtés, un jour je m'en étonne. Il répond simplement qu'il a passé des dizaines d'années, depuis ses cinq ans, à jouer dix heures par jour. Et puis qu'un jour il a arrêté. Il ne veut pas dire quand. Un jour, dit-il, on ne joue plus parce qu'on sait. Je comprends que c'est d'être arrivé à ce point de savoir qui l'a rendu mélancolique. Je comprends aussi que c'est peut-être parce que avec moi il ne sait plus qu'il est devenu heureux.

Et qu'avec ce bonheur, la peur de mourir est revenue. Sa voix se fait plus rauque – presque crépusculaire. Il parle de ce moment où il ne sera plus là, qu'il faut que je m'y prépare. Je ne peux pas penser le fait que Richard va mourir un jour, et qu'il est possible qu'il meure avant moi, parce que je n'ai pas ce qu'il faut pour penser, penser vraiment le fait qu'un jour Richard sera mort. Il y a, dit-il, une parenté profonde entre le premier et le dernier amour. Je ne suis pas sûre de comprendre et lui demande ce qu'il veut dire. J'enfouis mon visage dans son aisselle. Il passe son bras autour de mon épaule. Il reprend :

– La première fois qu'on aime, on se donne entièrement, parce qu'on croit qu'on a tout à y gagner et qu'on est promis au bonheur. La dernière fois, on se donne entièrement, parce qu'on sait qu'on n'a plus rien à perdre. Je n'avais pas envie d'avoir des difficultés, trop d'excitations, et de vivre dans le mensonge. Je m'étais installé dans cette vie agréable, un peu froide, qui ne me dérangeait pas. Et maintenant, regarde : je joue le rôle de l'amant ardent alors que je suis un vieillard en train de s'effondrer. Dès que tu pars, dès que tu rentres chez toi, la vanité de cette illusion me tombe sur la tête : l'illusion que je suis jeune, l'illusion que je suis en pleine possession de mes moyens, l'illusion que je maîtrise parfaitement notre histoire. C'est la nuit que c'est le pire. Mes nuits sont traversées de peurs existentielles. Récemment, en pleine nuit, je me suis levé et je suis allé dans la salle de bains prendre un verre d'eau. En passant, j'ai voulu regarder dans le miroir du couloir mon reflet, mais je n'ai rien vu. Puis j'ai regardé encore, et j'ai vu un vieux clown dégueulasse qui fait le malin. Au matin, ça passe. Le jour expulse les chimères de la nuit.

– Tu m’en veux ?

– Viens par là, que je te baise dans le cœur.

14

Des pluies violentes tombent comme des sentences. Puis, après les pluies, c'est un soleil hilare qui, en plein février 2016, frappe les têtes et les sols. Et les pluies, crasseuses, retombent. La boue fond sur les camps de migrants de Calais et de Dunkerque. À Grande-Synthe, les réfugiés kurdes du camp du Basroch s'engluent dans une mare de détritus. La boue colle. Les rats pullulent. La nuit, ils rentrent à l'intérieur des tentes, montent sur les visages des enfants endormis et fouillent dans les provisions. Les gens font leurs besoins à même le sol, dans des trous d'eau, parce que les toilettes sont cassées ou débordent, de sorte qu'une épaisse odeur d'excréments et de terre flotte en permanence dans le camp et sur des kilomètres à la ronde, raconte l'article que je lis, effarée, sur mon téléphone, dans ma cuisine, assise sur une chaise, ma fille sur mes genoux. Dans ce camp, continue l'article, de nombreuses familles réclament des sirops contre la toux pour soigner leurs enfants. Pour en obtenir, ils se tournent vers des bénévoles, qui cèdent à leurs demandes. Mais il faut avoir le courage de leur dire non, assène le journaliste, car ces sirops servent aussi, et peut-être surtout, à droguer et anesthésier les tout-petits, pour qu'ils soient absolument calmes, au moment de se cacher dans un camion pour tenter le passage vers l'Angleterre. Je me lève. Je prépare le goûter de ma fille. Je retombe sur ma chaise, abattue, muette.

Je n'ai pas de patrie. Le charme particulier du gouvernement du pays dans lequel je dois tout de même reconnaître que se trouve la chaise sur laquelle je suis assise consiste à asséner avec assurance de beaux discours sur le vivre-ensemble tout en organisant avec soin et méthode l'exclusion des plus démunis, le mépris de classe, et le racisme d'État. On ne tue pas. On laisse la gale, la faim, les rixes et les incendies faire tranquillement leur travail. Puis, un matin, à l'aube, on envoie la police frapper. On fait monter dans des autobus. On trie. On sépare les familles. On expulse. Les semaines suivantes, les mêmes, ceux qui ont réussi à s'échapper, ou de nouveaux arrivants, survivants d'une récente traversée de la mer ou des montagnes, tenteront de s'installer dans les mêmes lieux, ou juste en face, ou juste à côté. Et tout recommencera. J'ai honte. C'est une honte qui me déchiquette comme un rapace dévore un moineau. Mais ma honte ne produit que de l'impuissance où je deviens de mon cœur le rapace. Je ne peux rien faire d'autre que donner de l'argent ou des vêtements et écrire sur cette honte, sur l'odeur pestilentielle de l'égoïsme humain, et sur cette vague immense de merde mondiale qui finira par tous nous engloutir et au sommet de laquelle j'aperçois soudain ma ridicule petite prétention à vouloir résister à toute médiocrité pour conserver ce que l'on appelle le sens du Bien, pendant que ma fille chantonne le générique d'un dessin animé, commence à défaire les élastiques multicolores d'un bracelet fait la veille, constate qu'il lui en manque pour en faire un collier, hausse les épaules et refait le bracelet, mais d'une autre manière. D'un seul coup, je la serre dans mes bras. Ses doigts s'accrochent à mes cheveux. Sa joue se presse contre la mienne. Nous restons, longtemps, collées l'une à l'autre. Je repense aux derniers mois de ma grossesse. Je faisais mon stage de fin d'études dans un hôpital psychiatrique. Le soir, dès que je rentrais à la maison, je m'installais sur cette même chaise. Je posais mes pieds endoloris et gonflés sur la table. Je sentais ma fille bouger sous la paroi distendue de mon ventre. Je lui parlais. J'avais terriblement hâte de la rencontrer. Et, déjà, terriblement peur de ne pas être à la hauteur. Je ne savais pas encore qu'en réalité ce serait elle qui m'élèverait.

Lorsque je regarde à nouveau vers la fenêtre, il fait presque nuit. Dans la rue la circulation se densifie vers la gare. Les phares des voitures éclairent la façade jaune poussière de l'immeuble d'en face dans lequel on devine, au troisième étage, les ombres du vieux garçon et de ses vieux parents derrière les voilages. Ma fille se dégage de mon étreinte, en gazouillant. Je sors un carnet. Je commence à écrire.

– Qu'est-ce que tu écris, maman ?

Mon crayon crisse sur le papier. Je lui tends mon cahier.

– Tu veux essayer de lire ?

– Non, je veux pas. Je sais pas lire. Je saurai jamais lire. Léa et Arwa, elles savent déjà, et moi, j'ai l'impression que je saurai jamais.

– C’est se priver de grandes joies de croire que c’est mal de ne pas savoir une chose. En réalité tu as beaucoup de chance.

– De la chance ?

– Oui, parce que tu ne sais pas encore. C’est merveilleux de ne pas savoir encore. C’est une promesse. Le jour où ça viendra, le jour où tu sauras lire, tu ressentiras une joie immense, la joie de te rendre compte que l’instant d’avant, tu ne connaissais pas encore une chose, et que soudain, tu l’as trouvée.

– C’est vrai, ça ? Tu promets qu’un jour ça m’arrivera ?

– Oui, tu verras.

– Mais quand est-ce que ça arrivera ?

– Un jour, tu verras. Je te le promets.

C’est plus tard seulement, quand je vais dans mon bureau pour ranger mon sac et consulter mes mails, que je découvre, posée sur ma chaise, avec le reste de mon courrier du jour, une enveloppe sur le bord supérieur droit de laquelle est écrit « Gedenskätte Buchenwald ». La tête me tourne. Assise par terre, ma fille fait dialoguer trois gommes japonaises entre elles. Je titube. Ma main s’agrippe à mon fauteuil. Je tourne la tête vers ma fille qui a posé sa main sur mon bras. Je vois dans ses yeux mon visage en train de s’effondrer. Je me reprends.

– Maman a fait trop de sport aujourd’hui, ma chérie, ouh, j’ai un petit vertige, un tout petit vertige de rien du tout. Tout va bien. Tu sais quoi, exceptionnellement tu as le droit de regarder la télévision maintenant si tu veux.

– Oh, maman, je t'aime plus fort que le ciel et l'espace.

– Va mettre ton film toute seule comme une grande, chérie. Je viens te voir après.

Quand enfin je suis seule dans mon bureau, j'essaie d'ouvrir l'enveloppe. Mais je n'y arrive pas. Mes mains tremblent.

Tout est là, sur une dizaine de feuillets, dont beaucoup sont des documents écrits en allemand. Tout ce que j'avais toujours refusé de questionner, craignant trop que, comme tout le reste de ce que m'avait raconté ma mère, il ne s'agisse d'un immense délire. J'apprends que mon grand-père a été incarcéré par le « Befehlshaber der Sicherheitspolizei » de Paris lors de l'opération Meerschaum (« Écume des mers »). Le 28 octobre 1943, il quitte, avec neuf cent trente-deux autres détenus, le camp de Royallieu et rejoint la gare de Compiègne. On les entasse dans des wagons à bestiaux. Une vingtaine d'entre eux arrivent à s'évader lors de la traversée de la Meuse. Les autres sont déportés au camp de concentration de Buchenwald. Le 30 octobre 1943, à son arrivée au camp, Pierre B. n'a plus de nom. Il devient le matricule 30786. 30786 est un triangle rouge, c'est-à-dire un prisonnier politique. Déporté à Buchenwald mais non pas, comme l'a toujours prétendu ma mère, parce qu'il était juif. Il n'était donc pas juif. Sa femme n'était pas juive non plus. Ma mère n'est donc pas juive. Je ne suis donc juive que par mon père. Autrement dit, pas juive pour les juifs orthodoxes. Je m'en fous. Un déporté, c'est un déporté. J'appelle Richard. Je le mets au courant.

Il me demande de lui scanner tous les documents. Il traduit, au fur et à mesure qu'il les reçoit par mail, les papiers administratifs remplis par les nazis concernant mon grand-père. Il ne pleure pas. Car Richard se tient dans un lieu qui se trouve après les pleurs.

Neuf cent douze déportés du convoi du 28 octobre 1943 sont immatriculés à Buchenwald. Soit 831 Français et 81 étrangers, dont 29 Néerlandais, 23 Belges et 22 Polonais. D'autres iront à Dora, où ils arriveront le 21 novembre et où cent dix d'entre eux seront exterminés avant le 31 mars 1944. Certains des survivants seront transférés en janvier et février 1944 à Lublin-Majdanek et en mars à Bergen-Belsen. Le 26 novembre 1943, Pierre B. est transféré avec quatre-vingts autres détenus du camp de Buchenwald au commando de Schönebeck, également connu sous le nom de code « Julius ». Au moment de sa déportation Pierre B. exerçait la profession de garagiste. Or Schönebeck, qui compta jusqu'à mille huit cents détenus, regroupait, dans neuf baraquements de bois non chauffés, des déportés sélectionnés en raison de leur force physique et de leur compétence technique, pour travailler à l'usine d'aviation Junkers, jouxtant le camp. Il y avait des prisonniers politiques, des « asociaux », des Tziganes, des *Berufsverbrecher* (« criminels professionnels ») et des juifs. On les faisait se lever à 4 h 30 du matin. La journée commençait par de longs appels dans le froid. Beaucoup d'entre eux contractaient des pleurésies, des angines, des pneumonies ou la tuberculose. On les faisait travailler soixante-dix-huit heures par semaine. Ils crevaient de faim, d'épuisement et de froid. Souvent, ils étaient battus. Plusieurs témoignages font état de sévices particulièrement cruels. Quand un détenu devenait « défectueux », on le réexpédiait alors à l'infirmerie du camp de Buchenwald. Les cadavres de ceux qui mouraient à Schönebeck étaient parfois expédiés à un certain Dr Imfried Eberl à Bernburg, où on procédait à leur crémation sans établir aucun certificat de décès. Mais le plus souvent, ils étaient enterrés sur place – les nazis ne voulant pas accomplir la besogne, c'étaient les autres détenus qui devaient creuser le trou et y jeter le corps de leur camarade mort. Les mots de ma mère me brûlent la cervelle. *Le kapo a pointé un flingue sur lui. Il l'a forcé à plonger des tenailles dans la bouche d'un camarade mort pour arracher des dents en or. Ensuite, il l'a forcé à creuser le trou du type et à le jeter dedans*.

L'évacuation du camp de Schönebeck débuta le 11 avril 1945 dans la plus grande confusion. Un quart des détenus s'échappa avant le passage de l'Elbe. Parmi eux, cent trente Français qui gagneront quelques jours plus tard les lignes américaines. Les quelque mille cent personnes qui restèrent marchèrent pendant vingt-trois jours, parcourant cinq cents kilomètres. La colonne des marcheurs se dirigea d'abord vers Sachsenhausen, où les évacués de ce camp les rejoignirent, puis vers Parchim. Ils furent libérés par les troupes américaines, le 4 mai 1945, à hauteur de Friedrichsmoor. Ces marches restent connues sous le nom de « Marches de la mort ». Pour survivre, ils chapardèrent des graines dans les granges. D'autres mangèrent des chiens crus.

Je parle de tout cela au téléphone avec Richard puis :

– Attends, lui dis-je, il y a aussi des documents en français… Je te les lis, ah, voilà, mon grand-père a été affecté dans ce camp pour fabriquer des pièces d'avion pour une usine dont la maison mère se trouvait à Wiener Neustadt.

Au bout du fil, Richard pousse un soupir.

– Qu'est-ce qu'il y a, mon amour ?

– Wiener Neustadt, dit-il. Wiener Neustadt, c'est la ville où je suis né, la même année que celle où ton grand-père a été déporté.

Alors, comme les vagues ramènent, sur le rivage, les débris de planches de bois qui ont oublié qu'un jour elles avaient été bateaux, me reviennent les mots de la cousine qui, dix ans auparavant, m'avait confié les lettres adressées au frère de mon grand-père, André B., ses mots proprement impensables, prononcés à voix basse, dans le salon de sa maison de Chartres, Ton grand-père a fini sa vie en Afrique, dans les années 1980, dans une solitude affreuse. Il a été enterré à Abidjan, sorti d'une fosse commune par mon père qui a été prévenu tard de son décès et est venu de France pour le faire enterrer dans le cimetière communal de Yopougon. Je n'en sais pas plus. Il était père d'une famille nombreuse là-bas, je crois quatre enfants, avec une femme locale. Mon père, s'il a rencontré cette femme, ce qui m'étonnerait, ne m'en a jamais parlé. C'est tellement plus commode, le silence.

Et, entre sa sortie des camps et sa mort, dérivent, sur une mer au-delà des mers, les débris d'un mal impensable. Un mal contre lequel ma mère m'a protégée, année après année, de toutes ses forces, gardant pour elle le plus terrifiant de toute cette histoire, taisant la vérité, l'expulsant, soit sous forme de rêveries enfantines et féeriques délirantes, soit de coups portés sur mon corps.

Paul entre dans mon bureau. C'est lui qui, cet après-midi, a trouvé l'enveloppe au courrier et l'a posée sur ma chaise. Il a immédiatement compris de quoi il s'agissait. Je fais mine d'être au téléphone avec un collègue, Entendu, vous aurez l'article dans trois jours, comptez sur moi. Je raccroche. Richard a compris. Il ne rappellera pas. Je tends la liasse de documents à Paul. Il les lit. Il ne dit rien. Il m'ouvre ses bras et me serre longuement tout contre lui.

Plus tard, quand notre journée de travail est terminée et que notre fille est couchée, nous faisons l'amour très tendrement. Paul me répète :

– Je suis content que tu sois née. Et j'ai rudement bien fait de te faire cette enfant.

Je n'arrive pas à comprendre que le même homme qui parfois me dit des choses si blessantes et si cruelles soit capable de me témoigner tant d'amour – sauf à admettre que c'est bien la même femme qui ce matin jouissait entre les bras d'un autre puis ce soir a joui dans les siens.

Les jumeaux des voisins du dessus ont, de nouveau, mis de la musique trop fort. Nous ne dirons rien. Tout comme, il y a des années, quand nous avions emménagé ici et que, tout petits garçons, ils faisaient rouler sur leur plancher, et donc notre plafond, de grosses billes, nous ne disions rien non plus. Pour saluer notre arrivée dans l'immeuble, leurs parents les avaient fait sonner à notre porte, un bouquet de fleurs à la main, accompagné d'un petit mot : « J'espère que les bruits de nos enfants ne gêneront pas votre créativité », ce à quoi nous avions répondu le lendemain, comprenant que sans doute les voisins nous avaient entendus faire l'amour, et qu'ils avaient trouvé là un moyen élégant de nous le signaler : « Nous espérons que les bruits de notre créativité ne gêneront pas vos enfants. »

– C'est drôle, me raconte Paul, je regardais ce matin les photos de ton anniversaire, et ton visage, qui n'est pas le même visage qu'il y a dix ans, mais qui est un visage plus profond, plus dense, c'est le visage à l'ombre duquel je vois bien notre enfant pousser. J'ai des souvenirs, petit, du visage de ma mère, quand elle était une jeune femme, ou plutôt une femme jeune, car je ne crois pas qu'elle ait déjà été une jeune femme, et ce que tu donnes à notre enfant est infiniment plus joyeux. C'était la même chose avec Aïcha, il y a vingt ans. Quand, un jour où on était en voiture, avec nos enfants, elle s'est mise à chanter, comme ça, pour le petit, j'étais médusé. Je n'avais pas les catégories pour appréhender ça, ma mère ne nous chantait jamais de chansons, il y avait quelque chose comme ça qui n'était pas vivant. Elle faisait son devoir, elle était aimante, mais sans aucune joie, sans aucun plaisir associé. Quoi qu'elle ait compris de moi ou du regret et de l'angoisse qu'elle a éprouvés, Aïcha n'a jamais désavoué nos enfants, ne s'est pas ménagée, et c'était vital. Comme chez toi, c'est engagé, c'est charnel, c'est joyeux.

– Éteins la lumière, lui dis-je, elle me fait mal aux yeux.

Je remonte la couette jusqu'à la lisière de ma bouche, puis d'une voix terne, presque étouffée par la nuit :

– C'est étrange, tout de même, avec la famille de collabos que tu as eue, que tu aies fait des enfants à la petite-fille d'un militant communiste qui a été plastiqué par l'OAS, puis à la petite-fille d'un déporté.

– On ne tombe pas amoureux de quelqu'un pour des problèmes politiques d'il y a soixante-dix ou soixante ans. Mais, maintenant que tu le dis, c'est vrai, c'est à toi et à Aïcha que j'ai fait des enfants. Tiens, poursuit-il pour donner à la conversation un tour plus enjoué, figure-toi que j'ai reçu un message de Marc. Il s'est enfin décidé à épouser Anne. Et elle est enceinte.

Comme une pensée en amène une autre, nous nous mettons à parler de ce couple d'amis qui, après bien des déboires – lui la trompant sans cesse, elle pardonnant à chaque fois, avec une abnégation qui force le respect –, se marie sur le tard. Je dis à Paul qu'ils ont eu ce courage. Il me répond que ça n'est pas une question de courage : quand il y a des enfants, on ne part pas, on reste, parce qu'on ne peut pas faire ça aux enfants. Il y a, me dit-il, quantité d'hommes qui renoncent à une option passionnelle qui leur aurait plu. Ils font ce choix de renoncer, parce qu'ils savent que partir ferait d'eux des hommes inconsistants.

Je repense à mon grand-père maternel. À la vérité des motivations qui l'ont fait, après la guerre, après les camps, quitter ma grand-mère. Je me tais. J'écoute Paul parler dans le noir. Je suis sur le point de lui avouer que j'ai été traversée par les mêmes questions, et que j'ai fait le choix de rester. Mais tout à coup, en l'écoutant évoquer tous ces hommes qui décident de maintenir une vie familiale et de résister à l'appel du grand large, je me demande si ça n'est pas de lui qu'il parle, et si, par le passé ou même au moment où nous avons cette conversation, il n'est pas, lui-même, confronté à un tel dilemme, un dilemme dont il ne me dit rien, pour me protéger.

– Écoute-moi bien, me lance soudain Paul. Il est très important que d'autres hommes que moi passent dans le paysage. Et que tu éprouves une vraie joie à maintenir notre couple. Tout comme moi quand d'autres femmes passent dans le paysage, j'éprouve une vraie joie à maintenir notre couple. Ça ne m'empêche pas d'être profondément affecté par ce que ces femmes me proposent.

– Qu'est-ce que tu es en train de me dire ?

– Je ne te demande pas de me dire la vérité. La vérité, ça n'est pas pour l'amour. La vérité, c'est pour les romans ou le divan de l'analyste.

– Ne me sors pas ton petit Lacan illustré, je te prie.

– Non. Ça n'est pas de ça qu'il s'agit. Je veux dire par là que l'état amoureux est une secousse subjective. L'amour, lui, est simplement un travail, une patience. Je me rappelle très bien avoir fait cette opération-là, avec toi, c'est un choix que tu fais, qui est très profond, devant ce qui va se passer, affronter ensemble le vieillissement, la mort des parents, la maladie, tout ce qui arrive dans le cours ordinaire de la vie de couple : accepter de n'avoir juste comme moyen de soutenir cela qu'une connaissance de plus en plus profonde du corps de l'autre, de ce qui l'agite, de ce qui le touche, de ce qui le tient, de ce qui le soutient. Cet approfondissement de la conversation, c'est un choix que j'ai fait avec toi.

Sa main se pose sur mon visage, dans l'étendue du noir ininterrompu de la chambre.

– C'est très profond ce que je ressens avec toi, quand on fait l'amour, ajoute-t-il. Tu fais remonter des éblouissements, des jouissances, des souvenirs de baise, des mouvements d'amour qu'on a eus pour moi, et ces couches de souvenirs se superposent, se feuillettent, parfois même des choses surgissent, des choses dont je ne me souvenais plus depuis des années, et qui réaffleurent. Tu fais tout vibrer.

Et j'écoutais Paul, dont j'aimais tant la façon de parler, moi qui ne parle jamais, sauf quand j'écris, dans cette obscurité où je ne voyais pas ses yeux, me guidant simplement, dans la nuit, à partir de sa respiration et de sa voix, sa voix qui me disait les mots que pendant des années je n'avais pas voulu entendre, bien trop occupée par mon idée de ce que devait être la bonne façon d'aimer, ses mots qui me parvenaient enfin, comme ces explosions de lumière dans l'univers dont les éclats ne nous atteignent que des années après qu'elles ont eu lieu. Nous étions, Paul et moi, allongés, côte à côte, dans ce lit sur lequel, avant de me connaître, il avait baisé d'autres femmes, celui sur lequel il m'avait fait jouir très fort le jour où nous avions fabriqué notre enfant, et je fus effrayée de me dire que ce que nous vivions là, ce genre de conversation de couple que nous venions d'avoir, des millions de gens dans le monde l'avaient peut-être, dans leur lit, en ce moment même. Je l'écoutais, encore, parler, alors qu'il s'était déjà tu. Je comprenais qu'il s'agissait peut-être aussi d'une très grande et très belle déclaration d'amour. Une déclaration d'amour que, pendant des années, j'avais été trop immature pour pouvoir entendre. Une déclaration d'amour que je ne pouvais comprendre enfin précisément que grâce à l'amour que Richard me donnait et que je donnais à Richard. Cet amour qui avait produit un accroissement si fort de mon être que j'étais à présent en mesure d'entendre des choses qu'avant je n'entendais pas. Paul s'endormit. Et la nuit recouvrit de son voile nos secrets triviaux et sans pareils.

15

La pièce est plongée dans les ténèbres. Les bocaux de verre remplis de restes humains ont disparu. La tête tranchée du petit garçon de dix-huit mois aux cheveux bruns, qui flottait dans le formol, yeux clos, bouche entrouverte, comme s'il dormait, n'est plus là non plus. Plus aucune trace des centaines de cerveaux, de lobes, de glandes et de mâchoires d'enfants minutieusement classés, étiquetés, alignés sur des rangées et des rangées d'étagères. Tout a été vidé. Tout a été repeint. Tout est propre, parfaitement propre, dans cette cave vide semblable à n'importe quelle autre cave vide. Nous sommes, l'historien, le directeur de l'hôpital et moi, à dix mètres sous terre, dans les décombres du pavillon n° 15 de l'hôpital Otto Wagner, à la périphérie de Vienne. C'est l'hiver. Le pavillon est abandonné depuis des années. L'électricité a été coupée. Le bâtiment n'est plus chauffé. Le froid nous pénètre les os. La pièce se cachait sous les salles d'autopsie du Steinhof. Longtemps, elle fut condamnée. Nous l'arpentons, dos courbé, à pas lents, lampes torches à la main, casque de chantier vissé sur la tête. De temps en temps, la toux sèche du directeur vient trouer le silence. Je le regarde regarder ses pieds. Je le regarde regarder l'historien. Je les regarde regarder au mur une plaque commémorative qu'on ne me traduira pas. Leurs lèvres bougent mais aucun son n'en sort. Je grelotte. La lueur de nos lampes tremblote sur nos pieds, éclaire un morceau de nos visages, s'arrête sur un pan de mur, balaie le sol. Puis tout redevient noir.

*

Le 28 avril 2002, la ville de Vienne enterrait au cimetière central les cerveaux de huit cents enfants. Soixante ans plus tôt, pendant la Seconde Guerre mondiale, ces enfants ont été exterminés par des médecins nazis. Ils sont trop chétifs, trop rêveurs, trop bizarres, trop turbulents, pas assez conformes, pas assez normaux – trop différents. On les étiquette délinquants, bègues, schizophrènes, asociaux, dyslexiques, épileptiques, handicapés physiques ou mentaux. Indignes d'appartenir à la race allemande. On les retire de leur famille, de leur foyer d'accueil ou de leur orphelinat. On les parque dans le Spiegelgrund, un pavillon de l'hôpital qui, à l'époque, ne s'appelait pas encore « Otto Wagner » mais juste « Steinhof ». Là, on se sert d'eux comme cobayes pour toutes sortes d'expériences scientifiques. On les mutile. On les affame. On les humilie. On les torture. On les empoisonne. On les extermine. Puis on prélève leur tête et leur cerveau. On se débarrasse du reste.

Pendant soixante ans, deux têtes entières de bébés et les organes de près de huit cents enfants ont été conservés, sur des étagères poussiéreuses, dans de gros bocaux, à des fins d'expérimentations qui eurent lieu jusque dans les années 1990. Après la guerre, un des maîtres d'œuvre de ces travaux scientifiques, le Dr Heinrich Gross, est brièvement arrêté. Il passe en jugement en mars 1950. On le condamne à deux ans de prison pour « complicité dans le meurtre » des enfants du Spiegelgrund. Il fait appel. Il obtient un non-lieu pour vice de procédure. L'affaire est classée en 1951. Avec la complicité du gouvernement autrichien, Gross effectue une prestigieuse carrière. Il devient expert-psychiatre. Il publie une quarantaine d'articles dans des revues scientifiques dans lesquelles il se targue d'avoir « la plus grosse collection de cerveaux du monde ». Il dirige un département du même hôpital Steinhof jusqu'en 1981. Il y vit, avec sa femme et ses trois enfants, dans un appartement de fonction. Après sa retraite, il continue régulièrement de se rendre dans les sous-sols du pavillon n° 15, où il a toujours ses entrées, pour poursuivre, sur les organes des enfants exterminés, ses expériences. Au début des années 2000, on tente de le juger. Lors du procès, les avocats plaident la démence. Le tribunal classe l'affaire. Il meurt paisiblement, en 2005, à l'âge de quatre-vingt-six ans. J'avais découvert, épouvantée, cette histoire, dont je ne savais rien, au moment où Richard, peu de temps après que j'avais reçu les papiers confirmant la déportation de mon grand-père, m'avait appris qu'il devrait retourner à Vienne pendant tout le mois de mars 2016, pour donner un séminaire à l'université de musicologie mais aussi pour jouer les suites de Bach dans le cadre du Festival de Vienne à la Kirche am Steinhof, en mémoire des enfants exterminés par les nazis pendant la Seconde

Guerre mondiale à l'hôpital de Steinhof. L'idée de me rendre moi aussi à Steinhof, alors même que je ne pourrais assister au concert de Richard – sa femme et plusieurs de leurs amis y seraient –, s'empara de moi, avec une évidence qui me décontenança. Dans la nuit, j'avais, d'une traite, écrit au rédacteur en chef d'une revue de psychologie où je publiais régulièrement des articles pour le convaincre de m'envoyer en reportage là-bas puis, immédiatement après, au directeur de l'hôpital. J'avais mentionné que j'étais écrivain mais aussi psychologue, que j'avais naguère travaillé dans le service d'un grand hôpital psychiatrique parisien. On accéda à ma requête. Puis j'avais expliqué à Paul que la revue *Le Cercle* avait acheté mon reportage sur une histoire insensée d'extermination des malades mentaux pendant la guerre, ainsi qu'un article sur le devenir de la psychanalyse en Autriche, que j'avais, par ailleurs, découvert l'existence d'un étrange club des vampires à Vienne, qu'il y aurait peut-être un article amusant à faire là-dessus, que je voulais également en profiter pour poursuivre l'écriture d'un roman et que, pour bien faire, il me faudrait passer un mois là-bas. Il m'avait semblé inconcevable de laisser notre fille pendant un si long séjour. Nous étions convenus que je l'appellerais tous les jours après son école via Skype et que je reviendrais à Paris chaque vendredi soir, pour le week-end. Richard m'avait aidée à trouver un petit appartement, à deux rues de son université. Le séminaire d'histoire de la musique qu'il donnait ne lui prenait que quelques heures par semaine. Il avait fait croire sans peine à sa femme que cela s'étendrait sur tout le mois. Ce qui nous laisserait donc toute latitude pour nous voir, tous les jours de la semaine, jusqu'à 18 heures, heure à laquelle il était de toute façon censé quitter l'université. Je savais que Paul avait cette capacité à me soutenir de façon inconditionnelle dans mes projets d'écriture. Il avait accepté. Sa réaction, si je l'avais anticipée, m'avait cependant stupéfiée. Là encore, il ne m'avait posé aucune question. Tout crève tant les yeux qu'il n'y voit rien.

*

Je suis avec l'historien dans la salle du mémorial, au rez-de-chaussée d'un autre pavillon, le n° 5. Je ne peux détacher mon regard des photographies de ces enfants. *Votre nièce et filleule est une enfant qui en plus de ses antécédents psychopathiques est assez profondément traumatisée par l'abandon de son père et les accès de délire de sa mère auxquels elle a assisté.* Gerhard Zehetner, interné le 10 octobre 1942, mort à l'âge de dix-huit mois. Sur l'étiquette du bocal dans lequel reposait son cerveau on pouvait encore lire « idiot ». Annemarie Tanner, internée en 1943, morte à l'âge de quatre ans, ne pesant plus que le poids d'un enfant d'un an. Irma Spering, probablement autiste mais décrite comme une enfant qui aimait particulièrement la musique. On la ligota dans une petite camisole. On la parqua dans un litcage. Quand la famille apprit sa mort en 1945, elle reçut une facture réclamant le prix des soins. Et tant d'autres. *Je crains assez deux choses : 1. Qu'elle ne soit sur le point de subir une première crise de déséquilibre nerveux. 2. Et encore plus, que, dans une recherche consciente ou non de compensation à des expériences qui sont en train de la mettre dans le vide, elle ne cherche à avoir un enfant pour n'être « plus seule »*... Rien ne les distingue de ma fille ou de ses camarades. Rien ne les distingue de moi. *Un enfant de cette descendance, monsieur.* Dans un article du *Guardian*, Alois Kaufman, un des rares survivants de Spiegelgrund, envoyé là-bas en 1943, à l'âge de dix ans, racontait que le Dr Gross avait ses chouchous. « Je me souviens de lui comme d'un homme calme et travailleur, qui ne quittait jamais son uniforme brun. Il venait souvent nous voir et donner des bonbons à certains enfants, surtout ceux qui faisaient pipi au lit, ou ceux qui étaient particulièrement lents. Ensuite, un jour, ces mêmes enfants-là, on les emmenait et on ne les revoyait plus jamais. » L'historien me montre les photos des principaux responsables de l'extermination de Steinhof. Heinrich Gross, Eriwin Jekelius, Ernst Illing, Schwester Bertha, l'infirmière en chef, Schwester Katschenka. Il s'arrête longuement devant le portrait d'Illing, un homme trapu au regard acéré. Une photo le montre tout sourire, avec sa famille, un de ses enfants sur les genoux. Il est promu chef du Spiegelgrund en 1942.

– Lui, même ses collègues disaient qu'il allait trop loin.

Dès son arrivée à la clinique, Illing étend la pratique de la ponction lombaire et de la radio du cerveau à l'ensemble des enfants.

L'historien continue ses explications :

– Nous en avons la preuve aujourd'hui, huit cents enfants et au moins trois mille deux cents adultes ont été exterminés, entre 1941 et 1945, dans des conditions qui ne doivent rien à la folie criminelle de quelques psychiatres isolés mais résultent bien d'une campagne d'euthanasie planifiée de façon méthodique et rigoureuse dans l'apparente banalité procédurière de la bureaucratie du Reich.

Un enfant de cette descendance, monsieur. Assez de malédictions comme cela. On aurait dû prévenir Pierre – qu'il n'en naisse plus. J'ai chaud, soudain. Dans une vitrine, j'aperçois un pot de crème Nivea rouillé, les restes d'une brosse à dents et une tasse sur laquelle on peut lire le prénom « Marie ».

Ces objets ont affleuré de la terre, au milieu des débris d'os qu'on a trouvés dans le jardin d'un des hôpitaux qui servaient de centres de « désinfection ».

– «Désinfection », me dit l'historien, c'était le mot qu'on utilisait pour parler d'extermination.

J'ai de plus en plus chaud.

– Car, poursuit-il, vous savez que la clinique du Spiegelgrund n'est pas le seul endroit où ont eu lieu ces désinfections.

La première chose que j'ai demandée quand tu es née, c'est : « Est-ce qu'elle est normale ? » Si tu n'avais pas été normale, Sarah, on t'aurait étouffée sous l'oreiller à ta naissance. Ma vue se brouille, une nausée me prend, je demande qu'on ouvre la fenêtre. *Ton père me l'avait promis. On avait tout prévu, au cas où. Personne n'aurait rien dit. Tu n'aurais rien senti. Tu n'aurais pas souffert.* Je m'appuie à un mur.

– Excusez-moi, lui dis-je, je n'ai rien mangé ce matin.

– Ne vous inquiétez pas, me répond l'historien d'une voix plate. Moi aussi, ça me fait encore ça, même si je viens tout le temps ici.

*

D'un signe de tête, je fais comprendre aux deux hommes qui m'accompagnent que je suis prête à remonter. Nous sortons de la cave. Je regarde, une dernière fois, autour de moi. Je m'arrête. Je détourne la tête. Je ferme les yeux. Je les ouvre. Nous remontons l'escalier. Nous traversons un couloir plein de gravats. La poussière pique les narines. Nous franchissons une première porte, puis une deuxième. La lumière du jour nous brûle les yeux. Nous sommes à présent dans une ancienne chapelle, partiellement détruite. Un crucifix flotte au plafond. Par terre, à gauche, sur un muret, j'aperçois une canette vide de Coca-Cola à côté d'un pommeau de douche. Le directeur époussette les manches de sa doudoune, fait une grimace qui tord sa mâchoire, fouille dans la poche de son pantalon, en sort un kleenex qu'il déplie, et se mouche bruyamment. Il fait quelques pas, pivote, me regarde, pointe du doigt le crucifix, puis les vitraux, le carrelage et les murs, et se met à dire en allemand des phrases que je ne comprends pas. L'historien l'observe, la tête légèrement penchée de côté. Il pince les lèvres. Son visage est singulièrement pâle. Il a peut-être une quarantaine d'années. Je sais qu'il a consacré l'essentiel de ses recherches à mettre en lumière le rôle des médecins autrichiens et allemands dans l'extermination méthodique des malades mentaux pendant la Seconde Guerre mondiale. Il traduit en anglais les propos du directeur, puis soudain, d'un air entendu, au milieu d'une phrase, cesse ses explications sur le style architectural de la chapelle et me dit :

– Ça se passait comme ça. Une fois à l'hôpital, on ne les tuait pas directement. C'était plus lent. Les enfants mouraient d'une lente combinaison de faim, de froid, de privations et d'humiliations. On les forçait à dormir fenêtres fermées l'été quand il faisait une chaleur étouffante. Ou fenêtres ouvertes au plus froid de l'hiver. On laissait les enfants énurétiques macérer dans leur urine. On les obligeait à réciter, à l'endroit puis à l'envers, les prénoms du Führer et de sa mère. Dès qu'un enfant se rebellait ou essayait de s'enfuir, on le battait, on l'attachait avec une camisole de force, ou bien on le plongeait de très longues heures dans un bain d'eau glacée. Parfois, on lui injectait un « cocktail » qui le laissait en état de stupeur catatonique pendant des jours. Lorsque finalement un enfant mourait, on envoyait une lettre à ses parents pour les informer, de façon très bureaucratique, qu'il était décédé à la suite d'une grippe, d'une péritonite ou d'une pneumonie, par exemple.

J'allume mon dictaphone.

– Que se passait-il si un enfant mourait et qu'un parent souhaitait se recueillir sur sa dépouille ou même l'enterrer ? À quel moment étaient prélevés les cerveaux ?

Le directeur jette un regard triste à l'historien qui traduit peut-être ma question en allemand au directeur, qui répond à l'historien, qui me répond en anglais d'une voix monocorde :

– On faisait alors en sorte que les corps des enfants aient l'air parfaitement intacts après l'autopsie

– autopsie pendant laquelle on prélevait le cerveau ou d'autres organes à des fins expérimentales. Les parents pouvaient alors se recueillir sur la dépouille de leur enfant, dans cette chapelle où nous nous trouvons en ce moment, et organiser une cérémonie funèbre.

La pièce se met à tanguer.

– Vous voulez dire que les parents se recueillaient dans cette chapelle, là, sur la dépouille de leur enfant mais sans savoir que son cerveau croupissait dans un bocal rempli de formol au sous-sol ?

– Je n'en ai pas la preuve absolue, mais il semblerait que, oui, ça se passait comme ça. Il y avait aussi beaucoup de patients qui n'avaient aucune famille ou dont les familles ne se sont jamais manifestées – soit qu'elles ne le souhaitaient pas, soient qu'elles n'avaient pas les moyens de payer l'enterrement. Dans ce cas, la municipalité de Vienne en organisait un, dans la chapelle, et les psychiatres avaient alors une latitude beaucoup plus grande concernant l'état et l'apparence dans lesquels ils laissaient le corps de l'enfant. Vous savez bien, vous l'avez lu, dans au moins un des cas, c'est la tête entière d'un enfant qui a flotté dans un bocal de formol pendant soixante ans. Je suppose que cet enfant-là n'avait pas de famille. Je sais bien que cette histoire d'enfants exterminés est atroce. Vous avez des enfants ?

Je hoche la tête.

– Mais ça ne doit pas vous aveugler sur tout le reste. En réalité, le meurtre des huit cents enfants du Spiegelgrund n'est que la partie la plus spectaculaire du système parfaitement rodé de l'Aktion T4. Comme je vous l'ai dit quand nous étions dans le mémorial, le même traitement fut réservé à des milliers de patients adultes de Steinhof. Il faut que vous compreniez que tout ça a pris corps dans une Allemagne éprise de théories hygiénistes. Après l'hécatombe de la Première Guerre mondiale, où beaucoup d'hommes jeunes et vaillants sont morts au combat, il est devenu évident, pour certains, qu'il fallait renouveler la race allemande et la purifier de, disons, ses éléments faibles, ses déchets. Dès 1925, dans *Mein Kampf*, Hitler écrivait : « Celui qui n'est pas sain de corps et d'esprit ne doit pas perpétuer son infortune dans le corps de son enfant. »

Un enfant de cette descendance, monsieur. Assez de malédictions comme cela.

– À l'automne 1939, les pouvoirs des médecins ont été étendus afin qu'ils puissent accorder « une mort miséricordieuse aux malades qui, selon les critères humains, avaient été déclarés incurables ». Un comité du Reich, dont les locaux se trouvaient au 4, Tiergartenstrasse, se chargeait de recenser les enfants de zéro à trois ans à éliminer. Un autre s'occupait des adultes. On envoyait des questionnaires aux institutions psychiatriques qui devaient recenser les malades incapables de travailler. Tuer avec des médicaments, c'était trop coûteux, trop risqué. Un certain Hans Hefelmann a proposé de les « tuer par fournées dans des accidents de train ou de car provoqués délibérément ». Mais là encore, ça n'était pas assez discret. Finalement, le Reich a opté pour le monoxyde de carbone pur. On a fait évacuer, en Autriche, les châteaux de Hartheim et de Grafeneck, dans le Bade-Wurtemberg. On les a équipés de pièces hermétiques. On a testé le gaz en

Pologne. Et c'est là que tout a débuté. Les patients sélectionnés étaient transférés, dans des bus aux vitres teintées, jusqu'aux centres d'extermination. On les faisait se déshabiller. On les enfermait dans une pièce. On les gazait.

Sarah, on t'aurait étouffée sous l'oreiller à ta naissance. Tu n'aurais rien senti. Tu n'aurais pas souffert.

– Ça a commencé à se savoir.

Pas souffert.

– Déjà, en 1941, quand les habitants voyaient passer les bus, ils disaient : « Tiens, voilà la viande froide. » Les patients mouraient dans des circonstances étranges. Si vous n'avez pas directement la preuve que dans tel ou tel centre des patients ont été euthanasiés, vous pouvez regarder la courbe de mortalité dans les hôpitaux psychiatriques : la faim ne peut expliquer à elle seule ce nombre stupéfiant de morts dans nos hôpitaux pendant la guerre. Chez vous, en France, les patients hospitalisés mouraient vraiment de faim. Mais ça ne pouvait pas être le cas en Allemagne ou en Autriche où la nourriture ne manquait pas. Chez nous, ce qui s'est passé, c'est qu'on laissait délibérément les patients de tous les hôpitaux psychiatriques autrichiens mourir de faim. Pas de traces. Donc pas de meurtres. D'autres sont allés plus loin. Certains hôpitaux fonctionnaient comme de purs centres d'extermination. Avec la multiplication des décès étranges, les proches des disparus se sont inquiétés – une péritonite pour un patient déjà opéré de l'appendice, ça faisait mauvais genre. Et puis on voyait au-dessus de Hartheim une épaisse fumée noire puante. Les gens se sont mis à parler. En août 1941, l'évêque de Münster a fait un sermon dans lequel il condamnait explicitement l'euthanasie. Le *Volkship Arbeiter* a même publié une sorte de billet où il tournait en dérision ces rumeurs, disant qu'elles étaient absurdes. Mais moi, ce que je vous dis, c'est que les gens savaient, il y a même eu des marches, des protestations. Et tout ça a été étouffé. Quand ils ont mis un terme à l'Aktion T4, en 1941, 70 273 malades avaient déjà été exterminés. Et cette campagne d'extermination a préfiguré vous savez quoi.

– Vous voulez dire que ce qui s'est passé ici a été conçu comme une sorte de répétition ?

– Oui. Tout ce qui est arrivé ensuite : la bureaucratie, l'élimination, les chambres à gaz, le tri des corps, le prélèvement des organes ou des dents à des fins d'expérimentation. D'ailleurs, après la fin de l'Aktion T4, tous ses commanditaires ont été envoyés en Pologne comme conseillers techniques de l'Aktion Reinhard, pour orchestrer la solution finale. Après la guerre, certains responsables de l'Aktion T4 se sont suicidés, d'autres, comme Viktor Brack et Karl Brandt, ont été jugés à Nuremberg. Mais tout le monde s'est concentré sur l'horreur des expérimentations dans les camps. On a oublié les premières victimes de l'extermination.

Il fait un geste muet, pointant les murs nus, les gravats, l'escalier.

*

Glacée, la neige déchire le ciel, vole, jette un voile sur nos mains, nos vêtements, nos yeux, et se désintègre sur le goudron des allées du parc. L'hôpital se trouve en retrait de la ville, sur une colline qui domine la vallée, au bord de la forêt. De la colline, on aperçoit des maisons d'un étage, aux toits rouges ou gris. Quelques piscines privées. Les stèles grises du cimetière Baumgarten. La neige tombe de plus en plus dru. Nous remontons les cols de nos manteaux et marchons à pas plus lents. Nous passons devant un pavillon de brique. Puis un autre. Derrière les fenêtres recouvertes d'une pellicule de givre, on devine des formes sombres qui circulent, ou s'arrêtent. Tout est silencieux, étouffé par la neige. Nous nous engageons dans une allée herbeuse au bout de laquelle, à un carrefour, un panneau indique : THÉÂTRE. Le directeur me raconte qu'on n'y jouait que des comédies, pour ne pas effrayer les malades. Vient une femme portant un enfant dans ses bras, qui traverse, comme un spectre, un talus de feuilles, puis s'arrête devant nous. Elle salue le directeur, nous dévisage, puis s'éloigne sous la neige. On m'explique que c'est une réfugiée syrienne. Quelque quatre cents réfugiés sont actuellement logés dans deux des pavillons qui ne servaient plus et qu'il a fait rouvrir pour eux.

Midi sonne. D'un doigt le directeur me désigne le parc qui monte par paliers vers l'église. Le dôme doré de la Kirche am Steinhof où il est normalement prévu que Richard joue les suites de Bach demain se détache sur la colline. L'entrée est surplombée d'anges aux ailes vert-de-gris.

– Voulez-vous la voir ? me demande le directeur, elle vient d'être restaurée.

Je décline la proposition. L'instant d'après, je vois l'église en ruine. Je cligne des yeux. Je jette à nouveau un regard vers le sommet de la colline. L'église est à nouveau debout.

Nous longeons un autre pavillon abandonné, aux vitres brisées, ceinturé par un mur de brique biscornu. De l'herbe pousse entre les marches fissurées. Le bois de la porte d'entrée a éclaté. Du lierre mange la brique des murs. Un flocon tombe sur mon nez. Je m'arrête devant l'arbre où pend une balançoire – ou est-ce une corde ? – qu'on n'a pas détachée. Et je regarde ce vieil arbre, quasi certaine d'avoir déjà vu ce parc-là, ces hêtres-là, ces maisons grises là posées sur ces collines-là sous ces lambeaux de nuages-là, accrochés de cette façon-là dans ce ciel peint de cette façon-là, et d'avoir donc déjà vécu, dans une tristesse plus ancienne encore que ce qui s'est passé ici, ce moment-là, ou de l'avoir rêvé, quand je dormais contre Paul, ou contre Richard, ou, avant encore, contre ma mère – car peut-être ne vivons-nous tout à fait que quand nous rêvons, parfaitement heureux et parfaitement inertes, contre la personne que nous aimons et avec qui nous venons de faire l'amour, le reste, tout le reste du temps n'étant consacré qu'à tenter de nous fondre dans le troupeau de l'espèce animale humaine, en attendant que la nuit nous avale tous, un par un, et à gesticuler sous les étoiles avec une certaine dignité, certains s'essayant même à « laisser une trace », alors qu'il n'y a aucune différence entre la trace que laisse un lichen arraché du mur et nous, sauf qu'il est un lichen accroché à un mur et que nous nous figurons que les gargouillis de notre âme produisent une certaine harmonie et ont donc une certaine importance, alors que, de toute évidence, nous avons le même destin qu'un lichen qui un jour se met à pousser sur un mur, puis un jour en est arraché. Ce n'est pas vrai que nous nous desséchons en prenant de l'âge. Nous nous détachons simplement de ce qui, pour nous, n'était pas une question de vie ou de mort. Je tente de me rappeler la personne que j'étais avant que l'amour me fasse m'abolir. Je ne m'en souviens plus.

– Je voudrais vous demander une chose, dis-je au directeur en anglais.

Il se tourne vers moi.

– Oui, bien sûr.

– Ma question est naïve… Je voulais vous demander si accueillir des réfugiés, au regard de ce qui s'est passé ici, il y a plus de soixante ans, était pour vous une façon de racheter une respectabilité à l'hôpital.

Il réfléchit. À un carrefour, nous croisons le minibus de l'hôpital rempli de patients.

– Je vous dépose ? demande le chauffeur.

Le directeur m'interroge du regard. L'idée de visiter le reste de l'hôpital en minibus me donne la nausée. Je secoue la tête : non, je préfère continuer à pied. Le bus redémarre. Le directeur hésite un instant, puis :

– Je n'ai pas pensé au passé. J'ai pensé qu'il y avait des gens qui avaient failli mourir plusieurs fois avant d'arriver dans notre pays. Des gens qui avaient faim et froid et qui ne savaient pas où dormir. Nous avons ici deux pavillons abandonnés qui peuvent recevoir quatre cents personnes, ç'aurait été absurde de ne pas les utiliser.

– Je comprends, lui dis-je.

Et soudain, dans le parc, je vois, devant nous, empilés sur la terre crevassée, les corps des Syriens recouvrir les corps des Rwandais qui recouvrent les corps des Bosniaques qui recouvrent les corps des victimes du nazisme qui recouvrent les corps des Soviétiques qui recouvrent les corps des Haïtiens qui recouvrent les corps des Arméniens qui recouvrent les corps des Héréros et des Namas qui recouvrent les corps des Aborigènes qui recouvrent les corps des Indiens du Texas et de Californie qui recouvrent les corps des Pequots qui recouvrent les corps des Amérindiens qui recouvrent les corps des Chinois qui recouvrent les corps des Mongols qui recouvrent encore des corps empilés sur des corps empilés sur des corps empilés, pyramide de cadavres qui monte jusqu'à un ciel sans oiseaux. Il n'y a plus rien. Rien n'existe plus.

– Vous savez, me chuchote le directeur de l'hôpital avant de prendre congé, vous n'êtes pas obligée de comprendre quelque chose que je ne comprends pas moi-même.

Et sa voix reste comme en suspens, quelques secondes encore, dans l'air, avant d'agoniser entre les murailles qui ceinturent le parc. Je le regarde s'éloigner dans la lumière grise de mars. Quelqu'un chante 2 + 2 = 4 4 + 4 = 8 8 + 8 = 16 16 + 16 = 32 32 + 32 = 64 64 + 64 = 128 128 + 128 = 256. Mais c'est peut-être moi à l'intérieur de ma tête. Les cloches de la Kirche am Steinhof se mettent à sonner. Une à une les lumières des pavillons s'allument. Il n'y a rien à trouver au fond de nous-mêmes – si ce n'est un grand vide dans lequel nous coucher. L'historien me sourit. J'ai lu quelque part que son père était un nazi. Je n'ose pas lui demander si c'est vrai. Ses yeux brillent d'un regard rond et gentil. Nous restons longuement près de l'entrée de l'hôpital. Il est désolé de ne pas pouvoir m'aider davantage pour mon article : il part demain en vacances avec sa famille. Dans une île au soleil, précise-t-il. Je souris. Je lui réponds que je suis contente pour lui. Je le remercie, pour son travail, pour tout ce qu'il a accompli depuis des années. Il me sourit aussi et me salue, penche la tête de côté et murmure d'une voix très douce et très calme, c'est-à-dire exactement de la même voix que celle qu'il avait utilisée, trois heures plus tôt, pour me dire, comme je l'attendais devant Sanatorium Strasse, à l'entrée de l'hôpital psychiatrique Otto Wagner, en soufflant sur mes doigts engourdis, Il fait un peu froid aujourd'hui, vous avez bien fait de prendre un bonnet, on annonce de la neige :

– Tout cela est tout à fait fascinant et donne en même temps envie de se suicider, non ?

16

Je n'ai rien vu à Vienne. Ni les concerts du Musikverein rassemblant des centaines de moutons dressés à distinguer une pièce de Schönberg d'une composition de Berg dès la première mesure comme à attendre le prochain berger qui saura les transformer en loups, ni la marée de touristes qui déferle de la Kärntner Strasse au quartier des musées, s'élève dans la grande roue du Prater, avant de se répandre sous les lustres, au milieu des glaces dorées, sur les chaises de velours faussement baroques de la pâtisserie Demel, ni même le palais d'Eleonore von Schwarzenberg, princesse de Lobkowicz, à l'origine du mythe du vampire décrit par Bram Stoker dans son roman *Dracula*, morte répudiée, calomniée, enterrée loin des siens, sans le moindre faste, de nuit, dans une tombe scellée, pour empêcher son retour du royaume des morts, mais dont j'ai pourtant parlé de façon très détaillée à Paul chaque fois que je suis revenue en France pour le week-end, m'occuper de ma fille, l'emmener au cinéma, lui lire des histoires, et faire des bonshommes de pâte à modeler avec elle sans rien laisser paraître. Je n'ai rien vu à Vienne. Je ne vois rien pendant un mois. Je ne vois que Richard auprès duquel je m'ensevelis, à l'abri des regards et des feux du soleil, dans les tréfonds de cet appartement du 3e arrondissement que je ne quitte que quand il me quitte, au crépuscule, pour aller écrire dans l'arrière-salle d'un café où je ne parle à personne, sauf au serveur, à qui je demande simplement un *Wiener Schnitzel* et un double café, mais à force de me voir m'asseoir toujours à la même table, toujours à la même heure, je n'ai même plus besoin de parler, on m'apporte mon *Wiener Schnitzel* et mon double café, et je m'enfonce, dodelinante et repue, dans un long rêve qui ne se dilue que dans l'aurore, parce que le café ferme, et que Richard va bientôt sonner à ma porte.

Un matin, il m'annonce que Margarethe est partie à la campagne pour plusieurs jours. Il s'est débrouillé pour rester en ville. Je lui raconte ma visite à Steinhof. Je lui dis tout. Les paroles du directeur, celles de l'universitaire, les images dans ma tête. Et puis, soudainement, cela vient. C'est le déchet qui parle. La loque sous le corps, qui raconte ce qui jamais ne fut dit à quiconque. D'abord mon grand-père. Puis ma mère. Puis ma grand-mère. Puis mon arrière-grand-mère. Les mots mettent du temps à franchir la barrière des dents. Je suis obligée de les chuchoter. Ils sont presque inaudibles. Je voudrais tuer chaque mot qui sort de ma bouche, jusqu'à oublier qu'ils ont été vécus. Je voudrais tuer la personne qui les dit, qu'elle disparaisse instantanément. Pour la première fois, je vois Richard pleurer. Moi, je ne pleure pas. Je ne ressens rien. Rien du tout. Ni peine ni colère. Je vois les mots que je ne tiens plus étroitement serrés contre moi sortir de ma bouche. Je reste les yeux fixés sur le mur blanc et vide de la pièce, dans un calme parfait, un calme qui n'est même plus du calme, un calme qui devient le mur blanc et vide. Je sais que je suis en train de me fragmenter. Mais la bouche continue à dire pour rien ce qui, depuis longtemps déjà, a excédé toute possibilité d'être pensé. Peu à peu, dans la pénombre de l'appartement, disparaître dans les particules de peinture blanche des murs. Je veux ajouter quelque chose, mais je ne peux plus ouvrir la bouche. Je touche les contours de mon visage. Je ne sens plus le contact de mes doigts sur mes joues. Je regarde mes poignets, mes ongles et mes cheveux. Mes mains ne sont plus mes mains. Mes ongles ne sont plus mes ongles. Mes cheveux ne sont plus mes cheveux. Alors, Richard fait cette chose insensée. Il se lève comme une flèche. Il me porte jusqu'au lit. Il se couche sur moi. Il me recouvre complètement, de la racine des cheveux aux orteils, ses jambes sur mes jambes, son ventre sur mon dos, ses bras sur mes bras. Il reste là, pendant toute une nuit, étendu sur ce corps d'enfant mort que je vois depuis le plafond où je flotte et qu'il étreint de toutes ses forces, jusqu'à ce qu'à l'aube, délivrée de la perplexité et de la honte d'avoir survécu à l'horreur, entre ses mains, par son amour, dans son regard où il me rêve et me tient toute, enfin, je me recompose.

17

Et ma tête posée dans le creux de ton épaule quand côte à côte nous lisons le même livre et quand tombant sur un mot ou sur une phrase nos yeux s'attendent et se trouvent ta voix basse quand tu lis lentement alors il mangea son cœur et elle le sien quand on est pris dans ta voix pris dans ton regard on ne tombe plus on danse 19 avril 2016 des djihadistes de l'état islamique tuent soixante-quatre personnes à kaboul en afghanistan trois cent quarante-sept blessés sont à déplorer c'est le bilan le plus meurtrier pour une attaque en zone urbaine dans le pays depuis 2001 j'ai lu toutes tes lettres je les ai relues chaque jour tout ce que tu as franchi de crainte de pudeur de honte pour venir jusqu'à moi a brisé la couche de glace derrière laquelle je me tenais des heures et des heures sans s'arrêter assoiffés insatiables ivres courir nus dans l'appartement tes cheveux brodés de secrets dégringolent sur mon visage et tes bras comme une cabane où je me tiens à l'abri du monde léger flottant sans poids sans regrets et sans remords comme un enfant qui se sait aimé tu es fatigué oui et toi tu es fatiguée oui tu veux encore oh oui encore danse encore pour moi tu es belle non je suis devenue belle à cause de ce que tu as mis dans mes yeux depuis plus d'un mois des milliers d'animaux marins s'échouent morts sur les plages de l'archipel de chiloé au sud du chili ces événements font suite au rejet en mer de cinq mille tonnes de saumon en décomposition par des centres d'élevage situés à proximité de l'île je pense à ces milliers de petites choses qui année après année depuis l'enfance nous ont préparés l'un à l'autre ces rencontres ces hasards ces chagrins ces bifurcations de l'existence qui ont fait qu'un jour je suis tombé en toi et tu es tombée en moi je veux te vénérer de toutes les façons possibles et me souiller avec toi de toutes les façons possibles tout me préparait à toi et ma joie d'aujourd'hui jaillit de la source même de ce qui fut mon malheur laisse-moi encore t'apprendre ta tête posée sur mes genoux les rides verticales qui partent de chaque côté de tes sourcils et barrent ton front plus profondément à gauche qu'à droite la cicatrice que tu as sous la clavicule gauche ce grain de beauté plus gros que les autres sur ton torse ta peau presque translucide entre les doigts de pied grise et plus fine au bord des yeux brunâtre aux coudes aux genoux et au bas des jarrets les coins de ta bouche d'un rose tirant sur le bleu trois mois se sont écoulés depuis l'attentat à bruxelles où des kamikazes ont provoqué une double explosion dans le hall des départs du principal aéroport de la ville peu avant 8 heures moins d'une heure plus tard une explosion avait retenti dans la station de métro maelbeek dans la capitale belge une trentaine de personnes ont perdu la vie et plus de deux cent soixante-dix blessés sont recensés tu es venue de très loin vers moi de très loin dans l'espace et le temps à dix ans allongée dans l'herbe cachée derrière un arbre dans le jardin d'une maison d'enfance quand la brise venait lécher mes joues et que je me croyais aimée du vent j'attendais qu'une rafale m'arrache à l'enfance je t'attendais déjà tu es belle quand tu prends feu les flétrissures de son corps sont comme un pays que j'arpente en rêve son regard quand il me dit viens par là que je te baise dans le cœur madame nous accusons réception de votre demande d'informations concernant votre grand-père pierre b pardonnez-nous la longueur de cette attente nous avons chaque mois un millier de demandes à traiter nous sommes en mesure de vous confirmer que votre grand-père a bien été déporté le 28 octobre 1943 au cours de l'opération meerschaum arrivé le 30 octobre 1943 au camp de buchenwald enregistré sous le matricule 30786 puis envoyé dans un second temps le 26 novembre 1943 au camp de schönebeck les doigts fiévreux je dépose en offrande à tes pieds tout ce que je sais du jour et de la nuit tout ce qui m'a consumée et ce à quoi rêvent les forêts dans lesquelles j'ai creusé et creusé jusqu'à me creuser moi-même pour aller vers toi et te trouver j'arrache ton visage à la mort j'arrache ton corps au néant tu ne mourras jamais je t'aime 12 juin 2016 une fusillade à orlando fait quarante-neuf morts et cinquante-trois blessés même les fleurs dans les magasins sourient quand elles te voient passer dans la rue dans ton manteau sous lequel tu viens me voir toute nue le curé deux sœurs et des fidèles ont été pris en otages par deux individus armés le prêtre a été égorgé tourne-toi mon cœur et il me baise toujours plus loin toujours plus fort encore encore et souvent c'est moi qui le supplie d'arrêter je vais mourir si tu continues il arrête le massacre de plusieurs dizaines de civils dans la nuit de samedi à dimanche à beni dans l'est de la république démocratique du congo attise la contestation contre le président joseph kabila alimentant un climat politique déjà tendu à quelques mois de la fin de son mandat officiel mais alors c'est moi qui lui demande de continuer encore et encore déluge de bombes sans précédent à alep c'est une torture de devoir te laisser de devoir te rendre au monde des milliers de civils syriens ont été tués dans deux mois à ce rythme alep risque d'être totalement détruite a averti jeudi 6 octobre l'envoyé spécial de l'onu sur la syrie je ne pensais pas que la vie me ferait un tel cadeau que tu sois née tes parents ont tellement eu raison mon amour de te fabriquer la banquise arctique mesure à peine plus de 11,1 millions de kilomètres carrés or pendant les trente dernières années elle mesurait 12,7 millions de kilomètres carrés la différence représente six fois le territoire du royaume-uni la disparition de cette banquise serait quasiment inédite cela ne s'est plus produit depuis au moins cent mille ans je voudrais que tu m'utilises complètement pour m'aider à oublier l'espace de quelques minutes la responsabilité morale qu'implique le fait d'exister et d'avoir chaque jour à chaque instant à se comporter avec noblesse et dignité je voudrais que tu le fasses jusqu'à ce que je me déshabille de moi-même jusqu'à ce que j'oublie de penser jusqu'à ce que je pleure puis que tu me prennes dans mes larmes et que tu les boives et que tu me boives jusqu'à ce que je ne pleure plus 22 octobre 2016 les abeilles sont officiellement reconnues comme espèce en voie de disparition la fin de l'humanité prédite par einstein est-elle devant nous doux et serein comme tu souris 8 novembre 2016 le groupe de porte-avions de la marine russe avec à sa tête le porte-avions amiral kouznetsov et le grand croiseur porteur de missiles nucléaires pierre le grand préparent une attaque à grande échelle contre des groupes djihadistes dans la ville d'alep de ses lèvres s'exhale frais et doux un souffle d'une tendre suavité quand il me berce et me câline et me dit 9 novembre 2016 donald trump est élu 45e président des états-unis attends ne jouis pas chérie laisse ta main dans la mienne on peut aller encore plus loin

18

Autrefois je faisais un rêve. Ce rêve, je l'ai fait pendant des années à intervalles réguliers, petite fille, adolescente, jeune femme, et une fois devenue une mère. Je courais dans une ville blanche, ouateuse, désertée par ses habitants, le cœur de mon père entre les mains. Je courais, je courais encore, son cœur entre mes mains, que j'essayais de recoudre mais mes mains étaient toujours trop petites, toujours trop malhabiles, et plus j'essayais de le recoudre plus je creusais dans son cœur un trou, noir, qui s'agrandissait, qui s'agrandissait et qui s'agrandissait si fort qu'il finissait par m'avaler. Je n'en ai jamais rien dit à ma mère. La seule fois où j'ai essayé de le faire, je devais avoir neuf ou dix ans, et je n'avais pas eu d'autre choix que d'en parler dans la voiture qui me conduisait à l'école parce que les images du rêve ne partaient plus de mes yeux. J'ai très peur, maman. *Tais-toi ! Je vais te démolir.* La bague de sa main droite a cogné contre mes dents. Ma tête a fait bang contre le siège avant. Ma mère a garé la voiture, à l'angle du boulevard Saint-Germain et de la rue Saint-Simon. Elle a coupé le contact. Des rides que je ne lui avais jamais vues s'étaient formées à la surface de son visage. Des postillons giclaient sur son menton. Ses mains restaient accrochées au volant. Des vagues de mots abrupts et désordonnés déferlaient de sa bouche sans discontinuer. Son père, sa mère, les camps, l'Afrique, l'hôpital psychiatrique, *Petite merdeuse tu n'as aucune raison de te plaindre, perdre son père c'est rien, c'est quand les parents divorcent que c'est atroce pour un enfant.* L'heure tournait. Je voyais mes amis de l'école passer, au loin, leur cartable sur le dos. Je criais. Je tapais à la vitre. On ne m'entendait pas. On ne me voyait pas. Je criais Laisse-moi sortir. Elle avait verrouillé les portières. Elle chantait d'une voix que je ne lui connaissais pas. Une voix qui voulait ma mort. Une voix qui répétait lalalalalala. Et plus je pleurais plus elle engloutissait mes pleurs sous ses chants. Avec le temps, et l'habitude, j'ai appris à ne plus crier quand ça tombait. Il fallait juste se rouler en boule, inerte, mains sur la tête, attendre que la vague passe et qu'elle cesse de chanter lalalalalala. Je ne me souviens plus de la douleur. Seulement du bruit que ça faisait sur mon dos ou sur mes cuisses (ce bruit-là, je sais que toutes celles et tous ceux qui ont vécu ça, et ils sont bien plus nombreux qu'on ne le croit, l'entendent encore dans leur tête, quand ils y repensent), et de ce qu'il y avait dans ma tête quand elle chantait. Ensuite, le beau-père franchit le seuil de la maison en la portant dans ses bras. La jeune épousée au ventre rond rit et son voile de tulle perlé déposé à l'entrée de la chambre aux draps sales fait ensuite un linceul dans lequel l'enfant s'endort. Lui ne m'a frappée qu'une fois, parce que je lui avais dit T'es pas mon père, t'as aucun droit sur moi, enculé. Le reste du temps, ils se répartissaient les rôles avec un sens de l'orchestration touchant. C'était juste au moment de la guerre du Golfe. L'entreprise de mon beau-père venait de faire faillite. Il était emporté par la violence de ce qu'il traversait au travail, la peur de devoir mettre la clé sous la porte et d'embarquer dans ce naufrage cinquante personnes qui se retrouveraient elles aussi au chômage. Il rentrait tard le soir. De plus en plus tard. Quand il rentrait, la bataille avait déjà eu lieu. Ma mère était dans sa chambre et glapissait La petite a été infernale. Il la croyait et il n'allait pas chercher plus loin. J'étais allongée dans la salle de bains comme un tas de viande avec dans la tête les coups qui résonnaient encore. Il venait me voir, j'étais toujours par terre, emmaillotée dans une serviette, de la morve qui coulait sous le nez, il s'asseyait sur ses talons, me passait la main dans les cheveux et me disait Je n'étais pas obligé de t'aimer. Mais je t'aime. Je ne suis pas un homme violent, je te considère comme ma fille. Et je veux juste que ma fille m'obéisse et obéisse à sa mère. Dans la vie il y a des règles. Le lendemain, il m'emmenait dans une librairie. Il m'offrait les livres que je voulais. Les jours passaient. Et tout se répétait. En général, toutes les deux ou trois semaines. Parfois, deux fois par semaine. Mais parfois, il n'y avait rien pendant un mois. Plus les coups pleuvaient, moins je les sentais. À la fin, même quand elle tapait, je ne sentais plus rien. Je me souviens très bien du sentiment de triomphe le jour où je lui ai dit, alors qu'elle était en train de me courir après avec une ceinture à la main, Ben vas-y, tu peux toujours cogner, je sens rien. Elle a cogné.

Je n'ai pas hurlé, pas fait un mouvement. Rien. Elle a cogné encore. Toujours rien. Même pas mal. De dépit, elle s'est mise à rire Tu es complètement maso, ma pauvre fille. J'étais fière. Je flottais, quelque part, dans un espace depuis lequel je la voyais s'acharner sur un corps d'enfant qui n'était plus le mien. Dans cet espace-là, je pouvais continuer à l'aimer. Je pouvais continuer à me dire que ma maman était une merveilleuse maman et que ça n'était donc pas ma maman qui tapait. Juste un monstre qui prenait la place de ma maman quand elle souffrait trop. Un jour, une de mes camarades de classe a vu le bleu que je cachais sous mon pull. Elle est allée voir ma mère et lui a dit Je sais ce que vous faites et je vais le dire à la directrice. Les coups se sont arrêtés net. La réputation, ça compte. Ça ne nous empêchait pas, d'autres fois, d'être dans une joie incroyable, un amour incroyable, une solidarité incroyable les uns pour les autres, de rire, de plaisanter et de passer de très bons moments tous ensemble. Ça ne nous empêchait pas de chanter à tue-tête des vieux tubes italiens entassés dans la voiture familiale qui m'emmenait, moi aussi, le front pressé sur la vitre, comme tous les autres enfants agglutinés dans d'autres voitures, surchauffées et surchargées, dont je croisais parfois le regard, vers le soleil et la mer. Ça ne m'a pas empêchée de faire les quatre cents coups avec le fils de mon beau-père. Ça ne nous a pas empêchés de nous entendre comme larrons en foire, de faire des parties de jeux vidéo endiablées et de passer des heures et des heures à tenter de réparer les bandes de cassettes pour walkman qu'on s'échangeait. Ça ne m'a pas empêchée d'être émerveillée d'avoir une petite sœur. Je la prenais tout le temps en photo. Je m'occupais beaucoup d'elle. Je la regardais s'agiter dans son berceau. Je me disais Maintenant je suis comme les autres, maintenant je ne suis plus seule, maintenant on est une famille. Cependant, si je veux être honnête, je dois dire que, même après l'intervention de ma camarade de classe, les humiliations et les brimades n'ont pas cessé. Les coups, on peut aussi les donner avec des mots. L'avantage, c'est que ça ne laisse pas de traces visibles. Ça vous fait juste exploser la tête. Ma mère avait trouvé un système très ingénieux pour accrocher mes culottes sales dans la cage d'escalier à la poignée de la porte de notre appartement pour que le voisin du dessus, qui avait mon âge, les voie et se moque de moi. *Tu devrais avoir honte. Tu es sale. Il faut que tout le monde le sache. Si tu avais vu la tête du voisin quand il est passé devant le palier en voyant tes culottes que j'ai accrochées sur la poignée de la porte, je l'ai vu, par l'œilleton, s'arrêter et rire, il faisait hahaha.* C'est vrai que j'étais une adolescente infernale et que je leur donnais bien du fil à retordre. C'est vrai que je vivais au milieu de petits tas de merde, livres, jouets, vêtements sales et propres, restes de nourriture, boules de cheveux, classeurs d'école, empilés au milieu de ma chambre, que je n'arrivais plus à ranger, et qu'il n'y avait que les livres, les films, et l'envie de baiser à mort, qui me permettaient d'oublier d'exister sans avoir à me suicider. Je suppose qu'ils étaient désemparés, comme le sont tous les parents dont l'enfant n'a plus envie de vivre. C'est comme ça que c'est arrivé. Mon beau-père avait dans le tiroir de son bureau un revolver pour faire peur aux cambrioleurs. Je ne sais pas comment il l'avait obtenu. Mais je me souviens que je l'avais trouvé là une fois par hasard, quand je fouillais dans ses affaires pour lui dérober de l'argent. Une nuit, je me suis levée et je me suis vue ouvrir le tiroir du bureau avec la clé qu'il cachait sous la pendule du salon. J'ai pris le revolver. Je suis rentrée dans la chambre des parents. Je les ai regardés dormir, elle à gauche du lit, lui à droite. J'ai braqué l'arme sur eux. Je suis restée, debout, sans bouger, à les regarder. Ils avaient un air stupide et gentil. Ils ronflaient tous les deux très fort. Elle plus fort que lui. Je n'ai pas réussi à tirer. Plus tard, quand il a fallu donner les raisons pour lesquelles je ne l'avais pas fait, j'ai d'abord dit Parce qu'elle ronflait, elle, plus fort que lui. Je suis sortie de la chambre. Je suis retournée dans le salon. J'ai braqué le revolver contre ma tempe. J'ai appuyé sur la détente. Rien ne s'est passé. Il n'était pas chargé. J'ai remis le revolver dans le tiroir du bureau. À la place, j'ai fait beaucoup de mal à mon corps et à mes cheveux. Des choses qui ne méritent pas d'être racontées. Rater son suicide une fois est une chance. Le rater plusieurs fois, une malédiction, puis une négligence qui fait de nous des êtres indignes. Ensuite, la mère de ma mère est morte. Ma mère a été soignée. Puis j'ai été soignée. Plus tard, j'ai compris que ce que ma mère m'avait fait, son père le lui avait fait, et que ce que son père lui avait fait, on le lui avait fait à lui dans les camps. Et, pour persister dans l'existence, je me suis trouvé des raisons de les excuser, alors qu'il n'y a rien à excuser. Un jour, tout cela n'a plus eu la moindre importance. Car je n'avais plus d'importance. C'était arrivé parce que ça devait arriver. Quand j'ai rencontré Paul, je ne voulais pas d'enfant, parce que je voulais qu'avec ma mort cesse la malédiction. Il m'a fait lire *Kaddish pour l'enfant qui ne naîtra pas*. Dans ce livre, Imre Kertész explique pourquoi la déportation puis la dictature communiste, comme les deux faces d'une même médaille, l'ont mis dans l'impossibilité d'assumer le don de la vie. C'est après avoir lu ce livre que j'ai décidé du contraire. Mais j'ai fait une fausse couche, qui m'a anéantie. J'y ai vu la confirmation que je n'étais qu'un déchet qui ne savait produire que des déchets. Et puis ma fille est née. Je me suis toujours dit que si je n'avais pas fait cette fausse couche je ne l'aurais pas eue, elle. Et avec elle, et l'amour que Paul et Richard m'ont donné, un jour, ma honte d'avoir eu une mère malade et d'avoir été, moi aussi, très malade s'est transformée en gratitude. Je sortais de chez Richard, le corps ivre de son étreinte. Je suis passée devant mon école primaire, puis devant la rue où ma mère avait garé sa voiture, des années plus tôt, pour me cogner. J'ai pris mon téléphone. J'ai appelé ma mère. C'était la conscience de ne rien regretter, que de la vie j'acceptais tout, le meilleur comme le pire, et que si c'était à refaire, je consentirais à revivre point par point tout ce que j'avais vécu, même si certaines de ces expériences m'avaient laissée pour morte, puisque j'étais tissée de tout cela, et que c'était bien tout cela, le pire comme le plus brûlant, le plus obscur comme le plus lumineux, le plus trivial comme le plus intense, et le choix de la solitude pour me tenir éloignée des critiques des uns comme des éloges des autres, qui m'avait donné la possibilité de flotter, paisiblement, dans le vide des choses, jusqu'à devenir moi-même ce vide dans lequel on se laisse démembrer par l'amour.

*

– Tu m'as donné le jour et la nuit. Je n'ai jamais pu aimer à moitié, aimer du bout du cœur, aimer sans me jeter dans un brasier ardent, et c'est à toi, maman, que je le dois.

– Oh ma chérie, mais non, j'ai fait si mal, j'ai fait si peu, si j'avais su, si j'avais pu, mais à l'époque j'étais si jeune, si jeune, j'étais très…

– Tu te trompes : mon père et toi vous êtes aimés tout le temps que vous avez pu, et cet amour fou qu'il a eu pour toi tu as essayé de me le donner ensuite, du mieux que tu as pu, je sais que tu m'as donné le meilleur de ce que tu pouvais donner à un être, je le sais maintenant, que le pire, tu l'as gardé en toi. Tu n'as rien besoin de me dire, maman, je sais tout.

Elle a dit :

– Tout ?

Je lui ai dit tout ce que je savais.

Je l'ai entendue hoqueter à l'autre bout du fil. Mais j'ai continué à parler. Et je lui ai dit le reste – ce que les lettres des uns et les confidences des autres m'avaient appris, au fil des années, et ce que j'avais deviné, aussi, à force de recoupements, ou en mettant mes pas dans les siens, pour comprendre ce qu'elle avait pu ressentir.

– Tout ce que tu es devenue maintenant, tu peux en être fière : une femme digne, une épouse aimante et attentive, une grand-mère extraordinaire pour ma fille, alors, tu sais, même les coups, maman, même pour les coups, je ne t'en veux plus, plus du tout, depuis longtemps déjà, tu n'étais pas bien, tu étais malade, c'est pas grave, tout ça, je te pardonne, je te pardonne tout, grâce à toi, je sais ce que c'est que d'aimer vraiment, c'est-à-dire de continuer à aimer, vaille que vaille, même quand l'autre ne peut plus le faire, d'aimer pour deux, d'aimer jusqu'à la mort.

Elle a écouté, longtemps. Elle s'est mise à sangloter au téléphone, à bredouiller de pauvres petits mots d'enfant. Alors, j'ai commencé à lui parler de mon rêve.

– C'est étrange, m'a-t-elle coupée.

– Pourquoi donc ?

Elle m'a raconté que, pendant des années, elle avait fait un rêve, dans ce rêve elle dormait avec mon beau-père et mon père venait la voir, pour la chercher. Longtemps, à chaque fois qu'elle faisait ce rêve, elle hésitait entre ces deux hommes, et finalement quittait tout pour partir avec mon père. Le matin, quand elle se réveillait, aux côtés de mon beau-père, elle était toujours prise dans cette dualité : le soulagement et le chagrin de voir que tout cela n'avait été qu'un rêve. Un jour, peut-être trente ans après la mort de mon père, une nuit, elle a fait ce même rêve, mon père est venu au pied de son lit, il lui a dit Viens, mais cette fois elle lui a dit Non, je reste ici.

Le vent s'engouffrait dans le téléphone. J'entendais la voix de ma mère se condenser et vibrer dans un rayon d'intense obscurité. Et c'était comme la voir assise à mes côtés, sur ce banc, poser au travers de moi, jamais sur moi, car elle ne peut pas vraiment voir une autre enfant que celle qu'elle n'a jamais cessé d'être, et donc, toujours au travers de moi, un regard où le soulagement se mêlait au désarroi. Et elle, encore :

– Je n'ai pas osé t'en parler tout de suite, parce que je n'en étais pas sûre et parce que je craignais que tu m'en veuilles, mais voilà, je crois que je n'ai plus de chagrin pour la mort de ton père. Tu vois, ça a mis trente ans pour que je ne pleure plus, et dix ans de plus pour que j'ose enfin te l'avouer, je l'ai aimé, je l'ai admiré, j'ai été folle de lui, il était exactement ce dont j'avais besoin, lui le savait, mais moi je ne le savais pas, je le vénérais et il m'adulait, mais je peux dire désormais que tout cela, c'était dans une autre vie.

Je suis allée chercher ma fille à l'école. Le soir, j'ai réussi à arracher Paul à son écran d'ordinateur et nous avons fait l'amour. Il n'avait aucune idée des raisons exactes pour lesquelles je pleurais mais il répétait Tu es belle quand tu pleures, tu es belle quand l'émotion te presse comme un fruit. J'ai joui, dans ses bras, en bénissant le ciel d'avoir pu vivre jusqu'à ce jour. Et je me suis endormie, dans la joie profonde d'être au monde et d'être aimée et bien baisée par les deux hommes que j'aime. Quelques nuits plus tard, combien de temps après, je ne le sais plus exactement, mais peut-être trois ou quatre jours, j'ai vu mon père debout, au pied de mon lit. Il était immense, alors qu'en fait il n'était pas grand du tout, à ce qu'on m'a dit il ne faisait pas plus d'un mètre soixante-dix, je suppose donc que je l'ai rêvé cette nuit-là à la taille qu'il avait pour moi sur cette photographie que j'ai toujours et où je le regarde, depuis une petite carriole, attendant qu'il me prenne dans ses bras. Je ne me souviens pas qu'il m'ait dit quoi que ce soit, cette nuit-là, dans le rêve que je fis, mais je me souviens encore de son visage, que je voyais, comme pour la première fois, singulièrement pâle, singulièrement lumineux, singulièrement paisible, de cette joie, heureuse et humble, autour de la bouche, et de ses yeux, qui ne me quittaient pas, et me souriaient, et me souriaient, et me souriaient. Ensuite, je n'ai plus jamais rêvé de mon père.

19

Les semaines passent. Et jour après jour nous continuons à convulser jusque dans l'abîme, comme ces marionnettes dont on coupe les fils et qui juste avant de s'effondrer produisent une danse inouïe. Il arrive à Richard de penser que si mon enfant mourait, alors je quitterais plus facilement mon compagnon. Il m'arrive de penser que si Richard mourait, je serais débarrassée de l'enfer de contradictions dans lequel je croupis et je pourrais alors retrouver ma tranquillité. Il m'arrive de penser que si Paul mourait, je pourrais, avec mon enfant, quitter la France et partir vivre en Autriche. Il arrive à Richard de souhaiter la mort de sa femme. Il lui arrive de la détester d'être si aimante. Il lui arrive de me détester. Il nous arrive d'avoir envie de mourir tous deux.

20

Un matin de décembre 2016, je trouve Richard tout ensommeillé. Le feu brûle encore dans la cheminée. Sur la table du salon, des lettres dans lesquelles il est en train de mettre un peu d'ordre. Il s'assied sur le bord du canapé et me tend une photographie que je regarde longuement. J'avais vu, très jeune, ce film expressionniste muet dans lequel jouait sa mère et je l'avais revu après ma première rencontre avec Richard. Mais je ne me souvenais pas qu'elle était aussi belle. Le feu jette une lumière chaude sur la photographie que je tiens toujours, entre le pouce et l'index. Quand on incline le portrait légèrement vers la gauche, la lumière du feu touche les coins de sa bouche. On dirait presque qu'elle sourit.

Richard est resté assis sur le canapé. Il se penche vers moi.

– Tu te souviens de l'histoire que je t'avais racontée, au musée, le jour de notre rencontre ?

– Oui, l'histoire de l'enfant battue dans le train ?

– Quand j'étais petit garçon, nous passions les vacances à la campagne, mon père, sa nouvelle compagne et moi. Il faisait très chaud cet été-là. Je m'en souviens car c'était juste après la mort de ma mère. Je ne crois pas te l'avoir déjà dit, mais maman est morte, après trois ans de souffrances atroces. À la fin, elle ne pouvait plus parler, ni même se lever de son lit, ou manger seule. Elle passait toutes ses journées comme ses nuits dans une chambre dont les volets étaient toujours clos. C'était moi qui la berçais, comme elle ne m'a jamais bercé, sans doute. Je l'ai toujours connue très belle mais très mélancolique. Lorsqu'elle est morte, j'ai été incapable de pleurer, incapable de quitter la chambre où l'on veillait son corps, incapable d'aller au cimetière, incapable de parler pendant deux mois. Les mots ne venaient plus. Je les avais perdus en même temps qu'elle. Même la musique m'avait déserté. Il a fallu beaucoup de temps pour que ça revienne. C'est très dur, tu le sais, quand ça revient, le goût de vivre. Un matin, nous étions en train de nourrir les moutons et l'âne – c'était un âne que j'aimais vraiment beaucoup –, mon père m'a annoncé que, cet été encore, nous allions accueillir à la maison cet adolescent des Sudètes dont la famille avait été expulsée, comme des millions d'autres Allemands, de Tchécoslovaquie, avec l'avancée de l'Armée rouge à la fin de la guerre. À l'été 1945, Martin, c'était son nom, Martin et ses parents avaient dû fuir à pied. En route, ils avaient été détroussés par des Polonais, et sa mère, à ce qu'on m'a dit, déshabillée sous les yeux de son fils et de son mari. Ils avaient marché pendant des jours et des jours. Certains de leurs compagnons de route étaient morts de fatigue ou de faim. Quand ils étaient arrivés à la frontière autrichienne, les autorités d'occupation soviétiques leur avaient expliqué qu'elles ne les prendraient pas en charge. Ils avaient dû rebrousser chemin et errer de village en village. Je ne sais pas comment ça s'est produit, mais, d'après ce que j'ai compris, un jour, au cours d'une bousculade, Martin, qui n'avait que deux ans, a perdu ses parents de vue. Il ne les a plus jamais retrouvés. Lorsqu'il a finalement pu rejoindre Vienne avec les survivants, il a été placé dans un orphelinat. Du temps a passé. Dans les années 1950, comme beaucoup d'autres familles autrichiennes qui voulaient, après la guerre, se racheter une respectabilité, ma famille s'est portée volontaire pour accueillir un orphelin chaque été. J'étais un enfant taciturne et solitaire. Mon père et ma belle-mère pensaient que ce serait une bonne chose, pour moi, d'avoir un compagnon de jeux, un garçon plus grand que moi, qui n'avait pas ma chance. Mais moi, ça ne me plaisait pas du tout. Surtout, ce que je n'aimais pas, c'est que ce gosse joue avec mon âne et que non seulement l'âne se laisse faire, mais qu'il lui témoigne de l'affection. Une nuit, tout le monde dormait, je suis allé dans le pré, derrière le bois, et j'ai cueilli des séneçons de Jacob. C'est une jolie petite plante à fleurs jaunes qui pousse près des cours d'eau. Ma mère me disait toujours qu'il ne fallait jamais la donner à manger aux bêtes, surtout aux chevaux. Il n'existe aucun antidote. Je suis allé à l'écurie, j'ai appelé mon âne, je l'ai câliné, puis je lui ai donné à manger les fleurs. Je l'ai veillé en pleurant. Lorsque le vétérinaire est venu et a dit qu'il s'agissait sans doute d'un empoisonnement et qu'on ne pouvait rien faire, j'ai dit à mon père que j'avais vu Martin donner des séneçons de Jacob à l'âne. Mon père a décroché son fusil. Il a tiré sur l'âne. Puis il est allé ranger son fusil, il s'est avancé vers Martin et il l'a giflé. L'après-midi même, une voiture de l'orphelinat est venue chercher Martin. Il se tenait la joue, rouge et enflée, appuyé sur le muret, devant la porte. Il ne disait rien. Les gens de l'orphelinat lui ont demandé de monter dans la voiture. Il n'a pas cherché à se débattre. Il s'est laissé faire sans leur opposer la moindre résistance. Juste avant que la voiture franchisse le portail, j'ai croisé son regard, derrière la vitre. Il savait. Mais tu m'écoutes, sans fuir ni t'étonner de rien.

– Non. Je ne suis pas étonnée. J'ai toujours su que tu étais comme ça.

– Toujours, depuis le musée ?

Je souris et je vois, arrivant du sud, les plumes encore chargées du sable roux du Sahel, des flamants roses piquer dans l'Atlantique qui déferle en rouleaux sur le sable, et loin, très loin, assise sur la plage de Grand-Bassam, pctite et osseuse, la tête posée sur les genoux, deux nattes très blondes lui tombant dans le dos, ma mère qui attend depuis toujours, en chantonnant l'air de la reine de la nuit.

II

Les chiens de Treichville

1

[Quartier de Treichville, Abidjan, Côte d'Ivoire, 1966] Il ouvre les yeux. Il lui donne avec la jambe un coup sec, qui la fait rouler de l'autre côté du lit. À présent, elle ne dort plus, mais reste immobile, le visage enfoui dans un oreiller miteux, un pied pendu dans le vide.

– Qu'est-ce qui se passe ?

– On a frappé, dit-il. Je vais voir. Toi, tu restes là.

La chambre est faite de grandes lattes de bambou. La maison est couleur sable, petite, avec un toit pentu. Devant la maison, il y a un camion garé dans la cour intérieure. Tout autour, noyées dans l'aube, il y a d'autres maisons, semblables à celle-ci. Elles sont toutes habitées par des Ivoiriens. Quand on marche et qu'on tourne à un moment donné vers la gauche, on se retrouve brusquement devant un établissement scolaire en construction.

On cogne encore à la porte.

Il se lève, fait le tour du lit, enfile un pantalon, attrape ses vêtements à elle posés sur la chaise, les lui jette. Mais elle reste toujours couchée, la tête enfouie plus profondément encore dans l'oreiller. Il sort de la chambre. Ça fait des semaines que personne, à part le facteur, ne vient là – mais ça n'est pas son heure. Un policier se tient sous la véranda. Il a la tête d'un Abidjanais à peine sorti de l'école, sa chemisette n'est pas encore délavée par la brûlure du soleil, l'ourlet de son pantalon impeccablement repassé tombe sur des chaussures que sa mère a dû lui cirer. Ses yeux détaillent l'homme qui se tient en face de lui : cheveux ras, mâchoires saillantes, silhouette desséchée, peau hâlée, rugueuse et terreuse. Il sent l'alcool. Leurs regards se croisent de part et d'autre de la moustiquaire grillagée de la porte.

– Vous avez vu un chien, récemment ?

L'homme sort une cigarette de la poche de son pantalon, l'allume, tire dessus, ouvre la moustiquaire et, du menton, désigne un groupe de maisons. Il dit d'une voix rauque :

– J'en ai vu un, l'autre jour, par là-bas, tout maigre et galeux, avec la peau visible, là, au niveau du dos.

– C'était y a combien de temps ?

– Peut-être quatre ou cinq jours. Ou plus. Je calcule pas.

– C'était quoi, comme chien ?

Ses yeux fixent l'insigne accroché à la poitrine du jeune policier.

– Je sais pas. Je suis pas expert. Un grand comme ça à peu près, avec les oreilles pointues. Pourquoi ?

– On a retrouvé un chien mort. C'est le troisième dans le voisinage en peu de temps, et un quatrième a disparu hier soir, on fait un tour, là. Je peux entrer ?

Le sol de la cuisine colle aux chaussures. Des assiettes sales et une casserole carbonisée s'empilent dans l'évier. Sur la table à manger, au-dessus de laquelle les pales du ventilateur tournent sans discontinuer, il y a probablement une coupelle de fruits vide et des vêtements qui sèchent. Les yeux très pâles de l'homme se plissent jusqu'à le percer du regard. Il dit peut-être :

– Vous savez, il y en a qui les attrapent, du côté de la lagune Ébrié, pour en faire de la viande grillée.

– Mais là, c'est pas ça, dit le policier.

Ses yeux se font aussi ronds que sa bouche.

– C'est des petits chiens. Des caniches de riches qui viennent de Cocody et qu'on traîne jusqu'ici pour les tuer. Le dernier, là, on l'a retrouvé étranglé.

– Étranglé ?

Le policier fait un geste avec les mains comme s'il serrait un cou.

– Étranglé, oui, comme ça.

Puis ses mains retombent de part et d'autre de son corps. Il reste debout, bras ballants, dans la demi-pénombre de la cuisine, ses yeux attachés aux yeux de l'homme, le visage soudain pris d'une terreur presque enfantine. D'une main, il fourrage dans ses cheveux.

– Apparemment, juste avant on les gave de kedjenou de poulet. Quand on les retrouve, ils ont la nourriture qui leur est remontée dans le ventre, jusqu'au bord de la gueule, comme si que c'était mauvaise magie.

L'homme écrase sa cigarette sur le rebord de la table de cuisine, se dirige vers le réfrigérateur et l'ouvre. Il est pratiquement vide, à part de l'alcool et une boîte de conserve entamée. Il débouche une bouteille d'alcool blanc – c'est peut-être de la vodka ou du gin –, se sert un verre, en tend un autre au policier, qui fait non de la tête.

– Ici, lui dit l'homme, y a pas de chien, y a pas âme qui vive, y a juste ma fille et moi.

Les yeux du policier tombent sur une caisse de jouets renversée d'où s'échappent des billes, des déguisements et un disque des sœurs Comoé, puis son regard glisse sur le réfrigérateur vide, les chaises vétustes, le visage émacié et les avant-bras décharnés de l'homme aux vêtements usés.

– À l'homme qui a faim, on ne demande pas s'il a nourri un chien. Désolé du dérangement.

Le policier tourne les talons, traverse le jardin et disparaît. L'homme reste longtemps sur le seuil de la véranda, à suivre le policier des yeux, puis il rentre dans la maison et ouvre la porte de la chambre. Il reste planté devant le lit, la bouteille à la main, où elle est toujours couchée.

– Il est parti ? dit-elle.

– Oui.

Elle le regarde avec des yeux vides. Il se déshabille.

2

[Grand-Bassam, 1964] C'était une année à moucherons. Il y en avait dans les flots de cocotiers qui bordaient tout le littoral, du cap des Palmes à celui des Trois-Pointes, sur les roses, les tulipes et les feuilles dentelées des ananas du parc du palais où les jardiniers de la présidence s'affairaient sans cesse à les déloger, dans les sillons de caféiers et de cacaoyers, sur les cotons blonds des collines de canne à sucre du pays Sénoufo et le long des méandres de la rivière Niouniourou. Ils rentraient dans les maisons de Cocody, les cases des villages de Grand-Lahou ou de Pakobo, les taudis de Treichville, se collaient aux fruits et aux tartines de margarine, s'agglutinaient sur les pare-brise des voitures, des camions et des autocars, s'introduisaient dans les plis des voiles des bateaux de San Pedro, tournaient au-dessus des filets des piroguiers de la rade de Sassandra, suçotaient les bras des laveurs de la forêt de Banco, se frayaient un chemin jusqu'aux narines, aux oreilles ou au bord des yeux des enfants, des vieillards et des bêtes, et même jusque dans les fils de coton du manchon à incandescence de la lampe à pétrole qu'Ève éteignait chaque matin avant d'accompagner son père jusqu'à la plage de Grand-Bassam où il disparaissait dans l'eau, pour quelques minutes ou pour une heure – elle ne savait jamais. Je les vois en arrière de mes yeux. Et je me vois, moi, Sarah, immobile, les regarder en arrière de mes yeux. Je les vois, comme je les ai toujours vus, même enfant, quand j'allais à l'école, la tête encore lourde de rêves. Et qu'il était encore tôt. Trop tôt pour que le jour lave leurs ombres de mes yeux.

Il était encore tôt. À cette heure, il n'y avait jamais personne d'autre qu'eux deux sur la plage. Des pirogues en forme de croissant de lune taillées dans des fûts de bois tendre dormaient sous des appentis. Dans trois heures, des Ivoiriens viendraient en famille, boire du tchapalo, faire griller des galettes ou du poisson sur des petits feux, acheter des ananas ou des noix de coco aux petites vendeuses de fruits et parader en maillot à la mode occidentale en lisant ostensiblement *Fraternité Matin*. D'autres resteraient à Abidjan, pour aller comme chaque samedi s'enduire le corps de kaolin et patauger dans la lagune Ébrié, au milieu des pneus et des bidons d'essence, face aux grues transportant les blocs de béton du futur hôtel Ivoire, pour espérer avoir un enfant. Il n'y avait pas d'histoire, ni de début ni de fin, dans ce que ma mère me racontait, mais juste des images circulaires, dans lesquelles le flux et le reflux de ses mots la faisaient tourner, tourbillonner, elle, et moi avec elle, dans la houle. Dans ce coin-ci, rares étaient ceux qui prenaient le risque de se baigner. Les morsures de la mer étaient, disait-on, plus profondes que celles du crabe. Il existe au large d'Abidjan une fracture que les pêcheurs appellent « le Trou sans fond ». Les abîmes océaniques sont si proches du rivage que la houle qui se forme dans le grand sud de l'Atlantique se rabat tout à coup dans ce gouffre pour former une barre souterraine de rouleaux. On voit la vague mourir sur le sable. Mais pas ce qui se passe sous l'eau. Dès qu'on se baigne au-delà des mollets, le courant happe les nageurs et les rejette toujours au large. Le seul moyen d'éviter cette barre, c'est de la passer. On met la tête sous l'eau et on nage, vers le large, en rasant le sable et en comptant, au moins, jusqu'à cinquante. Les étrangers, qui ne le savent pas, se font souvent emporter au large ; certains s'y noient. Les enfants ivoiriens n'ont pas de cours de natation ni d'accès aux piscines publiques. Il faut être d'une classe aisée pour pouvoir fréquenter celles des hôtels réservés aux Occidentaux. Une fois, Pierre avait sauvé un jeune garçon de la noyade. Ce jour-là, les vagues étaient hautes. Mais ça faisait rire les enfants. Un gamin jouait au football avec ses camarades. L'un d'eux avait envoyé la balle dans l'eau. L'enfant s'était précipité dans les vagues pour l'attraper. Le courant avait emporté la balle. L'enfant avait tenté de la suivre. Une vague l'avait assommé. On ne l'avait pas vu réapparaître à la surface. La mère, qui ne savait pas nager, et ses camarades hurlaient sur le rivage. Tout à coup, un Blanc tout maigre s'était jeté dans les flots, tête la première, et s'était mis à crawler, à une vitesse ahurissante, jusqu'au large, où il avait disparu, pour resurgir, flottant sur le dos, l'enfant hissé sur son torse, et qu'il maintenait à l'aide de ses avant-bras, regagnant le rivage à la seule force de ses jambes. Les secours étaient arrivés. L'enfant respirait encore. On traita Pierre en héros. Mais il méprisait les honneurs.

Il était arrivé un matin, par le bateau, et s'était installé à Treichville. On était habitué à voir débarquer toutes sortes de Blancs qui paradaient dans les maquis en conquistadors ou d'autres dont on sentait qu'ils venaient ici pour enterrer un échec sentimental ou professionnel obscur, ou d'une espèce plus sombre, plus opaque, moins avouable encore. Quand on l'avait vu, tout malingre, bizarrement chétif, comme s'il n'était pas né comme ça mais que, pour ainsi dire, tout ce qui avait pu un jour, dans une autre vie, lui tenir lieu de chair, de gras, de muscles lui avait été arraché d'un coup, avec ses yeux délavés plantés dans un visage taillé à la serpe aux traits absolument figés, et dont toute couleur semblait absolument partie, on ne lui avait posé aucune question. Il cherchait du travail. On lui en avait donné. Les femmes le gavèrent de mil et de manioc. Elles lui ouvrirent leur chambre, leurs bras, puis leurs poitrines et leurs fesses. Il s'y noya, téta tous les seins qu'on voulut bien lui tendre et gicla du foutre autant qu'il put. Il baisa les mères. Il baisa leurs sœurs et leurs cousines. Il baisa leurs filles. Et les sœurs des filles qu'il avait baisées. Les années passèrent. Un jour, il disparut. Il revint, un mois plus tard, flanqué d'une gamine aux cheveux blonds. Il la présenta comme étant sa fille, sa fille à lui. Là encore, on ne lui posa aucune question.

Venu du Sahara, l'harmattan sec, chaud et poussiéreux cracha son souffle tuberculeux sur la plage de sable roux. Et, sur le chemin de l'école, pour diluer les ombres, je me frottai les yeux. Ève se frotta les yeux. L'instant d'après, son père avait disparu. Elle compta comme il le lui avait appris à le faire et balaya l'horizon. Toujours rien. Elle compta encore. Ève s'était habituée à la possibilité qu'une fois de plus, son père pourrait disparaître comme il l'avait fait pendant huit longues années, ou plus longtemps, cette fois peut-être, mais qu'il ne mourrait pas. Il ne mourrait jamais. Plus d'une fois pourtant, depuis qu'il s'était installé en Afrique, il avait failli y rester. Six mois après l'arrivée d'Ève à Treichville, il était rentré à la maison et s'était couché. Il pensait qu'il avait trop travaillé dans les champs. Dans la nuit, il s'était levé plusieurs fois pour aller aux toilettes. Au petit matin, il avait voulu prendre le camion et s'était écroulé dans le jardin. En vingt-quatre heures, le parasite du paludisme s'était multiplié dans son foie. Ses globules rouges éclatèrent. Il se mit à vomir. Il resta prostré sur son lit, les membres couverts de sueur, mâchoires serrées. Ève appela le médecin. La fièvre monta, et monta encore. Pris de convulsions, son corps commença à trembler. Le médecin demanda à Ève d'aller chercher un voisin. Ils se mirent à deux pour le tenir et lui ouvrir la bouche. Il remuait comme un diable. Il existe une technique pour administrer en urgence une antibiothérapie aux malades pris d'une crise de paludisme. On leur lime les dents. On y fait un trou. On glisse une paille à travers laquelle on passe le médicament. Quand on voulut limer les dents de Pierre, il se mit à hurler en allemand. Il croyait qu'il était à Buchenwald et qu'il avait à nouveau le typhus. On lui administra d'abord un sédatif par intraveineuse. Puis, une fois qu'il fut endormi, on fit couler goutte à goutte l'antibiotique dans sa bouche. Ève le veilla jour et nuit. Ce fut, dirait-elle plus tard, la seule fois où elle put tenir la main de son père sans qu'il la lâche.

3

Dans l'enfance, je traversais la nuit, et de la nuit je traversais l'aube, jusqu'à l'école, où je dormais dans les mots de ma mère. J'ouvrais mes livres de mathématiques mais d'entre les pages un vent chaud me soufflait sur le visage et je voyais, arrivant du sud, les plumes encore chargées du sable roux du Sahel, des flamants roses piquer dans l'Atlantique qui déferlait en rouleaux sur le sable. Au plafond, des vagues dansent. Je les vois, en arrière de mes yeux.

Je les vois, comme je les ai toujours vus. Pierre plonge. Il veut la morsure de l'eau, le chaos des rouleaux. Il revient toujours de ses baignades, les yeux incendiés, le visage percuté de lumière, en claironnant Même pas mal, même pas mort. Restée sur le rivage, Ève est là, elle aussi, des coquillages cachés dans les plis de sa robe, et lui fait un signe de la main. Le soleil floute les images. Tout se rembobine, en arrière de mes yeux. Les vagues roulent, refluent et bouillonnent. L'enfant rit. Ses dents étincellent dans la lumière. Les vagues enflent. Le vent hurle. Il la voit. Il nage vers elle. Les vagues roulent, roulent et refluent. Il arrive. Attends-moi, j'arrive, me voilà, tu vois, je suis revenu, les vagues grondent, grondent et hurlent, dans le jour en feu, déferlent, cassent le ponton, il coule, la terreur me fige, voici quelques valeurs approchées du nombre pi au cours du temps, pouvez-vous les ranger par ordre croissant ?

– Vous, oui, vous, Sarah, au tableau, et plus vite que ça, vous dormez ou quoi, qu'est-ce que j'ai dit, à l'instant ?

– Je sais pas.

– Vous vous moquez de moi ?

– Je sais pas.

– Et insolente, en plus.

– C'est possible.

– Comment ?

– C'est une hypothèse mathématique qu'on ne peut exclure.

– C'est ça, faites la maligne. Mais regardez-vous, vous êtes ridicule, qu'est-ce que vous avez fait à vos cheveux, et vos jambes et vos bras, couverts jusque-là, avec cette chaleur ? C'est un genre que vous vous donnez ? Le genre zombie en pyjama ? Le genre souillon ? La salle de bains et vous ça fait deux, ça c'est sûr. Les autres, silence. Silence. Et vous, sortez, et que je ne vous revoie pas avant la fin de l'heure.

L'heure avait passé. Ève marcha sur la plage pour entasser dans la poche de son short des coquillages qu'Oumou et elle pourraient vendre au marché de Treichville. Elle se lova dans une pirogue. Un papillon aux ailes noires se posa sur le bateau. Elle n'en avait jamais vu de plus beau. Elle l'observa longtemps puis se saisit d'une rame, l'écrasa d'un coup sec, lui arracha une aile et les pattes et finit par s'endormir, bercée par les grondements de l'océan. Quand elle s'éveilla, la plage grouillait de monde et son père, cigarette aux lèvres, jouait aux cartes avec un groupe de pêcheurs, une enfant aux seins très prononcés pendue à son cou.

C'était une vie sans école. Une vie sans camarades de classe. Une vie au milieu des Ivoiriens. Une vie où elle est plus pauvre que les filles des autres Blancs. Ils mangent toujours ce qu'il y a de moins cher. Le dîner, c'est un bol de riz avec une cuillère de sauce poisson. Elle porte toujours les mêmes habits. Le vent souffle. Les nuages crèvent. Les pluies ruissellent. Les terres au sol craquelé se transforment en cloaque dans lequel les hommes, les femmes et les enfants pataugent. Gorgées d'eau, les pistes de latérite recrachent un sang sombre. Les routes deviennent impraticables. Les grandes marées se succèdent. Le wharf, appontement métallique prolongé d'une plateforme débarcadère, qui permet aux voyageurs de rejoindre les navires sans affronter les rouleaux furieux de la marée, se désagrège un peu plus chaque jour – ses ultimes fragments seront bientôt ensevelis sous les eaux. Je les vois en arrière de mes yeux.

Je vois Pierre sortir de l'eau. Je vois son corps maigre, hâlé, ses yeux pâles, la cendre de ses cheveux. Je vois Ève racler les moucherons morts sur le pare-brise du camion. Je vois le camion démarrer quand ils quittent la plage. Je les vois passer devant les manguiers aux troncs énormes qui bordent la lagune, le long de l'ancien fort Nemours, contourner le vieux cimetière, les maisons rectangulaires au toit couvert de papo, de palmes et de cocotiers tressés et séchés devant lesquelles poussent, sur les trottoirs engazonnés, des amandiers de Cayenne, des filaos ou des manguiers, l'hôpital en pierre de taille, le palais du gouverneur devenu musée du Costume, l'ancien palais de justice à l'abandon, puis la maison de négoce du Libanais pour lequel Pierre travaille désormais. Je vois le camion ahaner et se déplacer, enveloppé dans un brouillard ocre, qui pique les yeux et fait tousser ; leurs corps cahotent sans cesse sur les sièges défoncés du véhicule – comme les acteurs dans les vieux films, dont les corps se balancent dans la carcasse d'un faux véhicule derrière lequel on déroule un beau décor, toujours trop vite ou trop lentement, jamais de façon suffisamment parfaite pour que cela soit totalement réel et qu'à aucun moment le spectateur n'oublie que l'on est dans la pure fiction.

– J'ai pas du tout envie de te décrire, me dit ma mère, les conditions financières dans lesquelles on vivait. C'était trop dur. C'était un homme qui savait pas du tout faire de l'argent. Au début, l'argent, en Afrique, mon père en avait. Il avait trouvé un travail autour du café et du cacao, qui l'amenait à voyager souvent en Mauritanie et à Bamako, au Mali. Là on vivait bien. Mon père avait un grand ami touareg qui était tout en bleu et il avait cinq femmes et les femmes mauritaniennes elles m'adoraient parce que j'avais des yeux clairs et il y a beaucoup de femmes aux yeux clairs chez les Mauritaniennes et elles m'avaient montré le coin des prostituées. C'était très très drôle. C'était des petites tentes comme ça (ma mère fait avec les mains un geste comme pour former un chapiteau). La femme elle se mettait la tête dans la tente. Elle se déculottait et elle tendait son cul comme ça (ma mère rit en racontant tout cela). Et avant elle se faisait payer, en tendant la main qui sortait de la tente.

– Comme ça on les voyait pas ?

– Oui, comme ça on voyait pas leur tête.

– C'était dans un marché, ça ?

– Non, c'était dans le camp, dans leur camp.

– Dans le camp, dans le campement tu veux dire, maman ?

– Oui, l'ami de mon père avait un campement car il était propriétaire de chameaux, de petits chevaux arabes, de plein de choses comme ça et il nous recevait et parfois on allait passer des journées et des nuits entières là-bas. J'adorais… Mon père aussi, il adorait ça. Il se sentait africain, parce que comme il se sentait déraciné de tout après les camps, je pense qu'il avait élu l'Afrique comme sa terre natale, tu vois… Et donc il passait beaucoup de temps à écouter les Africains, à essayer de les aider à régler leurs problèmes, enfin, il aimait beaucoup les petits enfants, mon père, et beaucoup les femmes. Il aimait bien s'immiscer dans la vie des Africains, leurs histoires, leurs petits problèmes, leur musique. Il travaillait pour Akil B., un Libanais qui avait une maison de négoce là-bas, mais il était très mauvais gestionnaire et Akil B. a fini par le renvoyer, parce qu'il gérait rien, il gérait rien, il, voilà… Et puis si tu veux, il y a autre chose, c'est que les trois quarts du temps quand il partait en brousse avec le camion il allait pour chercher des petites, des petites jeunes filles, quoi tu vois. Il revenait toujours, il y avait le chauffeur qui était là, il y avait lui, et puis au milieu il y avait toujours une petite qui souvent était plus jeune que moi ou qui avait le même âge que moi. Quand elles avaient encore de la famille, il demandait aux parents s'il était possible d'emprunter leur fille pour un après-midi ou pour une semaine entière, pour une séance photo. Il payait. La famille ne lui demandait jamais de voir les clichés. À l'époque, tout ça c'était normal. Il y avait des photos érotiques d'enfant. Tu sais, tout ça, ça se faisait, ça se faisait fréquemment. Les séances duraient longtemps. Des heures, parfois. Bon donc c'était un homme mais pas un père, mais tu sais c'est normal il était brisé par les camps, c'est naturel, complètement normal, hein ? Quand tu vis certaines choses, après, tu deviens juste un animal. Un animal violent qui doit survivre, coûte que coûte, mais tu sais c'est normal, c'est naturel, complètement normal, hein ? Et puis il était pas le seul à faire ça. Là-bas, ça se faisait. Tout le monde le savait. Et personne ne disait rien.

Il se passait des choses, sur la route qui partait d'Abidjan et menait à Grand-Bassam. Des petites filles de dix ans, ou de toutes jeunes filles, disparaissaient un jour de leur village ou des carrefours où elles vendaient des bracelets en plastique, des fruits ou des mouchoirs en papier aux automobilistes. Plus tard, celles qui revenaient chez elles racontaient aux parents qu'elles avaient trouvé un travail comme tresseuses à Adjamé ou comme serveuses dans un maquis de Marcory. Les mères racontaient aux voisins qu'elles étaient parties travailler pour nourrir la famille ou pour aider un parent atteint d'un cancer, ou même qu'elles avaient été adoptées par un toubab qui s'en occupait bien. Et les voisins faisaient semblant de les croire, parce qu'ils savaient qu'un jour ils risqueraient de demander à leur fille la même chose, ou qu'ils en avaient eu une qui l'avait déjà fait, pour les nourrir, ou pour payer l'école d'un frère, sans jamais le leur avouer. Tout le monde savait que des petites ou jeunes filles de dix à dix-neuf ans se retrouvaient dans les bordels de Marcory ou de Treichville, à servir des toubabs qui avaient leur table à l'année, ou enfermées dans une villa de Cocody pour être la go corvéable à merci d'un « grand quelqu'un avec gros l'argent ». Quand l'une d'elles tombait enceinte et ne voulait pas garder l'enfant, elle ne rentrait pas au village. La mafia nigériane faisait tourner le trafic de drogue et de médicaments en Côte d'Ivoire et certains Libanais utilisaient Abidjan comme zone de transit pour acheminer jusqu'à New York l'héroïne produite en Asie. Les jeunes filles enceintes allaient chercher de la poudre de verre pilé au marché de Treichville ou des analgésiques traditionnellement utilisés pour oublier la chaleur, la faim et les courbatures dues au travail dans les champs. Elles avortaient clandestinement, dans la solitude, parfois aidées d'une sœur ou d'une cousine ; beaucoup en mouraient.

Avec l'ouverture du canal de Vridri en 1950, Abidjan gagna son statut de port en eau profonde et devint une métropole moderne. Le miracle ivoirien produisit ses monstres et ses déchets. Les femmes, les jeunes filles et leurs petites sœurs trouvèrent bien à s'employer, mais dans les secteurs d'activités les moins rémunérateurs. On les vit travailler autour des marchés comme des arrêts de transport, devant les hôpitaux, les mosquées, les églises, les écoles, les terrains de foot ou les maquis, et même jusque dans les cours d'immeuble. Aux carrefours routiers, sous les ponts et passerelles qui enjambent les périphériques, des enfants se mirent à vendre, à la sauvette, des verres à eau, des mouchoirs ou des vêtements, achetés en gros dans des magasins des Libanais. Les petites filles couraient, marchandises à la main, après les voitures de leurs infimes clients en criant : « Y a montres moins cher », « Y a lotus », n'ayant que le temps du feu rouge pour l'échange, recompter les pièces, sourire et s'enfuir, aussi vite que possible, hors du flot grondant du trafic. Aujourd'hui encore, chaque année, plusieurs d'entre elles se font écraser le pied par une roue.

*

Dès 1938, on trouve trace d'une circulaire dans laquelle un administrateur avertit de l'importance croissante de l'exode des petites et jeunes filles des zones rurales vers Abidjan – mais rien ne sera fait ni même tenté pour l'endiguer. Une tante arrive d'Abidjan. Profitant du dénuement des parents, elle propose de scolariser l'enfant dans la capitale ou de la faire entrer en apprentissage. La mère la laisse partir. Arrivée sur place, l'enfant découvre que la vie douce qu'on lui avait promise est un leurre. On la fait se lever à 5 heures du matin. On la charge des tâches les plus difficiles. On l'oblige à faire la lessive, balayer, s'occuper du petit déjeuner, préparer les repas qu'elle devra vendre toute la journée – mais sans pouvoir en soustraire la moindre bouchée pour elle avant d'avoir terminé, en fin de journée. On ne lui permet, de toute façon, que de manger les restes. Ensuite, à la maison, elle fait la vaisselle et ne se couche pas avant minuit. Elle a, pour dormir, un matelas ou une natte, parfois un pagne sur le sol – plus rarement une pièce à part. On ne lui donne qu'un ou deux jours de congé par mois. Dans le quartier Bracodi Bar à Adjamé ou dans le grand marché de Marcory, des petits commerçants (bouchers, épiciers...) servent d'intermédiaires entre les « tanties » et leurs clients en main-d'œuvre domestique. Sur les places des quartiers commerçants, des agences de plein air sur la pancarte de bois desquelles on peut lire : « Placement de petites bonnes, nounous, servantes, filles de ménage » font venir toutes sortes de « patrons » et de « patronnes », appartenant aussi bien aux couches populaires qu'aux catégories moyennes et à la petite bourgeoisie abidjanaise. Quand une petite ou jeune fille se présente, accompagnée d'une tantie, en quête d'un travail, on la fait asseoir sur un banc aux côtés de toutes celles qui, comme elle, attendent pendant des journées qu'un employeur les engage. Comme cette tantie est la sœur de la mère ou du père, les enfants se sentent incapables de se plaindre des mauvais traitements dont elles font l'objet. Du reste, les fillettes retournent rarement au village, tout juste quelques jours tous les deux ou trois ans, pendant lesquels elles ne disent rien. Pour d'autres, ça se passe différemment, elles deviennent effectivement vendeuses de fruits, de légumes, de mouchoirs en papier, manucures ou tresseuses. Mais un jour, une amie leur dit Si tu laisses un homme faire sa petite affaire, tu peux gagner des milliers de francs CFA en une journée. Elles font le calcul. Elles s'aperçoivent qu'elles vont gagner dix fois plus qu'en restant vendeuses et que ça va pouvoir nourrir la famille, payer des dettes, des soins médicaux, ou l'école d'un frère. Souvent, ces petites ou jeunes filles deviennent ce qu'on appelle des « faux chiens », qui se cachent sous une fausse identité pour se prostituer.

– Mais Oumou, me dit ma mère, c'était différent. Oumou, c'est sa maman qui l'a amenée. La mère d'Oumou l'a amenée à mon père. Et il l'a achetée, comme on achète un kilo d'oranges. Et il n'a plus vu qu'elle. Il était prêt à l'épouser quand elle aurait l'âge, même si elle était dioula, même si elle était musulmane. Même si pour d'autres Ivoiriens, chrétiens, c'était pas une vraie Ivoirienne, mais une moins que rien. C'est vrai qu'on ne voyait qu'elle. Elle avait la peau d'un noir qui tirait presque sur le bleu, des yeux taillés comme des amandes, des jambes plus fines que des branches d'arbre desséchées, pas de maquillage outrancier, contrairement aux autres. Et puis les autres, elles buvaient, et elle le faisait boire, lui, mais elle, non, pas elle, jamais. On avait une petite maison, je la vois très bien. Une maison couleur sable, avec une grande terrasse. On avait des chambres faites de grandes lattes de bambou, c'était très joli et puis ça coûtait pas cher du tout. Il y avait une grande cour intérieure dans laquelle je courais avec les petites Africaines et on portait des bébés mangoustes dans le dos en disant qu'on était des mamans. Et je vois la mère d'Oumou amener sa fille…

– Donc, maman, si je comprends bien, Oumou, elle vivait avec vous ?

– Oui.

– Elle dormait avec ton père ou elle dormait dans une pièce à part ou avec toi ?

– Ah non, pas avec moi. Non, elle dormait dans une petite pièce à côté de la chambre de mon père, une sorte de paillasse, comme les Africains, sur une natte. Elle avait l'habitude de dormir comme ça. Elle avait pas du tout envie d'aller dans le grand lit avec la moustiquaire, pas du tout.

– Et toi, maman, tu dormais où ? Maman ?

– Quoi ?

– Tu dormais où ?

– Moi j'avais une chambre près de la cuisine. J'étais bien. J'étais bien, y a pas de problème, c'est loin, tu sais, si loin.

– Tu jouais avec elle ?

– Parfois, elle et moi on prenait des bébés mangoustes qu'on portait dans le dos en disant qu'on était des mamans.

– Oui, tu viens de me le dire.

– J'ai pas tout de suite posé le sexe entre eux. La mère d'Oumou venait chercher l'argent tous les samedis, mais moi j'avais pas posé le sexe entre eux. C'est quand j'ai trouvé les photos qu'il avait faites d'elle que j'ai compris. Des dizaines et des dizaines de photos. Il avait mis un fond blanc ou gris. Elle était nue. Avec des escarpins clairs et un collier de perles. Pas des vraies perles comme les nôtres, hein, des perles en plastique. Elle avait le corps d'une jeune fille, pas celui d'une enfant… Tu sais, les petites Africaines, elles sont formées très tôt. À l'époque, j'étais pas du tout tournée vers la sexualité, je pensais pas à la sexualité, c'est pas l'âge où on pense à la sexualité.

– Mais quand tu as trouvé ces photos, tu en as parlé à ton père ?

– Je me souviens plus très bien, chérie. Et comme je ne veux plus mentir… J'ai menti, beaucoup, tu sais. Beaucoup. À toi. À tout le monde. À l'école, je disais que mon père était explorateur, comme ça je m'étais construit une petite carapace tranquille.

– Est-ce qu'elles te croyaient, tes amies de la pension ?

– Ben comme je m'envoyais des lettres, ça marchait parfois, mais les surveillantes, je crois qu'elles le savaient.

Un peu de vent passa entre ses phrases. Je l'observai à la dérobée.

– Tu t'envoyais des lettres ?

– Oui, je m'envoyais des lettres, parce que j'ai toujours préféré faire envie que pitié.

– Mais avec le timbre ça devait se voir que ça venait pas d'Afrique.

– Oh, tu sais, je dessinais des choses sur l'enveloppe. J'ai toujours bien su arranger la réalité. Mais les filles de la pension ont fini par plus me croire. Et puis, huit ans après son départ, il est revenu me chercher. J'ai quitté la pension. Il m'a emmenée avec lui. Je croyais qu'une fois qu'on serait en Afrique lui et moi… Mais il y a eu Oumou. Oumou est arrivée. En réalité, c'était un grand amour pour lui. Moi, j'étais à côté et je ne comprenais pas, j'étais si belle, et lui, il me regardait pas, il me prenait jamais en photo. Il ne regardait qu'elle. Elle l'a beaucoup fait souffrir, beaucoup. Elle était installée chez mon père mais elle partait voir d'autres hommes. Et elle revenait. Et mon père acceptait ça. Et là, je l'ai détestée parce que je voyais que mon père était très malheureux. Un jour, elle est partie. Elle avait trouvé un homme plus riche que mon père. Elle s'est enfuie. Il est devenu fou. Il est parti en pleine nuit avec le camion. Il l'a cherchée partout. Il m'a laissée. Il m'a laissée toute seule. Pendant des jours et des jours dans la maison. Là, j'ai cru qu'il ne reviendrait plus jamais. Du coup, moi, j'ai toujours aimé les petits animaux, et plus tard, quand le Libanais, quand… j'ai pris un petit chien et je, et je l'ai gavé de kedjenou de poulet, et je l'ai, je l'ai, et ça… voilà…

Elle sembla tout à coup emportée par une peine qui me fut insupportable et dont je voulus la consoler. Mais je ne pus que lui dire, avec la voix flegmatique d'un chien de cartoon, en la regardant droit dans les yeux :

– Les hommes humilient les femmes qui humilient les enfants qui humilient les animaux.

– Bien sûr… C'est loin, maintenant, chérie. C'est très loin, ma chérie, je sais même pas où il a été enterré, mon père, je vais pas verser de larmes, hein, mais, voilà, quand il est rentré, sans avoir retrouvé Oumou, il s'est mis à photographier tous les endroits vides d'elle, la petite paillasse où elle dormait, la chemise qu'elle avait laissée. Il ne dormait plus. Il s'est remis à boire. Je n'ai pas de mots pour dire ce qu'il est devenu ensuite. C'était tout sauf un père.

Nous étions dans sa voiture, sur une aire d'autoroute, dans une station essence où nous nous étions arrêtées. J'étais enceinte. J'avais un train à prendre. On m'attendait, le lendemain matin, dans le service de psychiatrie où je devais commencer mon stage de fin d'études. Juste après avoir payé, elle était restée plantée sur le bitume, immobile, narines frémissantes, et m'avait dit Ça sent l'odeur de son camion, l'odeur de son camion à lui. J'avais essayé de lui dire quelque chose, que j'avais passé des années à enquêter et qu'à force de coups de fil en Afrique, de visites à des cousines à l'autre bout de la France, sans qu'elle en sache jamais rien, et qui m'avaient confié des lettres et des photographies, à force de recoupements entre ce qu'avaient dit les unes et ce qu'avaient bien voulu avouer les autres, et d'heures et d'heures de conversations enregistrées, conservées, lues et relues, tous les éléments d'un monstrueux puzzle s'étaient recomposés dans ma tête – mais je sentis que je n'en avais pas le courage. Et tout ce que je fis fut de la prendre dans mes bras, pour la bercer, en silence.

*

Quelques années plus tard, et j'entends encore sa voix en écrivant ces mots, et je la vois assise sur le canapé, laissant les mots s'échapper de sa bouche, et ne faisant rien pour soutenir sa parole d'une manière qui la rendrait moins opaque – mais, même lorsqu'elle est absente, je ne peux pas regarder son visage trop longtemps, ce visage aux yeux tantôt vides, tantôt incendiés, d'où sortent ces phrases, car sinon le chagrin m'engloutit :

– J'avais treize ans quand il est venu me chercher chez mon oncle, André, qui m'avait sortie de la pension pour m'emmener chez lui à La Garde-Freinet. J'avais eu affaire à un juge pour enfants, que j'avais pas mal… (et tandis qu'elle me parle, je vois défiler dans ma tête des morceaux de la lettre du juge que je garde, cachée dans mes affaires, depuis des années, ce qu'elle ignore, évidemment : *est une enfant qui, en plus de ses antécédents psychopathiques... assez profondément traumatisée par l'abandon de son père et les accès de délire de sa mère auxquels elle a assisté*), un monsieur très très gentil, je lui avais fait beaucoup de peine, vraiment. Et à La Garde-Freinet, j'ai vu mon père. L'histoire d'Oumou, j'avais treize ou quatorze ans.

– De toute façon, maman, je ne peux pas donner l'âge réel d'Oumou dans mon livre, aujourd'hui dans l'ambiance…

Elle m'interrompt prestement :

– Si. Qu'est-ce que ça peut faire ? Et pourquoi ne pas être naturelle et authentique ? Qu'est-ce que ça peut faire ? Dis la vérité, Sarah, ça n'a aucune importance.

– Mais si elle avait onze ans…

– Elle n'avait pas onze ans. Elle en avait douze mais elle en faisait seize, tu sais, les petites Africaines…

– Mais, maman, si elle avait douze ans, ça n'est pas la même chose que si elle en avait seize.

– Elle avait pas du tout seize ans. Elle suçait son pouce. On était deux. On suçait nos pouces. Et comme dans toutes les maisons africaines, il y avait une cour intérieure. Et dans cette cour intérieure tu avais les femmes qui faisaient la cuisine. Et parfois, elle et moi on s'asseyait, et on se mettait comme ça dos à dos et on suçait nos pouces.

Tout à coup, je me représente une photographie et son négatif aux couleurs inversées (le noir y devenant le blanc, et réciproquement), posés côte à côte, et sur lesquels on voit deux petites filles, l'une noire, l'autre blanche, dos à dos, dans la cour d'une maison.

Mais ma mère :

– Moi j'ai sucé mon pouce jusqu'à vingt-sept, vingt-huit ans…

Alors je demande, effrayée :

– Jusqu'à la mort de mon père ?

Et elle :

– Oui, jusqu'à la mort de ton père.

4

Plus qu'une passion, la photographie était pour Pierre une obsession quotidienne. Il prenait, reprenait des photos, et en prenait encore. Il était fasciné par tout ce qui, aux yeux des autres, semblait totalement anodin, mais qui, pour lui, disparaîtrait à tout jamais si on ne le photographiait pas : le reflet furtif de la lumière dans un verre, une affiche déchirée sur un mur où, bientôt, on en collerait une nouvelle, des mains aux ongles rongés. Il avait essayé de photographier les ouvriers à la sortie des usines d'Asnières, sans aucun effet de cadrage, sans aucune beauté, mais ces photographies-là n'étaient, paraît-il, pas du tout réussies. Il développa ensuite un intérêt croissant pour le portrait d'enfant. Les photos qu'il fit d'Ève, dans des robes à volants invraisemblables, coiffée d'énormes rubans dans les cheveux qui lui tombent sur le front, où elle est toujours la tête inclinée vers l'avant, les yeux baissés, avec un air de petite fée morte ou d'ange sorti d'une tombe, sont proches d'une veine victorienne. Les meilleures, peut-être, évoquent le travail de Julia Margaret Cameron.

*

La première photo d'Ève, ou du moins la première photo que je connais d'elle, faite par lui, la montre bébé rieur dans les bras de sa mère, face à la demi-sœur de celle-ci, Évelyne, laquelle porte dans ses bras sa propre fille. Deux ans plus tard, Ève est, toute nue, dans une bassine en métal au milieu des poules, dans ce qui semble être un corps de ferme, et rit encore aux éclats. Plus tard, elle a peut-être quatre ans, guère plus de cinq. Elle pose, de profil, éclairée d'un clair-obscur diffus, tête basse. L'image est floue. D'elle on ne voit plus qu'une masse de cheveux blonds et un visage d'une beauté irréelle, trop grave pour son âge. Et je n'ai pas de mots pour dire la douleur qu'aujourd'hui encore cela me cause. Quelques mois après avoir pris cette photographie, Pierre abandonna femme et enfant, et s'évanouit, sans laisser d'adresse.

*

Les Mandingues du Mali pensent que photographier quelqu'un, c'est prendre son *dyaa*, c'est-à-dire non seulement son « image » mais son « ombre ». Se laisser photographier se dit *k'i dyaa ta*, c'est-à-dire « se faire prendre le *dyaa* », soit les cinq composantes spirituelles de l'être humain : son image véritable, celle que réfléchit l'eau ou un miroir ; son ombre portée ; le double minuscule qui se cache en chaque individu et dans lequel siège sa pensée ; l'image sous laquelle on est perçu dans les rêves ; et « l'image des morts », c'est-à-dire aussi bien l'ombre des revenants qu'un jour nous serons que celle des revenants qui nous hantent. Après la naissance d'Ève, en 1949, Pierre n'avait pas eu l'argent nécessaire pour ouvrir, à Colombes, un studio photo. Il avait donc décidé de devenir photographe à domicile. C'était sa femme qui, courageusement, allait démarcher les gens du voisinage et sonnait à leurs portes, des photographies de son mari sous le bras, pour leur demander s'ils avaient besoin d'un photographe. Pierre avait quitté la France en 1952, mais n'avait jamais perdu de vue l'idée d'assouvir son rêve et d'avoir son propre studio, en Afrique. À l'époque, le grand portraitiste Seydou Keïta s'était fait une réputation en Afrique de l'Ouest en photographiant le Tout-Bamako. De 1948 à 1962, les jeunes comme les vieux, les riches comme les pauvres vinrent se faire tirer le portrait dans un studio de Bamako-Koura par cet homme équipé d'un modeste Kodak Brownie et emportaient avec eux quelque chose de leur image fixée à jamais, sans plus craindre de se laisser dérober leur « double vital ». Keïta, qui travaillait à la lumière du jour et se targuait de ne faire qu'une prise de vue pour chaque portrait, avait mis à la disposition de ses clients un large choix de vêtements européens et d'accessoires : fausses fleurs, perruques, stylos, poste de radio, scooter, accordéon… Il trouvait comment chacun d'eux devait incliner son visage, placer ses mains, les aidait à affirmer leur personnage ou à créer celui qu'ils voulaient devenir le temps d'une séance de pose : on portait le chapeau à la manière d'Eddie Constantine, on posait en veste blanche, carré de soie à fleurs et stylo à la poche, avec des lunettes d'intellectuel, en collier de cornaline fait de plusieurs rangées de petites perles qui descendaient entre le sternum et l'ombilic, on se parait, au-dessus de l'œil, de guirlandes de louis d'or, on s'habillait à la mode zazou ou à la mode « de Gaulle », on venait, auréolé de sa renommée de marabout, poser avec ses élèves habillés de pipao, ou, jeune accouchée, avec son bébé coiffé d'une perruque blonde. Ces photographies avaient fait forte impression à Pierre. Elles témoignaient des profonds bouleversements d'une Afrique qui parodiait les codes des colons pour mieux les subvertir, et dont bientôt il fit d'Oumou, déguisée en princesse ou grimée en star du muet, cuisses écartées, sa seule héroïne.

5

Dans les archives de l'association française Buchenwald Dora et Kommandos, on peut lire le témoignage de Jean Collart (matricule numéro 81537), déporté à l'âge de dix-huit ans à Buchenwald, soit ce que le chef SS du convoi lui présente comme « le plus beau et le plus tranquille camp d'Allemagne » : « Quatre jours et quatre nuits : sans air, sans eau ; dès le second jour de voyage commencent les plus horribles scènes que l'on puisse imaginer : nombreux sont ceux qui boivent leur urine ; un compagnon de malheur, dans son délire, sans doute pour mettre fin à ses souffrances, s'ouvre les veines ; ceux qui l'entourent regardent, les yeux exorbités, le sang qui coule, source inespérée d'un rafraîchissement passager ; ils hésitent quelques secondes, se précipitent enfin sur ce corps moribond, se disputent même les quelques gouttes de ce précieux liquide, cette défense contre ceux qui, devenus fous, bondissent soudainement pour mordre, espérant ainsi adoucir les souffrances de la soif. Comment ai-je pu garder toutes mes facultés dans cette tourmente ? Je me le demande encore. »

Une nuit, il y a bien longtemps, j'entrais tout juste dans l'adolescence, j'ai rêvé d'une lettre de mon grand-père. Une lettre qu'il aurait pu écrire. Une lettre qui raconte sa vie à Buchenwald. Une lettre qui existe vraiment. Une lettre que ma mère a dans ses tiroirs mais qu'elle n'a jamais réussi à me faire lire – et que je ne peux donc pas reproduire. Mais au matin, lorsque je m'éveillai, la bouche et les yeux encore collés de mots qu'il n'avait peut-être jamais pensés, ma complaisance à l'imaginer plus glorieux qu'il n'avait été, à le parer d'une sombre flamboyance, à en faire un héros – ce qu'il fut aussi – pour sauver quelque chose de son reflet, de son ombre, de son « image des morts », et protéger ma mère, ne me laissa plus qu'un chagrin très amer, celui des enfants trop tôt montés en graine : ils craignent autant qu'ils les désirent les vampires qui étreignent leur sommeil. Il faisait froid. Mon lit était sale. J'avais encore pissé dans mon pyjama.

6

Il y avait à Abidjan un homme qui était à la tête d'une maison de négoce et qui se prénommait Nadim T., mais qu'on appelait le Libanais, bien qu'il y eût à l'époque beaucoup d'autres maisons de négoce tenues par des Libanais. Durant la période qui s'étala des années 1920 à la Seconde Guerre mondiale, la France avait exercé un mandat sur la Syrie. Ce mandat colonial favorisa l'implantation, dans toute l'Afrique de l'Ouest, d'une importante communauté syrienne et libanaise, qui établit ses boutiques d'abord à la périphérie des centres commerciaux, puis à l'intérieur de la Côte d'Ivoire, parfois même dans la brousse, pour y vendre des produits de traite, comme le café, le cacao et la cola ou le beurre de karité. Certains s'implantèrent dans les hameaux pour y tenir des épiceries, d'autres se spécialisèrent dans l'achat de camions pour assurer le transport, sur de longues distances, des marchandises et des personnes, d'autres encore se lancèrent dans le commerce à double face : ils fournissaient des produits manufacturés aux Ivoiriens et aux colons de la brousse, et achetaient des produits locaux pour les vendre en ville – et c'est ce que fit la famille de ce Libanais-là. Très tôt, les T. avaient compris qu'en manifestant de l'intérêt pour le quotidien des Ivoiriens, en accordant des avances sur achat ou des prêts aux paysans et en payant l'impôt de capitation bien avant la période des traites, ils s'intégreraient mieux et pourraient ensuite devenir à la fois commerçants et planteurs installés. Après l'Indépendance, le Libanais ouvrit des supermarchés et des magasins à Abidjan, dont un supermarché de haut standing dans le quartier du Plateau, tout en poursuivant la commercialisation de café et de cacao. Il avait un réseau de magasiniers et de pisteurs, composé principalement d'Ivoiriens, de Maliens et de Guinéens, mais aussi de quelques Blancs, dont Pierre, qui travaillait pour lui depuis plusieurs mois déjà quand il vint le trouver. Un an avait passé depuis le départ d'Oumou. Le Libanais connaissait la réputation de Pierre. Il savait pour quels motifs un de ses concurrents directs, Akil B., l'avait congédié. Il avait entendu dire qu'il était devenu fou d'amour pour une petite Dioula et qu'après son départ il avait traversé tout le pays pour partir à sa recherche, sans pouvoir la retrouver, qu'il avait fini par apprendre qu'elle était devenue la protégée d'un toubab qui avait sa chambre à l'année à l'hôtel Ivoire et que, depuis, il passait ses nuits dans les maquis d'où il ne sortait qu'à l'aube pour se diriger, titubant, vers son camion dans lequel il cuvait avant de repartir travailler aux champs. Mais il lui ouvrit la porte de son domicile du quartier résidentiel de Cocody avec beaucoup d'amabilité. On apporta du thé. Il s'excusa probablement pour la qualité des pâtisseries qu'il lui fit servir. Il le laissa peut-être parler de ses problèmes d'argent, de la difficulté à trouver de quoi nourrir sa fille, de la dureté du travail dans les champs, de son rêve de pratiquer à nouveau ce qu'il avait toujours aimé, la photographie. Il l'écouta sans doute attentivement lui dire Tu as des enfants, toi aussi, tu peux me comprendre. Il faisait sans doute chaud ce jour-là encore. Ève jouait dans la cour intérieure de la maison, avec l'eau d'une fontaine dont elle s'éclaboussait le visage en gloussant. Le Libanais la regarda jouer.

Grâce à l'argent du Libanais, Pierre ouvrit ce premier studio photo, là, dans le quartier de Treichville. Il souhaitait faire des photos les plus simples possible. Ce qu'il voulait montrer, c'étaient les anonymes, les déclassés, les laissés-pour-compte et saisir la nudité de leur visage sans rien améliorer de leur allure. Les clients se mirent à réclamer des formats 10 × 15, puis, de plus en plus, des agrandissements. On ne le payait pas toujours, ou parfois très en retard. Il ne s'en offusquait pas. Un an passa. Peut-être un peu plus. Un jour, le Libanais demanda à son chauffeur de le conduire jusqu'au magasin de Pierre. Le lendemain, Pierre conduisit Ève à la maison du Libanais. Une heure plus tard, c'était fait. Le Libanais se leva et regarda, satisfait, la jeune fille étendue, inerte, sur le lit. Une femme rentra, une assiette de kedjenou de poulet sur un plateau. Ève se rhabilla. Elle mangea. Elle quitta la chambre. Elle descendit l'escalier. Elle monta dans la voiture de son père, qui l'attendait devant la maison. Ils ne parlèrent jamais de ce qui s'était passé. Dans une autre version de l'histoire, qu'on m'a également rapportée en insistant sur le fait que c'était probablement la seule façon qu'Ève avait trouvée pour se faire enfin aimer de son père, ils auraient comploté tous deux pour soutirer le plus d'argent possible au Libanais. Dans une troisième version de ce récit, on m'a affirmé que c'était elle, toute seule, qui avait pris la décision d'aller voir ce Libanais et que Pierre, quand il s'en était aperçu, l'avait laissée faire, pendant un certain temps, avant de se ressaisir et de lui demander d'arrêter. Je ne sais pas ce qui s'est réellement produit. J'ai souvent supposé que puisque Pierre était la seule personne qui s'occupait d'Ève, et que cet homme ne se refusait rien, que rien ne l'arrêtait, ni dans sa façon de nager ni dans sa façon de jouir, la seule attitude à avoir, pour survivre, quand on était l'enfant de cet homme-là, était de considérer que jamais rien dans la vie ne vous arrêterait non plus. Mais ce qui est certain, c'est que cela continua ainsi, du moins à ce que m'en a dit une cousine, pendant des mois. Le Libanais ne voulait pas prendre le risque qu'elle tombe enceinte. Il était marié, maronite pratiquant et père de famille. La plupart du temps, il avait avec elle des pratiques qui lui permettaient de contourner cette éventualité. Dans mes pires cauchemars, il lui faisait servir sa gamelle de kedjenou de poulet après. Quand il se lassa d'elle, le Libanais la prêta à des amis et cessa alors de payer. L'un d'eux tomba amoureux d'Ève. Il la persuada de quitter Abidjan avec lui. Le Libanais demanda à Pierre de lui rendre l'argent. Ils se battirent. Les hommes de main du Libanais se jetèrent sur lui. Il se retrouva à l'hôpital. Il ne porta jamais plainte. Car à quel juge aurait-il pu expliquer ce qui s'était réellement produit ? À ma connaissance, personne n'ouvrit jamais d'enquête au sujet des pratiques du Libanais qui continuèrent, sans doute, pendant de longues années, à faire d'autres petites victimes. Ève ne vint jamais voir son père à l'hôpital. Quand il en sortit, il trouva la maison de Treichville vide de ses affaires. Elle avait quitté la Côte d'Ivoire. Il n'eut plus jamais de nouvelles d'Oumou. Il continua de la chercher partout. Quatre ans plus tard, il se remaria avec une Ivoirienne – elle était plus trapue qu'Oumou et venait probablement de l'ethnie des Baoulés, à ce qu'on m'a dit, mais, à en juger par la seule photographie que j'ai vue d'elle, où elle est assise, pieds nus, dans la cour d'une maison, la tête penchée légèrement sur le côté, les yeux regardant au sol, elle semblait très jeune. Elle lui donna quatre enfants. Pierre ouvrit à Treichville, rue 12, un nouveau studio photographique, dont une cousine d'Ève m'a fourni une publicité. Au-dessous d'un cartel où l'on peut lire « Rapid photo vous présente ses meilleurs vœux pour l'année 1973 », on voit une photographie de Pierre, au milieu de ce qui semble être ses deux collaborateurs, l'un, barbu, a une pipe à la bouche, l'autre, plus jeune, porte un appareil photographique autour du cou. Quand j'ai montré, en 2016, cette photographie-là à Paul, prise en 1972, il l'a regardée très longuement, puis :

– Je vais te dire une chose terrible, il a toujours sa gueule de déporté.

Je me suis souvenue que, plus de trente ans après, des personnes revenues du goulag n'avaient jamais repris de poids.

– Tu veux dire, lui ai-je demandé en regardant toujours la photographie, qu'on doit l'excuser parce qu'il a été déporté ? Ou bien qu'on ne peut pas excuser la pédophilie d'un grand artiste, quelle que soit l'étendue de son génie, mais qu'on peut excuser celle d'un déporté ?

Il m'a répondu :

– Il a creusé des trous pour y jeter les cadavres de ses camarades. Il a survécu à deux camps de concentration et aux Marches de la mort à la libération des camps. Après la guerre, on lui a refilé une femme folle. Il a payé. Il a déjà payé. Il est parti enterrer sa honte dans les colonies où il a mené la vie banale d'un pauvre type, comme beaucoup de pauvres types qui vivaient dans les colonies.

– Je n'arrive pas à savoir ce qui est le pire sur l'échelle du pire. Ce que ma mère a fait avec ce Libanais. Ce que ce Libanais a fait à ma mère. Ce que mon grand-père a fait à Oumou. Ou ce que mon grand-père a fait à ma mère. Mais je crois que, passé un certain seuil, il n'y a plus de gradation du mal au pire. Tout se vaut, ou tout se confond.

Pierre mourut en 1986, dans un taudis de Treichville. Il y vivait seul. Sa femme et ses enfants l'avaient abandonné. Quand on trouva son corps, il était déjà en décomposition. Personne ne vint se recueillir sur sa dépouille. Il n'y eut aucune cérémonie d'enterrement. On glissa son cadavre dans un sac qu'on balança dans le trou béant d'une fosse commune. On ne trouva pas trace d'Ève à l'époque. Ma mère avait changé non seulement de nom, mais aussi de prénom. Prévenu par les services consulaires sur le tard, le frère de Pierre, André, fit le voyage jusqu'à Abidjan. Il le fit exhumer. Son cadavre était enseveli sous des dizaines d'autres. Mais il ne fut pas difficile à trouver. C'était le seul Blanc. Il le fit enterrer au cimetière communal de Yopougon. On remit à André un carton, dans lequel les services administratifs qui avaient fait vider sa maison avant de la désinfecter avaient ramassé quelques affaires : des vêtements, des photographies, dont certaines se sont perdues, et d'autres que j'ai pu récupérer. Des années plus tard, au lendemain des élections de Laurent Gbagbo, on trouva, dans ce même cimetière, un charnier rempli de Dioulas, l'ethnie de la petite Oumou, dont jamais je ne sus ce qu'elle était devenue. Les corps portaient des traces de balles. Le ministre ivoirien de la Défense qui se rendit sur place déclara qu'il n'avait jamais pensé que la barbarie humaine puisse atteindre ce niveau. À la télévision, sa souffrance faisait peine à voir. Mais on découvrit ensuite que les exécutions avaient été commanditées par le nouveau pouvoir en place. Les miliciens pro-Gbagbo avaient rassemblé les Dioulas et leur avaient tiré dessus comme on tire sur des canards en carton à la carabine dans les foires. D'autres charniers suivirent. Les escadrons de la mort sillonnaient Yopougon. Des dizaines de corps criblés de balles ou de squelettes calcinés jonchèrent les rues. L'armée ivoirienne lança une offensive sur le nord du pays aux mains des rebelles. Neuf soldats français et un civil américain y trouvèrent la mort. L'armée française envahit l'aéroport d'Abidjan. Devant la base militaire de Port-Bouët et les ponts qui enjambent la lagune Ébrié, puis autour de l'hôtel Ivoire, les forces françaises tirèrent par hélicoptère et au sol sur les manifestants. Des dizaines de milliers d'Abidjanais convergèrent vers le pont Charles-de-Gaulle.

Pour dissiper la marée humaine et empêcher le franchissement du pont, on fit lancer trois cents obus de vingt millimètres depuis les hélicoptères français. Des manifestants se rendirent à l'hôtel Ivoire. Des militaires français tirèrent sur la foule sans sommation. Un coup de fusil venu des étages de l'hôtel fit exploser le crâne d'une manifestante. Paris accusa Abidjan de l'avoir poussé à la faute et plaida la légitime défense élargie dans le cadre de la protection et de l'évacuation des ressortissants français de Côte d'Ivoire. Pris dans la tourmente, ces derniers quittèrent en masse la Côte d'Ivoire. Au terme de dix années de guerres civiles, on arrêta le président Gbagbo. Les bastions de ses partisans tombèrent les uns après les autres aux mains des forces des partisans du nouveau président élu Alassane Ouattara. Les forces du Nord du président Ouattara lancèrent une offensive contre le Sud en direction d'Abidjan pour déloger le président Gbagbo. Ils conquirent Duékoué, fief de mercenaires libériens. Gbagbo en avait fait sa base arrière. Les chasseurs traditionnels dozos et les populations immigrées du Nord se mêlèrent aux soldats en uniforme. On brûla les églises. On détruisit les pépinières de cacao. On pilla les maisons. On tria la population. On demanda à chacun sa carte d'identité. On abattit tous ceux qui appartenaient à l'ethnie guéré, favorable à Gbagbo. On fit déshabiller les femmes et les enfants. On viola les femmes sous les yeux des enfants et les enfants sous les yeux des femmes. On égorgea des jeunes gens et on les jeta dans les puits qu'ils contaminèrent. Faute de pouvoir les vider, on en masqua l'odeur en les rebouchant avec de la tôle. Les bataillons de l'ONU, présents à Duékoué le jour de l'attaque, n'intervinrent pas : ils expliquèrent que ça ne relevait pas de leur mandat. Ils aidèrent, trois jours après l'attaque, à enterrer les morts. Des familles entières vinrent se réfugier dans la mission catholique de Duékoué. Trente mille personnes s'entassèrent au milieu des excréments et des déchets. Chaque jour, on trouvait, sous des couvertures, des cadavres de bébés ou de vieillards morts de paludisme, de diarrhée ou d'infection respiratoire. Chaque jour aussi, des enfants naissaient. On en dénombra une cinquantaine par mois. On découvrit dans les villages avoisinants des hommes terrés dans des trous qui portaient des crocs de chien qu'on avait lancés à leurs trousses encore enfoncés dans leurs mollets. Le 13 mars 2016, des assaillants d'Al-Qaïda, venus de la mer dans une pinasse, accostèrent sur le rivage de Grand-Bassam. Ils prirent d'assaut à la kalachnikov la plage, celle-là même où ma mère et son père avaient passé tant de temps, exécutèrent à bout portant des enfants, des femmes et des hommes, puis rentrèrent dans l'hôtel Étoile du Sud, fréquenté par des Français et des ressortissants libanais, pour tirer sur les occupants. On couvrit les corps qui jonchaient le sable de draps blancs. Les blessés furent transportés à l'hôpital pour y être soignés. On s'aperçut alors qu'un terroriste se trouvait parmi les victimes.

III

La charmeuse de serpents

1

Journal de Lyne

Boulogne, le 12 décembre 1959

Quelque chose a changé. Le ciel semble vouloir ensevelir toute chose sous un voile blafard qui pèse sur la poitrine. Chassés par un air froid qui souffle depuis la veille, des nuages roulent leurs capricieuses volutes, et une petite pluie fine et pénétrante, messagère des prochains mauvais jours, commence à tomber sans hâte. L'air est plus vif. C'est étrange. Voilà que je reviens à mon cher Journal. Je me souviens à présent de l'avoir délaissé dès que je me suis mise en ménage. Quand p. (je ne veux pas même écrire son nom en entier ni même lui accorder une majuscule ! Ce gredin ne le mérite pas ! Qu'on ne me parle plus jamais de lui !) m'a abandonnée, mon cœur fut si lourd que je n'ai pas non plus trouvé le courage de coucher sur papier la vérité de ce qu'on m'a fait et de ce qui se passe ici – mais je ne trouverai pas le repos tant que je ne l'aurai pas fait connaître au monde.

Aussi loin que ma mémoire remonte le cours de mes jours écoulés, j'ai toujours été docile aux sollicitations des champs, des rivières et des bois ; cela lui répugnait – aujourd'hui, j'en souris, à travers mes larmes. p. aurait souhaité que j'eusse la même propension que lui à ne pas s'abandonner sans réserve aux rêveries. Il me trouvait négligente. Mais je sais que cela l'amusait de m'insulter, de m'oppresser, de me tourmenter affreusement, de me faire souffrir avec violence, et de faire en sorte, alors que je n'étais qu'un rien pour lui, un rien qui lui servait à assouvir ses vils penchants, que je sois confinée à la maison jusqu'à en dépérir, pour m'empêcher d'écrire. Mais, à présent que Jean m'a confirmé qu'il trouvait exquise la douceur de mes histoires, voilà que je reprends du cœur à l'ouvrage. Je veux fixer ici quelques-unes de mes joies, que ma mémoire, de plus en plus défaillante, pour une raison que je ne comprends pas, arrive cependant à faire surgir des brumes. Ce ne sont bien sûr pas les fulgurances de mon cher Musset, mais avec un peu de travail, je pourrai peut-être arriver à donner à mes mots un tour convenable.

Le 13 décembre 1959

Ce soir encore, mon cher papa Charles a laissé errer sa flottante nostalgie dans Saint-Saëns et fait pousser à son violoncelle des cris déchirants que même mes consolations empressées ne sont pas parvenues à dissiper. C'était un « Cygne » à l'agonie. La lampe au ventre de faïence orné de fleurs naïves et garnie d'un abat-jour de carton vert à bords dentelés répandait sur les traits de mon père une lumière tamisée mais blafarde, qui donnait à son visage des aspects étranges et renvoyait, sur les murs tendus de papier, l'ombre, incertaine mais fantastique, de son instrument.

Je me demande bien ce qui pourrait le sortir de sa douleur d'éternel endeuillé. Au milieu de tant de ruines accumulées, et dans sa détresse profonde, il ne semble lui rester que ses joies d'enfant aux couleurs éteintes de vieux pastels, qu'il tient serrées contre lui, attendant qu'une bourrasque l'emporte. Oh, comme le voir ainsi me fait du chagrin ! J'ai voulu aller lui acheter un gâteau. Je connais le magasin du pâtissier. Papa a toujours peur que je me perde. Mais j'y arrive sans problème. Le pâtissier est un monsieur bien sympathique. Il m'a donné un beau gâteau, qui ressemble à un joli soleil citronné. Je suis rentrée à la maison sans me perdre. Je suis sage. Mais papa n'a pas mangé. Papa n'a pas voulu de mon gâteau. Depuis la mort de sa deuxième épouse, il mange à peine. Pourtant, il ne l'aimait pas, ou pas comme maman, dont il ne parle plus jamais parce qu'il la déteste maintenant. Une mouche s'est mise à tourner autour du gâteau. Je n'aime pas les mouches. Elles me font peur. J'ai peur qu'elles me rentrent dans la bouche. Alors, quand je vois une mouche, je me tais. J'ai fermé la bouche. Papa aussi avait sa bouche toute fermée. Ma demi-sœur Évelyne est venue pour le dessert nous montrer ses dernières aquarelles. Elle réussit à les vendre à Saint-Germain-des-Prés, mais ça ne sera pas assez pour lui payer son prochain voyage à Lisbonne avec cette poétesse dont elle s'est amourachée. Ma demi-sœur a toujours cette drôle de mise de garçonne qui lui donne un genre pas bien joli. La main sur la bouche, je lui ai fait de grands signes. La mouche ! La mouche ! Mais elle, elle riait à gorge déployée. Elle répétait : « Quel silence de mort. On croirait entendre une mouche voler. » J'ai jeté le gâteau à la poubelle.

Le 14 décembre 1959

Qu'on me laisse ici, comme on respire l'arôme délicat de quelque fleurs séchées dormant entre les feuillets d'un livre, entrouvrir l'humble livre de la vie de mon père et de sa mélancolique jeunesse. Je n'ai jamais connu les parents de papa. Mais j'ai ouï dire qu'ils étaient originaires de Ribeauvillé et que, grands seigneurs de jadis, ils avaient connu une réelle célébrité dont il est fait état dans l'histoire de ma chère Alsace. Sec, nerveux, de taille médiocre, mon grand-père, tout en apparaissant de complexion un peu délicate, était naturellement bon, d'une bonté sans pareille ; il était bon comme le ciel est bleu, c'est-à-dire avec sérénité. Ma grand-mère était issue d'une modeste mais honorable famille d'esprit bien français et d'un patriotisme ardent. Maman vigilante, ménagère avisée, elle était économe, sauf de ses forces, et papa m'a souvent confié que son activité ne cessait qu'à une heure avancée de la nuit pour reprendre de bon matin. De taille moyenne, d'apparence un peu frêle peut-être, mais jolie, comme l'atteste l'unique mais remarquable portrait que papa possède encore d'elle, elle a donné son dernier sourire au printemps d'une existence qui eût été bien belle, bien pleine, si le sort l'eût permis. Très vite, ses nuits furent entrecoupées de quintes de toux de plus en plus rapprochées, de plus en plus horribles. Papa, son frère et son père allaient chaque soir, un peu avant l'heure du dîner, dans un bois voisin de la maison pour y cueillir, à l'intention de leur chère malade, une plante à longues feuilles bien connue sous le nom de « plantain ». Le jus de ces feuilles, pressées énergiquement dans un carré de toile, était bu régulièrement par la mère de papa, qui lui attribuait je ne sais quelle vertu mystérieuse, mais qui ne représentait qu'un simple hémostatique. Les tisanes succédèrent aux drogues, et les vésicatoires aux tisanes, puis les inutiles et coûteuses visites du médecin à d'autres visites sans résultat. Son état s'aggrava rapidement. Quelques semaines plus tard, une phtisie l'emporta. Papa n'avait que huit ans, son frère six. Ils vivaient alors dans un état voisin de la pauvreté dans une humble maison aux petites fenêtres donnant un maigre jour à des pièces exiguës et basses de plafond dans laquelle son père avait grandi, notre guerre de 1870 avec la Prusse n'ayant pas tardé à consommer une ruine déjà commencée, et veillé sur ses frères et sœur plus jeunes, essayant, par les moyens les plus désespérés, de les nourrir pendant l'invasion. Quand il m'a emmenée à Colmar, je l'ai vu se figer en sortant de la vieille cathédrale à demi somnolente dans sa robe de grès rose patinée par les siècles, dont les heures marquées sans hâte, mais sans défaillance, tombent du clocher, pour épier, avec une attention très vive, les premiers vagissements de la petite ville à son réveil. Il m'a dit éprouver tout à coup la sensation, nette comme une certitude, d'avoir autrefois perçu les mêmes bruits, à l'âge où, bambin de quatre ou cinq ans, il hantait ces mêmes lieux dans les jupes de sa mère. Mais il n'a pas retrouvé dans les dimensions réelles les proportions qu'il assignait à la grande avenue de la vieille ville avec ses yeux d'enfant : très large et fort longue jadis ; relativement petite et étroite, lui est-elle apparue à l'âge d'homme. Ce fut une déconvenue. Ainsi en est-il, m'a-t-il dit devant la tombe de ses chers parents, carré d'ombre et de pierres expirantes hantées par des araignées et des cloportes qui y règnent despotiquement, de toutes nos illusions premières, celles de l'âge le plus tendre : elles s'évanouissent une à une sous les regards plus avisés de l'âge mûr, et nous laissent chaque fois un peu plus désabusés.

Il faudra pourtant que je lui dise que je suis à nouveau enceinte et que mon Jeannot va bientôt m'épouser.

Le 15 décembre 1959

Hier encore, j'ai éprouvé, en me promenant dans les bois, une joie qui surpasse toutes les autres, et le mystère de ces solitudes végétales a pour moi un attrait singulier que mes cinquante ans n'ont pas affaibli. J'ai attendu plusieurs heures dans la clairière, où les bras des arbres mettaient à rude épreuve mon imagination et ma sensibilité peut-être un peu excessive, que Jean vienne à notre rendez-vous pour savourer ce pique-nique que je lui avais préparé. Mais le cher ange n'a pas osé se montrer. Quelle sotte j'ai été ! Je devrais pourtant savoir que le moment n'est pas encore venu et que s'il ne se montre pas, c'est que pour l'instant notre amour doit rester secret. J'en étais à pleurer de rage, le cœur pénétré d'une méchante, méchante tristesse, dans la clairière quand j'ai vu distinctement dans le ciel de grandes traînées blanches ! L'amour sur lequel je pleurais tant n'est donc pas mort. Mon prince m'envoie, dans l'azur, un message pour me dire qu'il pense à moi.

Le 16 décembre 1959

Cher Journal, j'ai atrocement mal dormi. Je me suis éveillée, en sueur, la peau en feu, comme si des pucerons jouaient sur mon visage et suçaient mon sang. J'ai dans le bas-ventre des spasmes si terribles qu'ils me font défiler dans la tête, en un flot ininterrompu, des paysages fantastiques. Je me demande si ça n'est pas cette tisane que m'a conseillée la pharmacienne qui ne me réussit pas.

Il a neigé tout le matin. Le ciel est tout blanc, l'air bien venteux. Je ne sais pourquoi mais tout cela me fait penser à maman Cécile, à toute cette passion qu'elle mettait à jouer, avec papa et oncle Marcel, Brahms et Chopin, et cela m'a causé un très gros chagrin. Voilà bien longtemps qu'elle ne m'a pas écrit. Ça n'est pas normal. Une mère donne toujours des nouvelles à son enfant même quand elle est à l'asile, car ne dit-on pas que l'asile le plus sûr est le cœur d'une mère ? Mais le reste du temps je vais bien. Jean m'a envoyé dans le ciel un nouveau message caché dans un nuage ! Il m'aime, il m'aime ! Le givre a recouvert les arbres d'une dentelle merveilleuse.

Le 20 décembre 1959

C'est un trait commun de bien des hommes que de poursuivre une femme de toutes leurs assiduités puis de se défiler quand il s'agit de passer aux choses sérieuses. Je n'aimais pas Jean, il n'a cessé de chercher à me conquérir. Et maintenant que c'est chose faite, il me joue des tours de chenapan. À trois reprises, je l'ai aperçu garé devant la maison de papa. Il avait mis une fausse barbe pour pouvoir m'observer à sa guise et j'ai ainsi compris que la petite photographie et les lettres que je lui avais envoyées, et qui m'étaient revenues sans avoir été décachetées, il les avait tout de même lues, mais ne peut, pour le moment, prendre le risque de parler de moi à ce metteur en scène dont il est l'acteur favori : une femme doit se montrer respectueuse des ambitions de l'homme qu'elle aime, et le servir humblement. Je ne voudrais pas que la révélation trop précoce de notre amour nuise au développement de sa carrière. Tout à l'heure, je suis passée chez la voisine lui demander un peu de chicorée. J'ai vu, à la mise de son fauteuil, dont le coussin était un peu tassé, que quelqu'un s'y était assis. Il y avait également, posée sur le guéridon, une tasse de thé à moitié vide. Or, la voisine n'aime pas le thé. Elle aura donc reçu quelqu'un, mais qui ? D'ordinaire, la voisine ne reçoit jamais. Je lui ai demandé si je ne la dérangeais pas. Pas le moins du monde, j'étais en train de cuisiner un peu de riz, m'a-t-elle répondu. La traîtresse ! On rit donc bien de moi. Les pires ennemies des femmes, ce sont les femmes elles-mêmes, avec leurs petites cervelles et leurs petites bouches toujours avides de petits cancans, de petits ragots. J'en ai la conviction : cette guenon à la langue assassine est jalouse de l'amour que Jean me porte, et cherche par tous les moyens à répandre sur mon compte les plus odieuses calomnies.

Le 22 décembre 1959

Papa Charles est allé chercher ma chère petite à la pension, afin qu'elle vienne passer avec nous les fêtes de Noël. Avec quelle émotion douce et grave la chère enfant s'est pressée contre mon cœur en m'enlaçant de ses petits bras ! Je suis restée, longtemps, à écouter sa respiration qui se mêlait au murmure ailé de la brise passant dans les arbres, symphonie troublante, à peine ébauchée, mais qui verse dans mon cœur de maman son philtre magique ! Ève a dessiné pour moi des personnages et je dois dire qu'elle se débrouille fort joliment. Je lui ai offert la petite blouse que j'avais confectionnée pour elle. Nous avons terminé, ensemble, la lecture des *Lettres de mon moulin* d'Alphonse Daudet. Elle m'a dit les plus jolis mots tendres qu'on peut dire à une maman. Les enfants s'habituent assez rapidement au nouvel état de choses que les circonstances leur imposent, même quand celles-ci sont tragiques. Écrire qu'il faut avoir souffert pour devenir bon est presque un lieu commun et je ne doute pas que ma chère petite Ève deviendra bonne, tant elle a déjà souffert. C'est par la souffrance que nous apprenons à mieux mesurer notre faiblesse et à nous pencher avec sympathie sur celle de nos semblables. C'est sous l'étreinte de la douleur que nous sentons combien l'humaine condition est triste et misérable. Alors naît en notre cœur troublé ce beau sentiment de la pitié, cette tendre compassion pour les misères de nos frères malheureux, comme nous, compagnons de la même infortune. Et c'est au creuset de la douleur et dans les larmes que s'épanouit lentement cette fleur d'or qu'on nomme la bonté, et qui, seule, ennoblit vraiment l'homme en l'élevant bien au-dessus des pauvres contingences de sa si courte vie. Je ne sais si, comme on l'a écrit, la douleur est le premier aliment de l'amour, mais il est hors de doute que c'est sous les coups répétés du malheur que se forge la bonté. Cependant, le problème reste posé de savoir s'il faut avoir fait souffrir pour, ensuite, s'en repentir, et devenir meilleur. Mais ce ne sont pas là, me dit papa, des questions que doit se poser une femme.

Le 14 janvier 1960

Un froid terrible et tenace règne sur toute la France : il fait –17 °C dans notre chère bonne ville de Colmar et –12 °C à Paris. La Seine charrie d'énormes glaçons qui, emportés par un fort courant, semblent pressés de courir vers leur destin.

Le 17 janvier 1960

Cher Journal, je ne peux écrire ce qui est arrivé aujourd'hui sans être pénétrée d'horreur. Le lac du bois de Boulogne, tout gelé, a reçu la visite d'une foule de badauds et de patineurs emmitouflés. J'ai voulu y emmener ma chère petite, venue exceptionnellement me rendre visite, mais une chose atroce est arrivée. Nous étions toutes deux à demi paralysées par le froid, debout, livrées aux bienfaisants effluves d'une bouche de chaleur sur laquelle nous restions depuis un long moment, quand, tout à coup, j'ai vu avec terreur que l'enfant qui me tenait la main n'était plus la mienne mais un sosie qu'on avait mis à sa place et qui me regardait avec des yeux ronds comme ceux d'un hibou. Pénétrée d'effroi, j'ai crié et je me suis enfuie en courant, mais la créature aux yeux de hibou courait après moi dans la rue répétant : « Maman, maman. » Je me suis retournée et c'était à nouveau elle, mon enfant, mon Ève, qu'on m'avait enlevée, le temps de quelques minutes, pour me nuire. Personne ne semble s'en être rendu compte. Pas même papa. Je pense que la voisine nous veut du mal. Je crains pour la vie de mon enfant. Que le bon Dieu me vienne en aide ! C'est affreux.

Le 24 janvier 1960

Une tempête balaie toute la moitié nord de la France. Les rafales cognent si fort contre la tour Eiffel que je crains qu'elle ne s'effondre. Ma tête est toute comprimée. J'ai peur. On me regarde de biais. On me prête les intentions les plus viles dans le but de me nuire. On cherche à m'empoisonner par tous les moyens. On me fait suivre dans la rue. À un feu rouge, une voiture a pilé devant moi uniquement dans le but de me faire tomber. L'actrice Eva Marie Saint a payé un détective pour m'espionner. Elle avait il y a quelques années fait imprimer exprès des journaux avec de fausses nouvelles où l'on annonçait que mon Jeannot chéri filait le parfait amour avec elle. Maintenant, voilà qu'elle trouve son inspiration d'actrice dans ma vie. Je suis certaine que c'est elle, elle la petite salissure, qui intercepte les lettres que j'envoie à Jean pour y ajouter des mots qui en modifient totalement le sens et que c'est donc pour ça qu'il ne vient pas me voir. L'administration du journal est au courant de toutes ces infamies. On envoie sur la route de mes promenades des hommes beaux pour éprouver ma fidélité. On fait tomber mes cheveux lorsque je me coiffe pour m'enlaidir. Les enfants qui devant la maison se moquent de moi et m'envoient des cailloux sont les mêmes que ceux qui jouent dans *Orphée*. La nuit la lune, clignotant à travers les volets, semble me fixer et me poursuivre de son œil jaune, immense et […]

[Le journal s'arrête ici.]

2

L'enfant jouait avec la neige dans le jardin lorsqu'elle entendit des cris perçants. Elle se précipita vers la maison, courut dans l'escalier, voulut entrer dans la chambre de sa mère. En vain. Elle frappa à la porte. Les gémissements redoublèrent. L'enfant pâlit, courut dans le salon de musique de son grand-père, qui ne s'y trouvait pas, retourna toquer à la porte de la chambre maternelle. Un flot de pleurs coula de la serrure. Il y eut un hurlement, suivi d'un grand fracas. L'enfant sortit en courant de la maison, alla jusqu'au cabinet du médecin de famille, qui travaillait à deux rues de là. Il fit dépêcher une ambulance. Trois hommes vêtus de blanc en sortirent. Quand ils réussirent enfin à ouvrir la porte, ils trouvèrent Lyne, bavant sur elle, au milieu d'un bric-à-brac d'objets et de coupures de presse, un éclat de verre du miroir qu'elle avait brisé à la main. Elle hurlait à la mort et se contorsionnait en tous sens, dans un état d'agitation extrême. Ils se jetèrent sur elle. On lui tint les bras et les jambes. On lui administra une injection. On lui lia les mains dans le dos.

Le médecin de famille tenait l'enfant dans ses bras.

Un infirmier s'approcha de lui et, désignant l'enfant du menton :

– Vous êtes son père ?

Le médecin baissa les yeux.

– Je suis le médecin de famille. Il faudrait prévenir le grand-père. Je ne sais pas où il est.

– Quel âge a-t-elle ?

– Dix ans.

– Comment s'appelle-t-elle ?

– Ève B.

– Et le père ?

– Disparu en Afrique.

– Pauvre gosse. Encore une qui aurait mieux fait de ne pas naître.

Quarante ans plus tard, chaque fois qu'elle se lèverait en pleine nuit pour aller boire un peu d'eau et que, sur le chemin menant de sa chambre à la cuisine, elle apercevrait dans le miroir le début d'une nouvelle ride sur ses joues démaquillées, Ève se souviendrait des yeux prêts à la déchiqueter que sa mère avait posés un instant sur elle lorsqu'on l'avait emmenée sur une civière, le visage déformé par un sourire atroce, le cou gonflé, les mains liées dans le dos, et de la fourgonnette après laquelle elle avait couru, la tête brûlante, les arbres, les maisons et leur vie à toutes deux tournoyant devant ses yeux, ses bottines trop petites battant le bitume, les marrons qu'elle avait ramassés glissant entre ses doigts au fur et à mesure de sa course, jusqu'à ce que le véhicule tourne au coin d'une rue, emportant avec lui tous ses restes d'enfance, parce que, tout à coup, elle avait parlé, elle n'avait plus réussi à se taire, elle ne s'était plus sentie capable d'endurer ce qu'elle avait caché à ses amies de la pension des années durant. Car qu'aurait-on fait si elle avait avoué que la dernière fois qu'elles avaient pris le train toutes deux, sa mère, terrifiée à l'idée que les autres gens dans le compartiment puissent l'empoisonner, en était descendue précipitamment à la première gare ?

3

Ce n'était pas la première crise nerveuse de Lyne, tant s'en faut. Mais celle qu'elle fit en 1960 fut une des plus violentes (une autre l'amènera, des années plus tard, à mes huit ans, à être hospitalisée pendant plusieurs mois dans une clinique d'Enghien puis à vivre auprès de ma mère et moi à la maison pendant une longue année). On la garda à Sainte-Anne. On jugea qu'elle avait été une enfant d'une douceur inaltérable abîmée par le long internement de sa propre mère pour des raisons que la morale réprouve mais dont elle ne se souvenait pas ; une jeune fille qui dans les bals restait assise et que personne n'invitait à danser ; une femme jeune terrorisée par les horreurs de la guerre qui, après avoir fait le désespoir de son père, avait fait celui de son mari. Quand Lyne, escortée par son père, avait croisé dans un restaurant la route de Pierre, qui, par hasard, avait posé dans le vestibule son manteau sur le sien, elle y avait vu le signe indubitable d'une volonté divine. Il semblait pour sa part très séduit par sa juvénilité et se satisfaire, pour des raisons qu'on ne comprenait pas bien, de la puérilité éternelle de cette vieille petite fille, vierge à quarante ans, qu'il mit rapidement enceinte. Chacun avait espéré que ce mariage tempérerait sa propension à la « rêverie » – en ce temps-là personne n'avait osé prononcer les mots « schizophrénie paranoïde ». Tout cela ne dura qu'un temps. Lyne aimait sa fille Ève d'un amour pur et dévorant (on la retrouvait souvent, l'enfant serrée tout contre elle, et il lui était toujours difficile de desserrer son étreinte pour la laisser jouer), cousait à la perfection, chantait et écrivait des poèmes, mais ne savait ni tenir une maison ni même cuisiner, et préférait à tout le reste le chant des oiseaux, la lecture de Balzac et de Musset et les films avec Jean Marais. La petite maison d'Argenteuil devint un taudis. Le mari, violent. On estima qu'il avait pendant la guerre, en tant que déporté, vécu les pires abominations, et qu'il n'avait pas eu ce qu'un homme qui rentre de la guerre est en droit d'attendre d'une épouse normale. Lyne était négligente, fantasque, et ne rêvait que de princes et de princesses. On comprit qu'il voulût divorcer. Après le départ de Pierre, quand on venait rendre visite à son ex-femme et à sa fille, on trouvait l'enfant assise par terre dans la cuisine, jouant avec des épluchures de pommes de terre, tandis que sa mère, assise sur une table, s'occupait à coller dans un grand album des images de Jean Marais trouvées dans des illustrés qui formèrent bientôt des piles de plus en plus hautes dans leur petit logement. Personne n'y avait d'abord prêté attention. À cette époque, il n'y avait pas un Français qui ne rêvait pas d'être Jean Marais et il n'y avait pas une femme française qui ne rêvait pas d'être aimée de Jean Marais. Quand on commença à s'en émouvoir, Ève était depuis longtemps en pension.

Les psychiatres estimèrent que la naissance de sa fille puis sa ménopause avaient développé et exagéré chez Lyne des dispositions morbides qui avaient toujours existé. Sa tendresse, sa sensibilité et son goût du romanesque, couplés à une chasteté absolue qui ne venait trouver de soulagement que dans des abus masturbatoires solitaires, l'avaient conduite à cet état désolant. Comme souvent, son divorce et son dépit avaient exacerbé son sentiment de persécution. Sa fureur s'était retournée contre l'actrice américaine Eva Marie Saint, qui incarnait Eve Kendall dans *La Mort aux trousses* face à Cary Grant mais qu'elle soupçonnait, depuis qu'elle avait lu un portrait d'elle dans la presse, de chercher à séduire Jean Marais, pour ne pas se retourner contre l'objet le plus proche et le plus aimé d'elle : sa fille, Ève. Mais c'était probablement, dirent-ils, une question de jours ou de semaines avant qu'elle ne s'en prenne à elle. Elle s'était sans doute, dans un ultime sursaut de lucidité, sacrifiée en se fracassant la tête contre la glace de son miroir pour protéger sa fille du sort funeste qu'elle lui réservait. Tout le monde convint qu'il fallait lui administrer des électrochocs.

4

Octobre 1994. Lyne vient de mourir. Il fait tout à fait nuit. Debout, bras ballants, devant l'évier où s'entassent les assiettes d'un repas qu'elle n'a pas voulu toucher, Ève s'invente à voix haute une fiction qui l'emporte dans son tourbillon : la vie avec sa mère n'était faite que d'après-midi où elles couraient les chemins de campagne et dansaient dans la lumière, le long des églantiers et des murets moussus colonisés par les coccinelles. Elles s'asseyaient dans l'herbe pour profiter du soleil. La mère sortait de son sac de toile un thermos rempli de chocolat, dont elle servait une tasse, ni trop chaude ni trop froide, à l'enfant en robe pâle, qui buvait goulûment, puis lui chantait un air si doux, d'une voix si pure et transparente, que la petite implorait que ça ne finît jamais. À nouveau, dans cette cuisine, les paroles de la chanson lui montent aux lèvres. Elle fredonne, fredonne encore, lalalalala, d'une voix si angoissante que je toussote pour signaler ma présence. Ma mère m'aperçoit, debout, dans l'obscurité de l'encadrement de la porte de la cuisine, en train de la regarder. Cherchant désespérément dans l'adolescente que je suis la toute petite enfant qu'elle n'a jamais cessé d'être, et ne la voyant décidément plus, elle tente un Tu ne dors pas ?, me raconte ses journées imaginaires avec sa mère rêvée. Depuis longtemps déjà je n'y crois plus, mais je la laisse, une fois encore, dériver dans ses souvenirs dont elle ne peut jamais remonter le véritable cours, quand soudain son cou se tend, sa voix déraille, s'étrangle, se pose deux tons plus bas et, enfin, ne ment plus. Chiffonnée sur elle-même, dans l'obscurité de sa cuisine, le visage dans les mains, ces mêmes mains qui m'ont battue et aimée, ma mère répète, pour l'éternité, C'est moi, c'est moi qui ai appelé, c'est moi qui ai prévenu pour qu'on l'emmène et qu'on la fasse interner, c'est ma faute, c'est ma faute à moi. J'aurais pu supporter. J'aurais dû supporter. Tu sais, dans la vie, on n'a qu'une mère – et elle s'écroule dans mes bras.

5

Le 27 décembre 1995, vers 16 heures, alors que nous sommes à la campagne et qu'elle doit me déposer en voiture à la gare de Compiègne afin que je rejoigne des amis pour le réveillon du jour de l'an, au moment précis où mon beau-père me dit Je vais te préparer un bon chocolat chaud avant que vous preniez la route, ma mère le dévisage, le cou gonflé, la face rouge, et hurle d'une voix qui n'est plus la sienne, Espèce de salaud, non, ne lui fais pas de chocolat, moi, j'ai vendu mon corps. Puis elle lui crache au visage, se jette sur moi, me griffe et me roue de coups. Elle veut me tuer. Ma demi-sœur n'a que six ans. Elle assiste à la scène, terrorisée. Mon beau-père se précipite sur ma mère, la contient, et me demande de me barricader dans ma chambre avec la petite et de ne pas en sortir jusqu'à ce qu'il vienne nous chercher. Les heures passent. Je serre ma sœur tout contre moi. Elle est morte de peur. Un râle sifflant monte de sa gorge. Elle tousse, et tousse encore. Au rez-de-chaussée, les cris continuent puis baissent en intensité. Un médecin arrive. Nous faisons en sorte de ne pas faire hospitaliser ma mère. En 2016, quand je reçois les papiers confirmant la déportation de mon grand-père au camp de Buchenwald, je découvre qu'il est né en 1912, un 27 décembre, très précisément. Le train qui l'a emmené à Buchenwald est parti de la gare de Compiègne.

6

Ève ne rendit visite qu'une fois à sa mère. Ce fut sa tante, Évelyne, qui l'y conduisit. On la fit entrer dans une chambre. Elle vit Lyne couchée, la face pâle, un pansement autour du crâne, les mains liées dans le dos par une camisole de force. Elle resta longtemps au pied du lit, dans son petit manteau de velours, à la regarder. *C'était ma mère et ce n'était plus ma mère. C'était juste un chiffon, un petit chiffon tout mou et tout vide. Mais pas ma maman. C'est là que je me suis dit que c'était pas grave, que ma maman, j'allais être sa maman à elle, et c'est là que je m'en suis fait le serment, qu'un jour je la sortirais de là, oui, je la sortirais de l'hopital pour lui faire une belle vie, par n'importe quel moyen, coûte que coûte, n'importe quel moyen, coûte que coûte, tu comprends ?* Quand on la reconduisit à la pension, Ève mentit à ses camarades et prétendit qu'elle avait passé l'après-midi à faire des courses dans les grands magasins avec sa maman avec l'argent que son papa explorateur leur avait envoyé. Dans la soirée, en se rendant dans la salle des douches, elle entendit deux de ses camarades ricaner Ah, celle-là, sa mère elle est complètement folle, ben oui tu sais, tous les ans elle va faire un séjour chez les dingos, les dingos, parce qu'elle est dingo, et elle, elle aussi, la menteuse qui raconte partout que son père est explorateur, elle finira dingo chez les dingos. Elles riaient. Le lendemain, les sœurs qui tenaient l'internat trouvèrent un chaton mort dans le jardin. On l'avait étranglé.

7

Ma mère est nue, les cuisses, les genoux et les mollets raides et tendus, les orteils peints, les pieds flexes, les bras écartés de chaque côté du tronc, pliés à hauteur du coude, les doigts rigides, collés les uns aux autres, le visage magnifique, lisse, ahuri, les yeux écarquillés de faux cils, la bouche ouverte, étendue sur un lit, entre deux poupées gonflables aux cheveux de nylon courts et bouclés, parfaitement identiques à la perruque qu'elle porte ce jour-là. Elle a un collier qui s'arrête sous les clavicules et dont la blancheur contraste avec ses tétons luisants. Les motifs rectangulaires du papier peint, le tapis en fourrure synthétique et les chaussures compensées qui s'échappent d'un carton donnent à l'ensemble une certaine drôlerie et même ses yeux semblent rire, si l'on incline légèrement vers la gauche la photographie de cette chambre aux poupées que j'ai fini par ranger dans l'enveloppe qui m'avait été envoyée de Springfield, Virginie, aux États-Unis, et où l'on avait attaché avec un trombone une lettre disant Je l'ai achetée à une femme qui l'avait achetée à une femme qui travaillait avec Serge Jacques dans les années 1960. Elle ne jetait jamais rien et vivait au milieu de tonnes de vieilles photos et de négatifs. Il est possible que j'aie d'autres négatifs ou photographies qui pourraient vous intéresser, certains que j'ai répertoriés et d'autres non, car parmi tous ceux que j'ai en ma possession, il y en a encore plus de trois mille qui dorment dans les cartons de ma cave et que je n'ai pas encore eu le temps de lister. Votre mère était très belle et si, selon l'adage, la pomme ne tombe jamais loin de l'arbre, je suis certain que vous feriez aussi un excellent modèle. Ce à quoi j'avais songé à répondre Cher Monsieur, merci pour votre envoi. Votre altruisme illumine mon morne quotidien. Je souffre d'une obésité morbide qui m'empêche de me mouvoir, je passe l'essentiel de mes journées dans une petite pièce aussi chaude qu'un four l'été et plus glacée qu'un tombeau l'hiver, le derrière baignant dans mes déjections puisqu'il arrive que plusieurs jours passent avant que mon auxiliaire de vie ne vienne changer mes couches, je vous remercie donc pour votre gentillesse qui me va droit au cœur, avez-vous une webcam, peut-être serions-nous plus à notre aise pour discuter en direct, ce serait gentil, pour couper court à toute correspondance avec cet homme que je ne connaissais pas – j'avais un jour trouvé sur Internet son annonce proposant à la vente un lot de photos des années 1960, parmi lesquelles celle-ci dont j'ignorais jusqu'alors l'existence, et que j'avais donc souhaité acquérir –, mais soudain, en pensant aux photographies du corps de ma mère, de ce corps qui avait fait rêver d'autres corps, à ces photographies qui avaient peut-être apporté de la joie ou même un peu de bonheur à toutes celles et tous ceux qui les avaient regardées, toutes ces photographies d'elle qui avaient traversé des pays et des continents avant d'atterrir, des dizaines d'années plus tard, dans les cartons de la cave de cette maison de Springfield, ces photographies grâce à l'argent desquelles ma mère avait conquis sa liberté et pu, le jour même de ses vingt et un ans, c'est-à-dire le jour même où elle devint majeure, fidèle à la promesse qu'elle s'était faite enfant, aller chercher sa mère au fin fond de l'hôpital psychiatrique dans lequel elle croupissait depuis des années, pour l'installer dans un deux-pièces payé jusqu'au dernier franc, j'avais regardé l'image que me renvoyait le miroir, j'avais regardé la photo à nouveau, puis j'avais regardé la lettre, puis la photo encore, et j'avais simplement répondu par courrier, dans un sourire que cet homme ne verrait jamais, celui que l'on adresse à soi-même lorsqu'on admet enfin paisiblement l'évidence qui naguère vous a tant coûtée : Merci, Monsieur, mais je ne suis pas aussi belle que ma mère.

8

1960

Ils ont dix ans depuis très longtemps. Indifférents à tout ce qui ne concerne pas leur amour, ils restent allongés face à la mer, ses vieux pieds à elle posés sur ses vieilles jambes à lui, devant la maison qui n'a qu'un lit. Sous l'eau dort une petite épave, pas profonde, coulée par les Italiens pour protéger la plage pendant la guerre. Coulée à l'italienne, lui dit-il en riant, c'est-à-dire au mauvais endroit. Elle se détache de son étreinte, marche, très lentement, nue, dans le moelleux du sol sableux, se penche pour regarder les fourmis se disputer les noyaux des cerises qu'ils ont dévorées la veille, puis aperçoit des lis maritimes. La violence du soleil leur a fait percer le sable. Elle pousse un cri de joie. Il la regarde, la rêve se rêvant, puis se lève. Il est nu lui aussi. Le fusil caché sous le lit restera dans son étui.

Le 25 janvier 1959

Il crée une symphonie en *si* mineur qu'il joue devant les souverains Grace et Rainier à l'Opéra de Monte-Carlo. Voilà quatre ans déjà qu'Alfred Hitchcock a perdu son actrice fétiche. On murmure que Rainier ne l'a pas obligée à y renoncer. Et que c'est la princesse elle-même qui a estimé que ses responsabilités envers sa famille étaient plus importantes. Au sourire très beau et un peu las que la princesse lui fait quand il s'incline devant elle, il n'en croit rien. On l'acclame. Il traverse la scène, étranger aux éloges. La femme qu'il aime n'est pas auprès de lui. Une nouvelle crise de manie l'a conduite à l'hôpital. Il a le droit de venir la visiter une fois par semaine. À chacune de ses sorties, ils font l'amour où ils le peuvent, et s'étreignent, émerveillés, sans plus aucune peur d'être surpris. Il la raccompagne ensuite à l'hôpital.

Le 19 mai 1932

Les obsèques du président Doumer, assassiné par un jeune émigré russe dans les affaires duquel on a trouvé un carnet où était écrit : « Mémoire de Paul Gorgulov, chef président des fascistes russes. Qui a tué le président de la République française », sont suivies jusque dans les colonies grâce à la TSF. Le soir même, ils organisent à Paris une grande soirée musicale pour la maison des mutilés des yeux. S'y retrouvent à leurs côtés Mme Gina d'Esparos et M. Enrico di Mazzet de l'Opéra-Comique, M. André Pons, premier prix de violon du Conservatoire de Paris, Marguerite Chastel, soliste des Concerts de la Sorbonne, et Miss Ydora, du Châtelet et du Moulin-Rouge, la plus jeune danseuse à transformations.

Le 12 décembre 1916

Il est, depuis deux ans déjà, prisonnier de guerre au camp de Regensburg, en Allemagne, que l'on connaît aussi sous le nom de Ratisbonne. Le camp se trouve sur une île du Danube, l'île Wöhrd. Les prisonniers y ont créé une bibliothèque, un théâtre, un journal, *Le Pour et le contre*, dans lequel il signe un article sur la musique. Il prend la tête de l'orchestre. Il participe avec ses camarades d'infortune à la mise en scène d'une pièce de Labiche, *L'Affaire de la rue de Lourcine*. Il compose, de son écriture immense, tout en jambages fantaisistes, des lettres qui, quand on les lit, semblent de prime abord tout à fait anodines, mais dans lesquelles elle seule, qui connaît leur code secret, peut trouver la confirmation qu'il se consume toujours d'amour pour elle. Il ignore si les lettres arrivent à l'hôpital où elle est internée, si elle peut les lire et même si on peut lui en faire la lecture. Du fond de sa cellule, elle lui parle à voix haute, Mon âme désire ce que ma raison redoute. Des semaines entières à n'avoir pour seule nourriture que ton foutre, tes baisers et tes morsures. Ensuite, ce sera à toi de le faire : deux coups de fusil suffiront à effacer ce que nous sommes.

Janvier 1907

Pour la première et unique fois, il lui demande de se donner à d'autres. Il lui explique qu'il y en aura d'autres, il faut qu'il y en ait d'autres, Mais ton corps et ton âme seront toujours à moi, tout comme je serai toujours à toi, car je t'ai dans le sang et tu m'as dans le sang et au fond peut-être ne sommes-nous qu'une seule et même personne. Les jours qui suivent, on n'entend plus le son de sa voix ni celui de son violoncelle. Elle n'a plus de goût ni pour la musique ni pour la nourriture. Elle casse un verre et se sectionne les poignets. On la retrouve, les yeux grands ouverts, dans le jardin de la maison, du sang coulant jusque sur sa robe. On fait appeler le médecin. On la couche. On la soigne. Il vient la voir dans sa chambre. Ils se redonnent l'un à l'autre dans le même éblouissement. Leur mère est peut-être dans la pièce d'à côté en train de mettre la dernière main à un trio pour violon, violoncelle et piano (*allegro con fuoco*, *andante espressivo*, *scherzo*).

1901

Gustav Mahler fait à Alma, déjà compositrice, sa demande en mariage et lui écrit : « Tu n'as désormais qu'une seule profession, me rendre heureux ! Mais les rôles dans ce spectacle doivent être bien distribués. Et celui du compositeur, de celui qui travaille, m'incombe. Le tien est celui du compagnon aimant, du camarade compréhensif. » Dans le jardin d'une maison de campagne, semblable à toutes les autres maisons que l'on trouve dans cette campagne-ci, deux êtres à peine sortis de l'enfance, lui d'une blondeur diaphane, elle toute brune, lisent, assis l'un à côté de l'autre, le même livre. Tout à l'heure, cachés derrière un pommier, ils ont conclu un pacte secret. Debout, sur la pointe des pieds, elle a baisé sa bouche, puis, à l'aide d'une aiguille très fine, ils ont mêlé le sang de leurs doigts. Leurs cœurs battent à l'unisson. Ils battent à se rompre.

9

À la fin de l'été 1907, alors que des négociations militaires officieuses entre la France et le Royaume-Uni duraient depuis déjà un an, les Britanniques signèrent, de façon totalement inattendue, un accord avec la Russie, afin de définir leurs zones d'influence en Afghanistan, en Perse et au Tibet. Les trois puissances s'en trouvèrent liées indirectement. Cet accord se révélerait fondamental dans le conflit mondial qui éclaterait sept ans plus tard. Mais, comme presque tous ceux qui découvraient au jour le jour, dans le journal, les bouleversements qu'entraînait cette nouvelle alliance, Charles n'en mesura pas toutes les conséquences et déplora surtout que dans le compte rendu que les journaux faisaient du Salon d'automne on préférât, plutôt que de s'extasier sur la grâce alanguie des nymphes de Carpeaux, tirer à la ligne sur *La Charmeuse de serpents* du Douanier Rousseau, un tableau d'une naïveté dégoûtante, représentant une femme nue, et peut-être noire, au beau milieu d'une jungle, jouant de la flûte pour amadouer les bêtes. Qu'on pût appeler ça de l'art lui répugnait. Il n'irait cependant pas s'épuiser à écrire au courrier des lecteurs pour s'en plaindre. Il n'aimait ni les guerres ni les conflits. On ne lui connaissait pas d'ennemis ni d'amis. Il n'en voulait pas. Les émotions, dès qu'elles excédaient une certaine intensité, le rebutaient pour la simple raison qu'elles auraient entravé sa pensée et l'auraient fait sortir de cette somnolence dans laquelle son travail d'assistant d'un imprimeur parisien lui permettait de se tenir, et qui lui évitait d'être le protagoniste de sa vie, comme de quoi que ce soit d'autre, d'ailleurs. Quand il lisait la rubrique nécrologique de *L'Aurore*, son journal favori, il disait toujours qu'il ne s'étonnerait pas, un jour, d'y retrouver son nom et, tout jeune homme qu'il était, expliquait à qui voulait l'entendre, c'est-à-dire à personne ou presque, le soin qu'il accordait à sa toilette, comme au choix de la couleur de sa pochette invariablement assortie à son costume et à ses chaussettes, comme au lissage et au crantage de ses cheveux, par ceci que, si la mort arrivait, il serait prêt. Moyennant quoi, il conserva jusqu'à sa mort, à l'âge vénérable de quatre-vingt-onze ans, l'air de sortir d'entre les pages d'un roman de ce XIXe siècle qu'il n'avait jamais quitté. C'étaient d'ailleurs ces dispositions morbides, en déduisirent les membres de sa famille, qui expliquaient également pourquoi on n'avait jamais vu de femme à son bras, même si toutes le trouvaient délicat, charmant et vertigineusement érudit. L'autre raison souvent invoquée était qu'il avait perdu sa mère très jeune, d'une phtisie, et que depuis, aux élans du cœur, ceux que procure la vie quand on aime, il préférait, pour se préserver d'avoir à souffrir de l'abandon ou de la solitude, la pureté un peu glacée d'un *Impromptu* de Schubert, l'humilité réconfortante du *Requiem* de Fauré ou la contemplation strictement auditive de ses mondes perdus. Penché sur l'eau et l'encre grasse des machines d'imprimerie, les yeux baissés sur le papier où apparaîtrait l'étiquette d'un parfum à la mode, il voyait sa mère stagner sur le grain d'une feuille qui, soudain, en se gondolant devenait eau, au bord de laquelle elle était là, armée d'un pliant, assise sur les rives ensoleillées de la rivière qui serpentait en se cachant jusque dans une rue somnolente du vieux Colmar, modulant, de ses lèvres un peu pâles, des chansons du folklore alsacien. Il voyait son père, emmuré dans son deuil, dans la froidure d'une neige triste comme un bloc de marbre, fumant, la nuit venue, dans une totale obscurité, assis à la fenêtre, une cigarette d'assez maigre diamètre, par raison d'économie, qu'il roulait lui-même, de sorte qu'on ne pouvait distinguer son visage que par intermittence, très faiblement et seulement à la lueur fugitive de la cendre brûlante, qui brillait puis s'éteignait puis brillait encore, au rythme des mouvements respiratoires du fumeur. Il voyait la maison de l'oncle, située en Alsace allemande, où un soir, prudemment et tous volets clos, ils s'étaient tous mis à chanter *La Marseillaise.* Il voyait son frère, vif, emporté, toujours prompt à se battre, courir à ses côtés, cartable en bandoulière, béret sur l'oreille, toupie dans la poche, jusqu'à l'école où ses camarades, qui trouvaient Charles bien trop sage et paisible, l'avaient affublé du sobriquet assez piquant de « garçon-fille ». Il voyait ce jour de 189… où leur maître, les invitant pour un moment à quitter leur pupitre et à se rapprocher du tableau noir sur lequel avait été fixée une carte d'Europe de grande dimension, dans un papier lustré qui avait été beau jadis et avait dû servir de nombreuses fois, car de multiples craquelures l'avaient gâté et en rendaient la lecture un peu pénible, leur avait fait le récit de la mémorable et si affligeante campagne de Russie, les petits élèves formant autour de leur professeur un compact demi-cercle de jeunes poitrines dont les cœurs battaient à coups redoublés au récit des revers de Napoléon, leur idole, les yeux perdus et rivés sur d'invisibles grognards surpris par l'impitoyable harcèlement des cosaques, le feu, le froid, et la neige du ciel russe, qui paraissait vouloir couvrir d'un immense linceul les armées en retraite. Cette neige du ciel russe tombait toujours et encore sur les pages de son journal quand Charles sortit de sa rêverie. Ce matin-là, un titre, dans la rubrique faits divers, attira son attention. « Amour contrarié, mortel désespoir ». Il y était question de la fille de polisseurs en chambre de la rue de Cléry qui, racontait l'article, pour ne pas survivre au mariage d'un cousin qu'elle aimait, s'était tuée. Mais la brillance stylistique contenue dans le titre de l'article suffit à le mettre en joie. Il but son thé, lissa, entre son pouce et son index, les poils de sa moustache, rajusta ses lunettes et son feutre, plia *L'Aurore* sous son bras et partit en promenade, en arrière de mes yeux.

Le soir même, convié à une soirée musicale chez Mme et M. G., par un joli quatrain du maître de maison disant qu'il n'y aurait pas de programme, dans cet appartement où s'était réuni le presque Tout-Paris de la musique, Charles aperçut Hedwige Gennaro-Chrétien au milieu de la foule des applaudisseurs et des applaudis. Elle n'était déjà plus seulement l'élève la plus brillante de César Franck, qui l'appréciait pour ses qualités d'improvisation. Elle avait produit, en abondance, des œuvres pour piano, pour chant et pour harmonium, et obtenu le premier prix de la Société des compositeurs pour son poème lyrique, *L'Année*. C'était la première fois qu'on accordait un tel prix à une femme. Mais c'était une bien drôle de femme, robuste, charpentée, à la gorge ronde, qui fumait la pipe, signait parfois certaines de ses œuvres du pseudonyme de « César », se vantait de vivre sans homme, aimait se promener en pantalon et tout en cheveux, et ne voulait certainement pas qu'on dise d'elle qu'elle était « une compositrice » mais bien « un compositeur ». Son apparence bohème contrastait fortement avec le classicisme de ses goûts musicaux. Elle n'était pas du tout « nouvelle école ». Plus tard, ses biographes diraient d'elle qu'elle était « sagement moderne dans ses idées, distinction de style, clarté d'écriture, pureté et richesse d'harmonie, charme mélodique joint à une expression religieuse très noble donnant à ses pièces une place d'honneur parmi les œuvres de genre ». La première fois qu'il avait entendu son *Que je t'oublie*, Charles s'était senti instantanément proche de sa nostalgie. Il alla donc lui parler. Elle reçut ses hommages avec bienveillance, ils échangèrent peut-être des points de vue sur Casals, et sans doute sur César Franck, puis, au bout d'un long moment de conversation, elle lui présenta ses enfants, qui se trouvaient eux aussi à cette soirée, Marcel, son fils, qui se destinait à la composition, et Cécile, sa fille, qui, lui dit-elle, était elle aussi violoncelliste. Le frère et la sœur semblaient en tout point dissemblables. Avec ses cheveux blonds qui lui faisaient un casque d'or, Marcel dépassait sa sœur de deux têtes, ne souriait pas, sauf pour croquer, d'un mot féroce, les autres invités de la soirée, et s'avérait aussi prétentieux que Cécile était brune, silencieuse et discrète.

*

Charles admirait la mère. Il épousa sa fille. Cécile avait dix-huit ans ; lui, bientôt vingt-six. Il n'était pas riche. Elle n'était pas vierge. Il ne s'en rendit pas compte et, sans non plus s'en rendre compte, se prit d'amour pour cette épouse à la peau très blanche qui, souvent, frissonnait de la tête aux pieds, mais, chaque jour, posait sur ses joues de brûlants baisers, parlait toujours doucement et compensait son peu d'entrain pour les tâches domestiques par une ardeur conjugale peu commune. Elle savait y faire, était assoiffée de tout et ne refusait rien. Ils passaient les nuits à faire l'amour. Et les journées face à face, chacun son violoncelle entre les jambes. Cécile avait été mise au violoncelle très jeune et, poussée par sa mère, qui avait rêvé pour elle la carrière qu'elle n'aurait jamais, avait fait tant d'exercices en position de cou et de pouce qu'à l'âge de quatorze ans elle avait déjà une scoliose et les doigts de la main gauche plus grands d'une phalange que ceux de la main droite. Le son qu'elle projetait de son instrument était parfois exubérant. Elle avait notamment, lorsqu'ils se réunissaient entre amis pour disputer des parties de cartes auxquelles succédaient des parties de musique, cette façon languide d'interpréter le second mouvement du *Sextuor à cordes* de Brahms qui désespéra d'abord son mari. Mais elle y mettait une telle impétuosité, en même temps qu'une absence totale de prétention, qu'il finit par en être charmé. Quand Marcel les accompagnait au piano, que Charles, délaissant provisoirement le violoncelle, qu'il laissait à Cécile, se mettait au violon, leur interprétation des trios de Schubert atteignait une intensité dont il était presque heureux. Les échanges visuels entre musiciens interprétant de la musique de chambre sont particulièrement importants. Les regards, les mouvements des yeux, de la tête ou du corps sont un langage très subtil, qui permet aux musiciens de s'ajuster les uns aux autres. D'instinct, Cécile savait dialoguer musicalement avec l'académisme de son mari et le jeu pianistique un peu glacé de son frère, leur donnant, sans même s'en apercevoir, la possibilité à l'un de s'enhardir, à l'autre de se laisser aller à plus de spontanéité. La sympathie musicale entre eux devint immédiate. À l'époque, le trio Cortot, Casals et Thibaud qu'ils avaient d'abord vu se produire dans un cercle restreint donnait l'intégrale des trios et variations pour trio de Beethoven à la salle Gaveau. Ces trois solistes que tout opposait, jusqu'à leurs opinions politiques, s'étaient amalgamés, chacun renonçant à son caractère solistique pour porter la musique de chambre à son plus haut niveau. Cécile, Charles et Marcel y virent des modèles qu'ils n'égaleraient jamais mais qui, par le simple fait qu'ils pouvaient les côtoyer, leur permettaient de se tenir dans l'existence à une hauteur un peu moins basse. Ils étaient créatifs. Cela durerait toujours. Cela ne dura pas. Mais plus tard, lorsqu'on lui demanderait à quel moment cet état de grâce s'était rompu, Charles se trouverait bien en peine de le dire. Sa femme changea. Sa femme changeait.

Il n'aurait pas su dire comment. Toutes les femmes sont changeantes, se dit-il. Elles ont l'humeur aussi imprévisible que les vents des colonies qui soufflent de la mer vers la terre pendant des semaines ou des mois, puis soudain, quand la température de l'eau en surface devient aussi chaude que la température du continent, tournent de la terre vers l'océan, entraînant des pluies diluviennes. Il ne chercha donc pas à comprendre ce qui semblait la tourmenter en secret. Un soir cependant, rentrant chez eux plus tôt que de coutume, il la trouva au lit suffoquée, pâmée. Il s'inquiéta, voulut faire venir le médecin, elle s'y opposa. Dès le lendemain, repue d'un sommeil bien plus long que d'habitude, elle était à nouveau toute tendre. Quelques jours plus tard, cela recommença. Le comportement de Cécile devint tout aussi étrange que le pommeau d'onyx de cette canne qu'elle lui avait un jour rapportée de chez un antiquaire, et dont il ne sut jamais si elle l'avait volée (comment ?) ou si elle l'avait achetée (avec quel argent ?). Tantôt elle le regardait, les yeux fixes et agrandis, et partait d'un rire étrange, se fardait comme les actrices de théâtre, dévorait tout ce qu'on lui présentait à table, et était prise en musique comme en amour d'une vertigineuse impossibilité de s'arrêter. Les jupes retroussées, son violoncelle bien serré contre la face interne de ses genoux, elle jouait jusqu'à s'en faire saigner les doigts ; au lit, elle n'était qu'impudeur et plus rien ne semblait pouvoir combler ses appétits. Tantôt arrivait un moment où, quittant ses exaltations, elle partait dans des crises de colère insensées, puis soudain, moite et glacée, retombait sur elle-même. On la retrouvait dans le salon de musique, entortillée dans ses pleurs, comme une marionnette qui, si on la repose sur une chaise au lieu de la suspendre, s'entortille dans ses fils.

Charles assistait, atterré, au détraquement de tout son être et ne put y opposer que l'embarras de celui qui ne reconnaît plus celle dont il était épris. Il la trouvait plus belle encore qu'avant. Ses sautes d'humeur avaient donné à ses prunelles une teinte presque aussi sombre que celle de ses cheveux, et ses lèvres pâles, dont le sang semblait s'être retiré et qui couvraient des dents petites et pointues sur lesquelles il aimait passer sa langue, appelaient plus encore le baiser. Mais c'était une beauté sale, convulsive, qui l'effrayait. Il se sentait incapable de l'attirer à lui, de baiser sa bouche, de lui embrasser les mains, et même de lui dire quoi que ce fût qui pût s'apparenter à un reproche. Il lui en voulait. Mais, victime de cette faiblesse des orphelins qui n'arrivent pas à se plaindre d'un comportement qui pourtant les blesse, de peur qu'on ne les abandonne, il ne la questionna pas sur ce qui la hantait. Des pensées noires lui vinrent. Marcel, le frère de Cécile, s'en aperçut. Chagriné par les malheurs du couple qu'il tenait, disait-il, en haute estime, il se proposa de les aider. Il vint visiter sa sœur à plusieurs reprises. Il restait longtemps à son chevet, ses doigts dans les siens confondus. Ils se regardaient mais ne disaient rien. Rassuré, Charles retournait à son imprimerie et, le soir, à ses instruments de musique. Cécile, entourée par les deux hommes, donna moins de signes de faiblesse nerveuse. Elle se leva du lit. Elle sortit de sa chambre. Deux semaines plus tard, elle était au jardin. Elle reprit de l'allant. Elle recommença à rire. Elle recommença à jouer de la musique. Elle recommença à organiser des dîners. Charles recommença à l'aimer. Le 15 juillet 1909, Lyne, ma grand-mère maternelle, naquit. Les années passèrent. La guerre éclata. Charles était de constitution trop faible pour être envoyé dans les tranchées et fut mobilisé à l'arsenal de Puteaux. Marcel se retrouva prisonnier de guerre en Bavière. Hedwige était bien trop taraudée par sa gloire pour jouer les grand-mères. Cécile, soudain livrée à elle-même, n'arriva plus à s'occuper de son enfant que pourtant elle chérissait. Tantôt elle la serrait dans ses bras à l'en étouffer. Tantôt elle la laissait de longues heures patauger au milieu de ses jouets, mais sans même lui adresser la parole. La petite Lyne se retrancha dans ses rêveries. Quand elle eut six ans, sa mère l'emmena faire une longue promenade. Sur le pont d'Argenteuil, la mère lâcha la main de l'enfant et partit, l'abandonnant au milieu des passants. La petite fille n'était plus qu'un sac de larmes lorsqu'elle fut amenée à la police, puis à son père. On retrouva la mère, les yeux vitreux, assise sur le banc d'un jardin. Quand on lui parla de l'enfant qu'elle avait abandonnée, elle dit que cette enfant-là n'était pas la sienne, que c'était l'enfant du diable. Elle fut conduite, en fourgon hippomobile, jusqu'à l'hôpital psychiatrique le plus proche. Des gens bien informés crurent bon d'aller trouver Charles pour lui raconter que, tout comme sa fille Cécile, Hedwige elle-même avait eu de terribles crises nerveuses et que c'était pour ces raisons-là qu'elle avait cessé d'enseigner au Conservatoire. La psychose maniaco-dépressive, que l'on appelle aujourd'hui trouble bipolaire, avait été individualisée par Emil Kraepelin, un médecin autrichien, un siècle plus tôt, mais à l'époque, dans le monde de Charles, on n'en avait jamais entendu parler. On ne supposait pourtant pas un seul instant que les comportements des individus puissent être liés à leur histoire. On croyait à la dégénérescence : l'origine des maladies mentales était purement héréditaire. On naissait idiot, alcoolique, asocial, criminel ou prostituée. On se transmettait, selon le mot de l'époque, un terrain « taré » d'une génération à l'autre, la folie s'aggravant de génération en génération.

La guerre finie, Charles prit avec lui sa petite fille et l'emmena chez une tante en Alsace. Dans le train du retour, il se rappela Cécile à la soirée musicale des G., la douceur mélancolique de son sourire, la violence de leurs étreintes. Son parfum lui manquait. Il alla à l'hôpital. On lui dit que le frère de Cécile l'en avait déjà fait sortir. Il se rendit chez lui. Et c'est à ce moment-là, me dit ma mère, que Charles apprit, dans des circonstances que nul ne connaît, ce que tout le monde savait déjà depuis longtemps, surtout Hedwige, la mère des enfants, sans jamais le lui avoir dit, qu'entre le frère et la sœur ces choses-là se passaient, que ces choses-là s'étaient passées, et que cela durait depuis des années et des années, que cela durait en fait depuis l'enfance. Cécile ne revit jamais sa fille. Charles fit en sorte de la priver de tous ses droits. À cette époque, selon le Code civil, on ne parlait pas d'autorité parentale conjointe. Un homme avait tous pouvoirs sur son enfant – y compris celui de l'arracher à sa mère. Charles alla chercher la petite Lyne en Alsace. Ils rentrèrent à Colombes. Il continua de s'occuper d'une enfant qui bientôt à son tour manifesta tous les signes de la maladie et dont il ne fut jamais tout à fait sûr qu'elle était bien sa fille. Il ne lui parlait jamais de sa mère. Il s'arrangea pour intercepter toutes les lettres qu'elle envoyait à son enfant. Il refit sa vie avec une femme dont il eut une autre fille, il délaissa le violoncelle pour l'imprimerie, et se racheta une conduite pendant la guerre en fabriquant pour les amis juifs ou résistants de sa seconde épouse de faux papiers.

Sur la couverture de la partition d'une pièce musicale intitulée *Feuilles mortes*, datée de 1927, on peut lire qu'il s'agit d'un poème de M. Charles Foltz mis en musique par M. Marcel Gennaro. J'ai mis un certain temps à comprendre comment deux hommes avaient pu continuer à créer des œuvres ensemble, bien après que l'un eut découvert que depuis toujours son épouse couchait avec l'autre, lequel était son propre frère. Un amour scandaleux peut donc en cacher un autre plus douloureux encore car non assouvi. Ainsi en est-il des pays comme des hommes, qui, naguère ennemis, pactisent en se jouant des frontières de la bienséance, pour des motifs qui resteront à jamais opaques à ceux qui ne partagent pas leur lit.

Pendant quatre-vingt-neuf ans, la partition ne bougea pas d'un carton dans lequel ma grand-mère puis ma mère la tinrent cachée – jusqu'à ce que je lui demande un jour de me l'apporter. Sur la dernière page, en haut de laquelle on peut lire « plus doucement », *piu lento*, quelqu'un a souligné à l'encre noire une phrase dont j'ignorais, avant que Richard me la joue puis que Paul me la chante, comment elle pouvait être interprétée, car tout en venant d'une famille de musiciens, jamais je n'ai pu déchiffrer la moindre note de musique :

« Dans la douleur que tu m'apportes, je t'aime encor, vieux souvenir. Les larmes que tu fais venir ont le parfum des feuilles mortes. »

10

Décembre 2009. Je viens d'obtenir un stage à Sainte-Anne dans un service de psychiatrie adulte très réputé. Au même moment, sans l'avoir espéré, je tombe enceinte, pour la seconde fois. Le médecin me recommande de rester couchée les deux premiers mois pour éviter une nouvelle fausse couche. Mais mon stage de fin d'études a déjà commencé. Pas question d'y renoncer. Je parle à mon bébé. Je lui demande de s'accrocher de toutes ses forces. Je lui dis que la situation est compliquée mais qu'on va s'en sortir. Qu'il faut qu'on fasse équipe. Et que ce stage, on va donc le faire ensemble. Trois fois par semaine, je me rends à l'hôpital, pour écouter la détresse des patients. Je monte avec une collègue un atelier d'écriture et de lecture à leur intention. Semaine après semaine, je les fais lire et écrire sur l'enfance, le deuil, la famille, la musique, les saisons, l'amour, le temps ou un œuf en métal qui fait de la musique quand on le secoue. Au début, je cache très bien mon état, profitant de mes pauses pour faire une micro-sieste ou discrètement vomir aux toilettes avant de retourner à ma place. C'est un psychiatre avec qui je travaille qui un jour me rapporte les propos d'une de ses patientes :

– Mme X. vous délire une grossesse, me dit-il.

J'avoue, stupéfaite de voir s'affirmer, une fois de plus, cette sensibilité particulière qu'ont certaines personnes très malades, et qui leur permet de ressentir ou de voir ce que les autres ne voient pas :

– Mme X. ne délire pas. Elle a raison, lui dis-je, je suis enceinte de trois mois.

Les semaines défilent. Une échographie me confirme ce que, d'évidence, j'avais pressenti : je vais avoir une fille. Les mois passant, mon ventre atteignant des proportions telles que je pouvais, en fin de grossesse, faire tenir un verre à pied en équilibre dessus, il me fallut cependant continuer à travailler. Je me souviens d'un patient qui, tout le temps d'une séance, raconta comment il était né mort-né, le cordon ombilical accroché autour du cou, avec force détails, sans jamais par ailleurs regarder mon ventre ni même évoquer ma grossesse. À la pause, j'étais allée me cacher dans les toilettes, j'avais posé ma main sur mon ventre et j'avais parlé à mon bébé pour le rassurer.

Dix jours après la naissance de ma fille, bien que très anémiée, j'étais à nouveau sur les bancs de l'amphithéâtre. Je n'avais pas pu obtenir une place en crèche. Mais deux mois après mon accouchement, grâce à l'aide de Paul, de ma mère et d'une nounou que nous avions fini par trouver, j'étais en mesure de reprendre mon stage. Je jonglais entre ma vie de mère, l'allaitement, le tirelait, les nuits courtes, la vie de couple, les cours magistraux, les patients de l'hôpital, les articles à écrire, et la rédaction de mon mémoire de fin d'études sur un cas de paranoïa avec un acharnement qui stupéfiait mon entourage mais auquel je ne voulais pas réfléchir, jusqu'à ce que, avertie de ma nouvelle orientation professionnelle, la petite-fille de la seconde épouse de Charles, la fille d'Évelyne, cette même Évelyne qui avait écrit à la fin des années 1960 qu'il ne fallait surtout pas que ma mère ait d'enfant, pour que s'arrête enfin la malédiction, me dise Sainte-Anne, tu travailles à Sainte-Anne. Quand je pense que, alors même que tu étais enceinte de ta fille et maintenant que tu es une jeune maman, tes pas foulent ceux de ta grand-mère et ceux de la toute petite fille terrorisée qu'a été ta mère lorsqu'elle venait voir sa mère qui y était enfermée… C'est formidable, ce travail de réparation !

J'étais sidérée. Je connaissais parfaitement cette réalité. Je ne la rejetais pas ni ne la refoulais. Mais, pour pouvoir m'occuper de mes patients et jouir d'une vie banale, j'avais fini par la mettre de côté, dans une autre réalité, qui existe, elle aussi, sur une terre où la neige a tout recouvert de son linceul, où le sang qui stagne dans mon cœur congelé est celui d'une lignée maudite, où les froids flocons avides absorbent nos soupirs, où le vent se joue des cœurs qui y séjournent, et où je marche, morte parmi les morts, fuyant le séjour des humains, évitant les chemins empruntés par les autres voyageurs, attendant qu'emportée par le souffle d'un oubli définitif je disparaisse avec eux sous la dernière rafale.

IV

Une fin heureuse

1

Je ne vais pas hésiter à solliciter, pour l'expérience qui va suivre, toute votre indulgence. C'est en effet une expérience de pensée ou, pour mieux dire, une expérience de rêve, sinon de cauchemar, qui met en péril toute préférence pour le raisonnable. Nous ne sommes pas, nous ne sommes plus, dit Paul, dans le cadre plus ou moins rassurant d'une disparition totale de l'humanité comme de la planète à un horizon cosmologique, quand le soleil explosera, dans des milliards d'années. Non. L'extinction de l'humanité dans un horizon historique est une certitude. Je reviens de Tokyo où j'ai rencontré de jeunes postdoctorants qui travaillent dans de grands organismes de météorologie et de biophysique. Eh bien, croyez-moi ou pas, chez tous ces jeunes gens brillants, l'effondrement dépressif est massif : confrontés aux données dont le grand public n'a pas conscience, aux informations transmises par les satellites ou les sondes, aux mesures prises dans les océans, les jeunes gens qui travaillent dans ces instituts s'effondrent ; les jeunes femmes, par exemple, eh bien, elles renoncent immédiatement à avoir des enfants. J'ouvre ici une parenthèse : devant ce mal-là, quel est le bien ? Qu'est-ce qu'on peut encore chérir dans l'humanité si on ne se sent pas le dépositaire de quelque chose, quelle mémoire construire, que transmettre à nos enfants ? On a une lettre de Nietzsche, qui date de 1870, alors qu'il était brancardier pendant la guerre entre la Prusse et la France. Au tout début de la Commune, on a cru qu'un incendie avait éclaté à Paris, qu'il avait détruit l'intégralité des collections du Louvre. À cette époque-là, le Louvre était déjà le plus grand musée du monde. Nietzsche apprend la nouvelle et – il ne sait alors pas qu'il s'agit d'une rumeur, à l'époque il n'y a pas de réseaux sociaux, je dis ça pour les plus jeunes d'entre vous – il réfléchit à la perte que c'est pour l'humanité et, curieusement, il aboutit à la conclusion que c'est ce qui peut arriver de mieux, c'est-à-dire qu'au fond ce qui est intéressant, ça n'est pas l'œuvre d'art mais l'artiste, que la destruction des plus grands chefs-d'œuvre de l'art universel peut donner lieu à la création de quelque chose d'entièrement autre et d'entièrement nouveau.

L'envers du geste nietzschéen, c'est l'individu qui est tout à fait à même de se précipiter dans une logique d'autodestruction, c'est cet individu suprêmement cultivé incarné par Peter Kien de Canetti, le professeur allemand dans la dernière scène d'*Auto-da-fé*, ça s'appelle *Die blendung*, « l'aveuglement », mais on a systématiquement traduit ça par *Auto-da-fé*, car tout le monde a été sensible au fait que, dans la dernière scène de ce livre, le professeur, qui est le sommet même de la culture et du contrôle absolu des pulsions, met le feu à sa bibliothèque dans un éclat de rire dément, exactement comme les nazis brûleront les livres, dans une figure d'ensevelissement du monde dans ses propres cendres, dans ses propres flammes, et je cite là la dernière phrase du livre de Canetti qui, notez-le bien, s'achève sans point final : « Quand les flammes l'atteignent enfin, il rit à pleine voix, comme il n'a jamais ri de sa vie » Mais je vous vois, monsieur, là-bas, au troisième rang, oui, vous, monsieur, hausser les épaules. Je vous comprends. On est toujours tenté de penser au monde d'après. Mais il n'y aura pas de monde d'après. L'accélération du processus de destruction est en marche. Regardez bien autour de nous, regardez, les attitudes de certains dirigeants américains, russes ou chinois sont des arguments d'« après moi le déluge ». Ils savent. Ils savent que, puisque nous allons tous mourir dans un horizon prochain, autant profiter de la manière la plus radicale et la plus totale des dernières ressources. L'exemple que je donne toujours, c'est celui des frères Koch, ces deux septuagénaires américains à la tête d'une fortune de quarante milliards de dollars, au bas mot, et qui se battent bec et ongles contre l'Agence fédérale de protection de l'environnement, pour qu'on puisse continuer à exploiter, en toute impunité, le pétrole des sables bitumeux canadiens de l'Alberta et l'acheminer, par oléoduc, jusqu'aux raffineries du golfe du Mexique. Pour extraire ce pétrole, on a été obligé de construire une centrale nucléaire. Alors comment expliquer que, malgré leur âge et leur fortune, ils continuent à déverser deux cent mille tonnes de carbone de plus par jour dans l'atmosphère terrestre ? Par notre faute, le climat se détraque. Les sécheresses et les inondations entraînent des famines. Les famines, des émeutes. Les émeutes, des répressions sanglantes.

Les répressions, des guerres. Les guerres, l'exil des plus démunis. L'Apocalypse qui s'annonce est une Apocalypse sans royaume. Il n'y aura pas de Jugement dernier, ni de rédemption. Plus la Fin sera proche, plus la planète deviendra une étuve, contraignant à l'exode une population toujours plus nombreuse. La couverture de glace au Groenland et en Antarctique fondra, faisant disparaître sous l'effet de la montée des eaux des régions entières du globe. Des pays se transformeront en désert. La France connaîtra, par endroits, des températures qui avoisineront les 50 °C. Dans la Corne de l'Afrique, au Moyen-Orient, au Pakistan, en Iran tout comme dans certains pays d'Asie du Sud-Est, des vieillards et des nourrissons mourront, écrasés par la chaleur, et les autres, pour survivre, seront contraints à fuir, rejoignant le flot des 65 millions de réfugiés climatiques sur la planète. Il n'y aura plus de place pour tout le monde sur terre. L'unique choix de raison sera donc, pour un grand nombre d'hommes, de spéculer sur la faim dans le monde, de pousser à l'exode les plus vulnérables, de favoriser le tri racial, les guerres et les génocides, d'écraser les plus démunis et d'en tirer les jouissances les plus atroces, les plus démentes, les plus excessives. De famines en exodes, de guerres locales en guerres globales, de paroxysmes de pollution en épidémies gigantesques, celles-ci nourrissant ceux-là en un cercle vicieux qui s'affolera de plus en plus, ce qu'il y a de plus civilisé deviendra de plus en plus cruel et de plus en plus barbare pour endiguer plus barbare et plus cruel encore que soi – jusqu'à ce que la différence s'estompe entre civilisation et barbarie. Dans ce processus, la certitude croissante, génération après génération, d'une fin de l'humanité sèche, insensée, videra de sens les concepts usuels du Bien. Nul mérite, nul souvenir, rien d'honorable ne survivra en effet aux derniers humains ; nul élan de notre fonds moral, aucune téléologie de salut inscrite dans notre hypothétique nature ne pourra plus raisonnablement faire sens à leurs yeux, ou de moins en moins. Quelle jouissance croissante restera-t-il donc, sinon celle de faire le Mal ? Je dis croissante. Je devrais dire dévorante. Et je soulève l'idée qu'à mon avis ça a déjà commencé. Il y a déjà des gens aujourd'hui, parmi nous, qui savent que l'humanité n'a aucun sens et que c'est seulement maintenant qu'ils peuvent s'adonner à cette jouissance de la destruction qui est la seule qui nous restera bientôt, quand la mer sera sans poissons, le ciel sans oiseaux, quand tout ce qui pousse ou respire se révélera difforme ou empoisonné, quand les prétendues téléologies naturelles et les excellences de toutes sortes que vous admirez tant apparaîtront pour ce qu'elles sont, des hasards fugitifs et fragiles, quand les gens affamés, écrasés sous les édifices politiques injustes et de plus en plus boiteux que la pénurie et l'insécurité auront multipliés, commenceront à s'entretuer pour les dernières richesses, puis pour leur apparence, puis pour les ultimes moyens de survie, et finalement pour rien, alors toutes ces divagations prendront, oh oui, c'est sûr, elles prendront une autre portée.

C'était en général le moment où, dans cette partie de son exposé sur le Mal, la voix de Paul faiblissait un peu, ce qui l'obligeait à faire de grands gestes avec la main gauche – toujours avec la main gauche, jamais avec la droite – pour scander ses explications, puis finalement, quelques phrases plus loin, à marquer une respiration, ce qui me faisait chaque fois, sans que je puisse vraiment comprendre pourquoi, retomber amoureuse de lui, ce qu'il fit une fois encore ce jour-là, en regardant celles et ceux qui, dans cette salle de conférences romaine, buvaient ses paroles, comme d'autres, dans d'autres salles, avaient bu ses paroles, chaque fois qu'il leur faisait le coup de la fin du monde et de l'Apocalypse sans royaume, amenant soudain son auditoire à comprendre que nous n'avions pas encore connu le plus abominable – les génocides, les guerres que l'humanité avait traversés jusqu'alors n'étant que des préparations, des hors-d'œuvre de ce qui nous attendait.

Après quoi il reprit, sur un ton plus posé, non sans s'être au préalable gratté le front de sa main gauche, toujours la gauche, jamais la droite, la lecture de son texte que je connaissais par cœur pour en avoir été, du moins l'espérais-je, la première lectrice, et dont du fond des ténèbres où je me trouvais, j'entendais encore des fragments : « coulera moins de temps entre le dernier des hommes et nous qu'entre nous et Christophe Colomb », « plus la fin de tout sera proche », « guerres et injustices qui se produiront déjà en nombre sous le coup de la misère ou de la peur offriront à foison des voluptés cruelles. Car tout le monde ne voudra pas se laisser mourir. Beaucoup, sans doute, voudront d'abord tuer – en grand », « les derniers individus, pour qui la mort aura une signification d'une amertume qu'elle n'a jamais eue pour aucun de ceux qui les ont précédés depuis les débuts de l'humanité, se tourneront avec férocité contre leur prochain et… ». Après quoi il marqua un temps, murmura Je vous remercie, se rassit sous les applaudissements, et quand, après avoir passé plusieurs minutes à discuter avec des collègues devant l'estrade où il avait fait sa conférence, il me trouva sur la terrasse, mon portable à la main, il me dit C'est l'endroit parfait pour attendre août 1914 et l'assassinat de l'archiduc autrichien François-Ferdinand, et descendit les marches de ce palais romain aux façades lépreuses où je l'avais accompagné pendant que Richard était à Vienne, tandis que devant nous l'étang scintillait sous les premiers reflets de la lune. Et je regardais nos silhouettes danser comme des ombres fantomatiques au bord de la zone éclairée de la raison, juste avant qu'elles se précipitent dans le vide.

2

On trouve dans la ville d'Orvieto en Italie une église dans le transept droit de laquelle est peint, sous son dôme, un cycle de fresques connu sous le nom d'*Histoire des derniers jours* et dont l'exécution, commencée sur les voûtes par Fra Angelico et Benozzo Gozzoli, fut complétée, cinquante ans plus tard, par Luca Signorelli. Plus on garde la tête levée vers le dôme, plus elle nous tourne et toute élévation aussi bien physique que spirituelle semble difficile, de sorte qu'il n'est pas rare de trouver des visiteurs avachis de part et d'autre de la chapelle, la tête dans les mains, comme les affligés statufiés sur un pan de la fresque, tout étourdis. Signorelli s'est occupé du cycle consacré aux thèmes de l'Apocalypse et du Jugement dernier : *Histoires de l'Antéchrit*, *La Fin du monde*, *La Résurrection de la chair*, *Les Damnés*, *Les Élus*, *Le Paradis*, *L'Enfer*, mais également de quatre médaillons. Trois d'entre eux montrent Dante, Virgile et Ovide lisant des livres et des codex. Le quatrième représente Empédocle, un philosophe qui, dit-on, se jeta vivant dans l'Etna, laissant au bord du cratère l'une de ses chaussures comme preuve de sa mort. Il pensait que la raison et le langage étaient les véritables maîtres du monde, mais que cette unité ne durait qu'un moment. Signorelli s'inspire de Dante. Ça n'est pas la gloire divine qu'il veut montrer mais bien, à l'aide d'un jeu d'illusions et de perspectives, les souffrances des âmes et des corps d'êtres humains terrifiés et suppliants, qui tentent désespérément de se révolter contre leur sort. Aussi a-t-il peint Empédocle hors de son cadre, regardant l'ensemble de la scène, comme s'il disait : Là où j'ai été peint, je peux me regarder moi-même mis dans le monde, et je peux être saisi par la vision de moi jeté dans le monde.

Huit ans avant la conférence de Rome sur la fin du monde, Paul et moi étions dans cette église. Nous avions fait l'amour toute la matinée. Puis nous avions pris la voiture et nous avions roulé, fenêtres ouvertes, en chantant à tue-tête des chansons d'amour italiennes jusqu'à l'église d'Orvieto, que nous connaissions déjà. Sitôt la visite commencée, il avait disparu. Je ne m'étais pas inquiétée. Nous n'avions pas la même façon de visiter les musées ou les églises – il était beaucoup plus lent que moi. Au début de notre histoire, l'impossibilité de pouvoir partager une émotion avec lui devant une œuvre d'art m'avait fait souffrir. J'avais fini par m'en accommoder. Les minutes passèrent. Ne le voyant pas arriver, je me mis à le chercher et fis tout le chemin en sens inverse, de *L'Enfer* à *La Naissance de l'Antéchrist*. Il n'était pas devant les bas-reliefs de la façade. Ni dans les nefs. Ni devant le crucifix. Ni dans la chapelle du Corporal. Retournant dans la chapelle San Brizio, je le vis, les yeux embués, devant Empédocle peint hors de son cadre.

– Je ne vois plus bien.

– Comment, chéri ?

– Ma vue se perd, je vois les visages de Signorelli, mais plus les détails, mes lunettes ne sont plus assez fortes, les détails des choses s'effacent…

J'avais caressé sa joue. J'avais passé ma main dans ses cheveux. Je l'avais serré dans mes bras. Il semblait avoir oublié que deux ans auparavant, dans cette même église où nous étions déjà venus tous deux, il m'avait dit exactement la même chose, sensiblement au même endroit, et que, déjà, j'avais voulu le prendre dans mes bras. Mais cette fois, contrairement à la première fois, où il m'avait repoussée, il se laissa aller à poser sa tête sur mon épaule, et je lui dis que je n'avais pas peur qu'il vieillisse, pas peur qu'il tombe un jour malade, pas peur qu'un jour il soit moins beau, pas peur qu'un jour il bande moins, puis qu'il ne bande plus, parce que je l'aimais, et que je l'aimerais jusqu'à mon dernier souffle, et que, j'en faisais le serment devant Dieu, il n'y aurait jamais d'autre que lui, et que j'étais prête à l'épouser. Je lui dis dans cette église Épouse-moi, Paul, et il répondit Non.

3

Selon les versions de l'histoire, les premiers mots que Didier dit à Ève lorsqu'il s'arrête en voiture devant elle ne sont pas du tout les mêmes. Parfois, il chuchote simplement qu'elle est très belle, elle découvre ses quenottes qui brillent sous le soleil (je la vois lui sourire comme une panthère montre ses crocs) et monte dans la voiture. Parfois, comme il pleut, il lui propose de la déposer devant chez elle et elle le dédaigne parce que, avec sa casquette et son pantalon bleu, elle le prend pour un garagiste. D'autres fois encore, il l'aperçoit au loin en train de grelotter sur le trottoir, il sort de sa voiture, s'approche d'elle, enlève son manteau, le dépose sur ses épaules et, toujours sans dire un mot, remonte dans sa voiture et la laisse là, jusqu'à ce qu'ils se recroisent deux mois plus tard, au même endroit, sur ce même trottoir, qu'il l'invite à dîner et qu'elle accepte et lui raconte, ensuite, que toutes les nuits depuis leur rencontre elle dort enveloppée dans son manteau. Par faiblesse d'esprit, c'est, jusqu'à mes quinze ans, cette version-là que j'ai retenue.

« Il m'avait emmenée dans un café, on s'était assis sur une banquette, juste là, dans l'angle, il pleuvait, j'étais dans ma robe orange que tu connais, il avait eu ce geste de sortir un mouchoir de sa poche, de le tremper dans un verre d'eau et d'essuyer le rouge à lèvres que j'avais sur la bouche, comme ça, sans parler, tout en me regardant, il ne me quittait pas des yeux, il me regardait comme personne ne m'avait jamais regardée, c'est-à-dire qu'il me regardait vraiment, et subitement je m'étais mise à pleurer, dans ce café, alors, avec le mouchoir, il avait aussi enlevé le rimmel qui coulait de mes yeux, et il m'avait entièrement démaquillée, et plus il me démaquillait, plus je pleurais encore tout en souriant, et tout le monde nous regardait mais je m'en fichais, et nous étions restés, là, tous les deux, et je crois bien que je m'étais mise à l'aimer à ce moment-là. » Et je ne savais jamais, quand j'écoutais ma mère, mes yeux tournés vers l'intérieur des images que faisaient jaillir ses mots, si elle me racontait une scène de sa vie avec mon père ou bien celle d'un film avec Anna Karina, l'actrice danoise dont elle avait emprunté les origines et une partie du pseudonyme, qui était arrivée à Paris sans un sou et avait dû, au départ, faire des photos pour gagner sa vie, et qui, dans *Vivre sa vie*, joue une jeune vendeuse parisienne, seule et sans argent, et qui sombre peu à peu dans la prostitution. Mais c'est ainsi, enfant, que je les fis grandir en moi, alors que mon père était déjà mort et ma mère morte à elle-même, et que je pus garder en moi, intacte, la possibilité de les aimer et de croire en eux, mes parents, héros du film qui passait et repassait sans cesse dans ma tête, personnages d'un roman qui restait à écrire, dans les marges duquel je restais couchée en attendant le sommeil ultime qui me consolerait de tout, mettant mes pas dans leurs pas, mes yeux dans tous les films qu'ils avaient vus ensemble, flottant parmi leurs rêves – des rêves qu'ils n'avaient peut-être jamais faits, mais qui devinrent les miens.

Pause. Rembobiner le film en arrière de mes yeux. Dès qu'il la vit, comme il l'avait confié à un ami qui, des années après, me le rapporta en ces termes, il sut comment elle allait se comporter, comment il la ferait jouir, comment elle le lui ferait payer, comment elle finirait par l'aimer, car c'était ainsi, me dirait cet homme, ton père, c'était un magicien qui pouvait faire tout de rien, quand on croisait sa route, on ne pouvait que l'aimer. Il l'emmena à Venise. Elle ne lui dit pas qu'elle y était déjà allée, dans de tout autres circonstances, d'ailleurs dès qu'ils arrivèrent place Saint-Marc à la tombée de la nuit et qu'il lui offrit une peluche qu'elle convoitait, elle comprit qu'elle y allait véritablement pour la première fois. En marchant le long de la Giudecca, ta mère se souvint que peut-être on l'avait aussi fait passer sur ce quai-là le soir où on était venu la chercher en bateau pour la conduire à une fête privée, mais quand ton père et elle passèrent en gondole juste devant le palais où tout cela avait eu lieu, elle ne dit rien, se contenta d'enfouir son visage dans le creux de son cou. Et il devina tout. Il l'emmena à la Scuola Grande di San Rocco voir les Tintoret. Je ne sais pas si tu connais cet endroit magique, dit l'ami de mon père en tirant à nouveau sur sa cigarette, assis dans le fauteuil de son cabinet médical où il m'avait donné rendez-vous à l'heure du déjeuner. Pour simplifier la visite et admirer les peintures des plafonds, on met des miroirs à disposition des visiteurs. Les tableaux s'y réfléchissent. On peut mieux les y voir qu'en levant la tête. Dans le verre vide de son reflet, elle voyait se réfléchir le plafond de Tintoret, un plafond soudain devenu plancher, mais dans lequel elle n'apercevait pas ses pieds non plus, cachés par la surface du miroir, le haut étant devenu le bas, comme si elle marchait au plafond, dans un univers brisé, éclaté, fracassé, où, soudain, elle n'était que pur regard et non plus la regardée. De temps en temps, en inclinant la glace, elle distinguait de façon très furtive un œil, une bouche, un morceau de sa peau surplombé de chefs-d'œuvre si insensés que, pour la toute première fois de son existence, elle se trouva terriblement banale, sentit qu'il y avait plus beau qu'elle et levant les yeux vers le plafond, sans lâcher le miroir des mains, elle qui n'avait jamais voulu croire en Dieu se dit qu'il y avait tout de même des beautés qui élevaient l'âme. Ton père la laissa arpenter l'après-midi entier le premier étage. Elle jetait parfois de brefs coups d'œil vers lui, riait aux éclats, passant par toute une palette d'émotions d'une sophistication qu'elle ignorait pouvoir ressentir. Et lui, il la regardait vivre et cela suffisait à son bonheur. Avec lui, disait-elle, les couleurs du monde étaient devenues plus vives. Elle voyait des détails, la crénelure d'un balcon, la courbure d'un toit, le linteau d'une fenêtre devant laquelle elle était passée cent fois et que pourtant elle n'avait jamais vue, trop occupée qu'elle était à se concentrer sur la perfection de son image, onduler suffisamment des hanches, vérifier sans cesse dans le regard des passants, les hommes comme les femmes, que c'était encore elle la plus belle. Et à présent cet homme qui, disait-il, était heureux du simple fait qu'elle existe, cet homme-là lui avait rendu ses yeux. C'étaient des éclats de joie pure. Cela durait quelques secondes, quelques minutes, puis, quand elle sentait qu'il l'aimait décidément trop, chaque objet du monde devenait à nouveau flouté, parasité par ce qu'il renvoyait d'elle, et elle continuait à traquer son reflet dans une petite cuillère, une flaque d'eau, une vitrine, les lunettes de soleil d'une passante – comme elle le ferait plus tard avec tes yeux. Elle était si jeune, si jolie, et si inconséquente. Il lui pardonnait tout. Ce qu'il aimait par-dessus tout, c'était voir, sur son visage, l'effet que lui causaient les films qu'il préférait. Il acheta un rétroprojecteur et fit installer un écran de projection dans la bibliothèque. Il lui fit découvrir tout Mankiewicz, tout Bergman, tout Hitchcock et les Walt Disney qu'elle n'avait jamais pu voir enfant. Elle se recroquevillait contre sa poitrine et se gavait de pop-corn avec une vulgarité touchante et trop affectée pour être sincère. Et il adorait ça. Dès que le film était fini, elle battait des mains et des pieds, et disait Encore, encore. Il le rembobinait. Et tout recommençait. Ingrid Bergman embrassait à nouveau Humphrey Bogart qui disparaissait dans son avion, Emmanuelle Riva et Eiji Okada s'étreignaient dans une chambre d'Hiroshima, la mère de Bambi ressuscitait, Faust rajeunissait, et ta mère prenait des poses insensées, se nourrissant de chaque dialogue, qu'elle finissait par connaître par cœur, jusqu'à pouvoir le répéter avec une synchronicité parfaite, en même temps que l'image apparaissait à l'écran. Parfois aussi, il lui mettait un film muet. Ils avaient ce jeu, tous les deux, de rêver une voix et des paroles aux acteurs de films muets, en fonction de leur regard, des mouvements de leur visage, ou des mimiques de leur bouche. Assis dans l'ombre, il regardait la bouche de ta mère qui s'ouvrait et se refermait sur de si belles paroles, bien décidé à attendre patiemment et résolument le jour où c'est à lui qu'elle dirait ces mots-là, et où elle n'aurait plus besoin de personne d'autre que lui pour lui donner la réplique.

Depuis le début, il savait qu'elle mentait, qu'elle lui avait menti sur tout. Elle restait cette forteresse sans porte ni fenêtres sous le plancher de laquelle il était persuadé que se trouvait le plus beau des trésors, son moi profond, qu'un jour il exhumerait, pour la sauver et la transformer. Elle le trompa ; il la pleura ; il tenta de l'oublier dans les salles de jeu et les bras de quelques filles qui eurent pour seul tort de ne pas être elle. Un jour, il la suivit dans la rue, s'attendant, une fois encore, à découvrir qu'elle était partie avec un autre homme. Il l'aperçut dans un square, promenant une vieille femme malade. C'était ta grand-mère Lyne. Il vint à leur rencontre. Quand ta mère le vit, elle éclata en sanglots. Elle n'avait jamais osé lui dire que, trois fois par semaine, elle partait s'occuper de sa mère folle. Elle lui avait toujours dit qu'elle avait perdu ses deux parents. Elle avait trop honte. Ta grand-mère était désormais comme ces vieux malades qui ont passé des années en psychiatrie et dont les symptômes les plus spectaculaires finissent par disparaître pour ne laisser place qu'à une indolence. Elle délirait toujours à bas bruit, mais sans que cela nuise à quiconque. Elle faisait toujours ses albums photos – Michel Sardou avait, dans son cœur, remplacé Jean Marais – et écrivait ses poèmes ou son journal intime.

Ce nouveau mensonge de ta mère, un mensonge parmi d'autres, entraîna chez ton père un surcroît d'amour. À partir de ce moment-là, il vint lui aussi s'occuper de ta grand-mère maternelle. Il connaissait ce que le Tout-Paris compte de médecins. Il fit en sorte qu'elle soit mieux soignée, qu'une femme de ménage vienne chez elle plusieurs fois par semaine, et qu'elle n'ait plus jamais à s'inquiéter de rien. Elle s'attacha tendrement à lui. Peu de temps après, ta mère fit un malaise dans la rue. Elle était enceinte de deux mois et demi et ne s'en était pas rendu compte. Trois semaines plus tard, ton père l'épousait. Il n'a prévenu ni ses amis ni sa famille. Selon la légende, ils ont demandé aux employés de la mairie d'être les témoins. Ça s'est fait comme ça. Juste eux deux, oui, d'accord, si tu y tiens, eux deux et toi dans le ventre de ta mère. Tout de suite après le mariage, il a appelé ses parents. Et il leur a dit Je ne vous laisserai plus jamais l'insulter, elle est désormais ma femme et elle porte mon enfant. Il était comme ça. Il n'abdiquait pas. Il était prêt à renoncer à tout, à tout perdre, son héritage, sa réputation, pour elle. Je regrette pour toi que ton père soit mort si tôt après ta naissance d'une leucémie foudroyante, et vraiment, cette histoire de malaise dans son bain, juste au moment où tu devais lui rendre visite à l'hôpital, et sa mort, deux jours plus tard, c'est pas de veine pour toi, mais, tu sais, tout le temps qu'il a vécu, il a consolé ta mère d'elle-même, et tout le temps qu'elle a été auprès de lui, elle a été profondément heureuse, tu es née d'un amour fou, un grand amour, un amour comme on n'en voit d'ordinaire que dans les films ou dans les romans, un de ces amours qui font flamber l'esprit et crépiter la chair et permettent de se dire au soir d'une vie, même si cette vie a été brève, j'ai été courageux, j'ai été lâche, j'ai souffert, j'ai fait souffrir, j'ai joui, j'ai fait jouir, j'ai connu de grandes joies et de grands chagrins, j'ai joué bien des rôles pour qu'on m'aime, puis un jour par la grâce de l'amour je me suis battu en son nom sans plus penser aux applaudissements, je n'ai pas été une marionnette, ou, si je le fus, les fils qui m'animaient m'ont conduit vers des soleils que je n'espérais pas quand j'étais enfant – et c'est peut-être cela, vivre.

Oui, lui dis-je, et c'est alors que, tournant la tête, j'aperçus dans le miroir de ce café en face du cimetière mon reflet dans sa densité de spectre, et je me rendis compte que, une fois encore, comme tous les orphelins le font, je parlais toute seule.

4

En 1996, la Hoover Institution, un *think tank* proche du Parti républicain, publiait les actes d'un colloque intitulé : « Le gouvernement peut-il sauver la famille ? » On y proposait, pour remédier au déclin du mariage, d'arrêter toute aide aux mères célibataires, de supprimer le divorce par consentement mutuel et de favoriser fiscalement les couples mariés. À cela s'ajoutait une préconisation culturelle : il fallait faire du lobbying auprès de Hollywood pour que les films et les publications continuent à valoriser l'image du mariage comme fin heureuse. Je me souviens très bien, à la même époque, d'avoir vu, dans les dîners que faisaient ma mère et mon beau-père, des femmes dont tout le monde savait qu'elles étaient trompées par leur mari, ou des maris cocus jusqu'à l'os, se loger dans la résignation, le renoncement et la méchanceté – c'était ici une façon de ne plus jamais rire aux bons mots de leur partenaire, là une manière de le rabrouer en public dès que l'occasion s'en présentait. On pouvait dire Je t'aime à sa femme tout en faisant du pied à sa maîtresse sous la table. On pouvait parler de son mari qu'on adorait à ses amies puis partir retrouver son amant.

L'intelligence ou la beauté morale ne préservaient en rien de la tromperie. Les hommes d'âge mûr étaient trompés par les jeunes femmes. Les femmes mûres étaient délaissées pour des plus jeunes. Les hommes abandonnés par une femme se remettaient trop vite en ménage et faisaient ensuite payer à celle qui les aimait le simple fait qu'elle ne soit pas l'autre. Les femmes célibataires jouaient, pour séduire les hommes mariés, la femme libre et sans enfants ; ils flanchaient ; elles se faisaient faire l'enfant tant désiré et devenaient à leur tour ce qu'elles avaient toujours abhorré : une mère de famille qui serait bientôt trompée et qui, pour se venger de cet affront, à son tour tromperait. Et la cascade des mépris s'écoulait, emportant avec elle, dans un flot de mensonges et de lâcheté, ses chiens crevés. Larmes, applaudissements, THE END.

C'était donc ça, la vie des adultes. Mais pas du tout, me dit ma mère en souriant, il faut laisser aux hommes un grand collier d'air, c'est important.

Je regardais le collier d'or accroché au cou de ma mère par mon beau-père. Je ne voyais pas bien pourquoi les hommes pouvaient bénéficier dudit « collier d'air » et pas les femmes. Ni si ma mère en bénéficiait aussi mais sans rien en dire, et à la suite de quelle transformation, ou de quelle contrepartie, elle avait décidé, elle naguère si subversive, d'avoir ce qu'elle appelait « la vie normale d'une femme normale » tout en s'en trouvant, disait-elle, heureuse.

J'avais déjà été morte plusieurs fois. Et je n'avais que vingt ans. J'étais seule au milieu du monde, comme on peut l'être à cet âge. La vie en communauté dans ce qu'elle supposait de mensonges tout comme la vie dans le mariage me répugnaient. Je ne savais que trop que le seul mariage que je trouvais beau était celui qu'avaient fait mes parents – secret, transgressif, clandestin – et que, moi-même, sous couvert de romantisme, j'étais dans l'incapacité totale de me souhaiter autre chose.

5

Toutes les femmes qui m'ont aimé s'y sont cassé les dents. Je suis trop bizarre, trop tordu, trop coûteux, m'avait-il dit après notre première nuit ensemble. J'avais ri. Paul avait traversé une bonne partie de la France, en train, puis en voiture, pour venir me conquérir dans la cabane où je m'étais cachée pour écrire. J'avais eu des dizaines de partenaires ; j'avais aimé, plusieurs fois, violemment, et je l'avais été ; je me croyais incapable d'éprouver le moindre plaisir par les voies sexuelles utilisées pour la procréation ; c'était la première fois. Six mois plus tard, Paul me proposait d'habiter avec lui. J'avais fini par accepter. Nous venions d'emménager ensemble dans l'appartement que nous avions choisi et dont nous avions très bien vu qu'une pièce pourrait y devenir une chambre d'enfant. Alors que je défaisais les cartons de la salle de bains, il m'avait dit que la conjugalité n'était finalement pas pour lui. Ce fut la seule fois où il me vit me taper la tête contre un mur. Le lendemain, penaud, il m'avait accompagnée à la gare où je devais prendre un train pour le tout premier Salon du livre auquel je participais, et nous n'avions jamais reparlé de cette crise. Les années défilèrent. Nous étions heureux. L'amour n'a rien à voir avec la vérité, m'avait dit Paul aux premiers temps de notre idylle. Et cette phrase m'avait laissée sans voix. Dès notre installation dans ce qu'il faut bien appeler tout de même une vie conjugale, un ancien petit ami, dont j'étais restée très proche, m'avait dit en nous apercevant en train de marcher tous deux dans la rue, moi trottinant toujours à sa suite pour m'efforcer d'être à sa hauteur, car il marchait bien plus vite que moi, Tu l'aimes comme jamais tu ne m'as aimé ; il te fera souffrir au moins autant que tu m'as fait souffrir. Mais, là encore, j'avais ri.

Le refus de Paul de m'épouser, après notre promenade à Orvieto, me fit l'effet d'un coup de fusil dans un concert. Les doutes s'installèrent. Ma jalousie flamba. Quand un cœur humilié cherche de quoi nourrir son tourment, il trouve. Ce furent des e-mails dans lesquels il détaillait à un ami à quel point ma conversation était vide, comme mes fesses étaient moins jolies qu'avant, comme j'étais folle ou tristement prévisible – il n'avait pas tort, mais le lire me causa une peine infinie ; des messages de femmes qui louaient la grandeur de son esprit, ici on le comparait à un chef d'orchestre, là à un sémaphore de la pensée occidentale – messages auxquels il répondait toujours chaleureusement, jamais avec grossièreté, jamais d'une manière qui prouvait qu'il me trompait, mais ce qu'il leur racontait de lui, exactement de la même façon qu'il s'était raconté à moi pour me séduire des années plus tôt, et ce qu'il disait de l'ennui que lui inspirait la vie conjugale, notre vie, à laquelle pourtant je savais qu'il tenait et à laquelle je tenais aussi, non pas parce que c'était une vie conjugale, mais parce que c'était une vie avec lui, me glaça ; des missives, enfin, dans lesquelles, alors que nous étions ensemble depuis plusieurs années déjà, il continuait à regretter le fantôme de Béatrice, la femme avec laquelle il avait vécu une histoire passionnelle, avant de découvrir qu'elle menait une double vie, qui avait commencé précisément le jour même où ils avaient emménagé tous deux. Elle avait ensuite, pendant plusieurs mois, navigué entre Paul et son rival, Jean, se sentant incapable de quitter l'un comme l'autre, jusqu'à ce que le pire arrive. Elle tomba enceinte, sans savoir de qui. Un soir où elle était chez le concurrent de Paul, elle fut prise de douleurs atroces au ventre. Un sang sombre se mit à lui couler d'entre les jambes. Elle ne dut son salut qu'au fait que son amant était médecin : il sut comment endiguer l'hémorragie. Quand Béatrice fut tirée d'affaire, Jean, celui-là même qui l'avait sauvée, lui avoua qu'il était stérile : l'enfant qui venait de mourir n'était donc pas de lui. Lorsque j'avais rencontré Paul, il m'avait montré des photographies de Béatrice nue. Comme cela arrive souvent en pareilles circonstances, je l'avais trouvée tout à fait banale. C'était donc ça, la femme qui lui avait été fatale ? Pourquoi l'avait-il si passionnément aimée ? Il y aurait eu mille raisons de l'expliquer mais toutes auraient été partielles, car en réalité on ne peut jamais dire avec certitude pourquoi un homme s'éprend violemment d'une femme au point de la préférer à toute autre même après la fin de leur histoire. Quelque temps après un voyage professionnel qu'il avait fait, alors que je cherchais dans sa trousse de toilette du paracétamol pour calmer des maux de tête, je sentis sous mes doigts l'emballage d'un préservatif. Nous en utilisions aussi. Mais ceux-là, pourquoi étaient-ils dans cette trousse-là ? Cette trousse, c'était bien celle qu'il utilisait aussi chaque fois que nous partions en voyage en amoureux ? Alors, quoi ? J'étais aux enfers. Des jours que je passais, recluse dans mon bureau, engloutie dans ma paranoïa, les lèvres scellées, il n'en percevait que les lointains éclats des insupportables crises de jalousie que je lui faisais quand soudain, après des semaines ou des mois sans lui en dire un mot, je ne pouvais plus contenir les angoisses d'abandon et les cauchemars contre lesquels je luttais en secret, et qu'il trouvait tantôt attendrissants, tantôt insupportables, sans doute toujours un peu des deux. Je finis par tomber enceinte. Au bout d'un mois et demi de grossesse, je perdis l'enfant. Dans ma détresse, je ne compris d'abord pas la froideur toute scientifique avec laquelle Paul traitait cette perte. Allongée dans ma baignoire dans laquelle je me vidais de mon sang, la douleur de Paul, Jean, et même Béatrice, cette femme que j'avais pourtant haïe d'être toujours aimée de lui, des années après leur séparation, me dévora.

6

En septembre 1987, une équipe de chercheurs du CHU de Grenoble opère un patient atteint de la maladie de Parkinson. L'homme est si profondément malade qu'il ne peut ni tenir debout, ni se déplacer sans aide, ni même saisir des objets. Le neurochirurgien qui l'opère, le Pr Alim Louis Benabid, insère une électrode réglée sur 50 Hz dans le thalamus de son patient. Il décide ce qui n'a jamais été tenté jusqu'alors : élever le niveau de la fréquence. En l'augmentant à 100 Hz, il s'aperçoit que les tremblements du patient disparaissent. C'est une révélation. Sur une vidéo, on voit un malade parkinsonien saisi de tremblements, incapable de tenir debout tout seul. La séquence suivante le montre après l'intervention, pieds nus, en peignoir, assis sur une chaise. Son stimulateur n'est pas en marche. Sa main droite tremble. Un homme en blouse blanche arrive. Il met en marche le stimulateur. En quelques dizaines de secondes, le tremblement s'arrête, le malade déplie ses membres, bouge ses jambes, remet ses mains en place, il se lève, commence à marcher tout à fait normalement et balance les bras, ce que ne font pas les parkinsoniens. Vingt-trois ans plus tard, un autre chercheur étend l'utilisation de la stimulation cérébrale profonde aux troubles obsessionnels compulsifs, ces troubles mentaux caractérisés par des pensées obsédantes et angoissantes et des rituels de vérification qui empêchent d'avoir une vie normale (se laver les mains quarante fois par jour, vérifier cinquante fois si la porte est bien fermée, plier puis déplier puis replier ses chaussettes pendant deux heures…). Au cours de l'intervention, on implante dans le cerveau, au niveau d'une zone centrale de l'encéphale, les ganglions de la base, deux électrodes. On les connecte par un câble sous-cutané à un générateur électrique placé sous la clavicule. Comme les pacemakers cardiaques, ces électrodes délivrent en continu un courant dont le patient peut lui-même modifier l'intensité de la fréquence. Une cinquantaine de patients avec des troubles obsessionnels compulsifs sévères ont déjà été traités. Si certains y virent un espoir considérable d'améliorer la vie quotidienne de millions de personnes malades, pour d'autres, il s'agissait là d'un exemple de plus du capitalisme consumériste, de la création d'êtres normés, stéréotypés, standardisés, et peut-être même des prémices d'un nouvel eugénisme – et de la possibilité, loin d'améliorer l'espèce, de s'entretuer.

Paul n'était pas associé directement à ces travaux. Mais il s'en était largement fait l'écho dans un essai critique sur le triomphe de l'esprit-cerveau et les façons dont ce que nous ne pouvons pas nous empêcher de faire ou de penser, c'est-à-dire ce qui nous obsède et nous contraint de l'intérieur, révèle le coup psychique exorbitant de nos idéaux d'autonomie et de self-control. Ce qui lui avait valu l'estime de certains chercheurs étrangers, mais la perplexité d'une partie de ses collègues français. On ne comprenait pas bien ce qu'il cherchait à démontrer ni de quoi il se réclamait. Les classifications sont pour les cadavres à la morgue ou pour les entomologistes. Je n'avais ni l'érudition de Paul ni son assurance – j'étais, en public, aussi taiseuse qu'il était volubile. Mais c'était peut-être notre commun refus d'être assignés à une seule identité qui nous avait réunis. L'homme que j'aimais et qui, je le savais car il me le prouvait chaque jour, m'aimait profondément était aussi complexe que les pantalons anglais dont il affectionnait l'excentricité. Une poche s'ouvrait sur une poche qui s'ouvrait sur une autre poche qui s'ouvrait sur le vide, et ce vide dévorait en moi le vide dont j'étais faite. La conversation d'une seule femme ne lui suffisait pas. Je n'étais que moi, c'est-à-dire pas grand-chose, et pourtant, souvent, déjà trop à supporter. Je comprenais que cela puisse l'être pour un autre. Il fallait trouver autre chose pour nourrir l'esprit de Paul, l'extirper de sa neurasthénie et le rendre heureux, mais quoi ? Mon intelligence est une malédiction, une malédiction atroce, ne souhaitez jamais une chose pareille. Je suis un monstre car toute cette érudition a été produite de façon tordue, elle est la contrepartie de ce qu'est devenu le père de ma mère, après avoir, à vingt ans, pendant la guerre, creusé des tranchées à Verdun, dans des couches de cadavres : un pétainiste, un antigaulliste, une grenouille de bénitier réactionnaire, répétait souvent Paul à ses amis. Et personne ne trouvait rien à redire à cela. Après quoi, on le voyait fuir, pendant plusieurs jours, dans les pages de livres de science-fiction où les hommes quittaient une Terre devenue inhospitalière pour errer dans les ruines à l'échelle intersidérale d'un cosmos en décomposition. Il ne me regardait plus. Il passait son temps à jouer aux échecs contre son ordinateur – et gagnait. Je le trouvais dans son bureau, littéralement tombé dans ses pensées, comme on tombe dans un deuil solitaire et désespéré dont on ne peut rien raconter à quiconque. Je tentais des choses : un thé, une danse, une blague, une proposition obscène. Rien ne fonctionnait. Je faisais mine de vaquer à mes occupations. Mais je restais, tapie dans le couloir, à guetter ses soupirs ou son pas, sans penser à rien d'autre que son chagrin, dont je ne connaissais pas la cause, mais dont je cherchais sans répit à le délivrer. Quand j'avais lu son courrier, rempli d'une ambivalence dont j'ignorais qu'il était capable, un gouffre s'était ouvert sous mes pieds. J'avais passé les jours suivants couchée, et muette, sans plus pouvoir mettre en scène les gestes élémentaires de la vie conjugale. Il ne savait pas que je savais. Il croyait que c'était ma fausse couche qui m'avait épuisée.

Pendant les cinq années qui suivirent, je ne lui en dis rien. Un jour, il était presque 18 heures, je rentrais du square, mal fagotée, voûtée par la fatigue, avec notre fille, quand, alors que je m'apprêtais à ouvrir la porte, je vis, sortant de chez moi, un paquet d'os enveloppé dans un jean. Sa blonde propriétaire m'ignora, jeta un instant un œil à notre fille, un sourire narquois resta en suspens sur ses lèvres, et l'ascenseur l'avala. Debout sur le pas de la porte, Paul regardait encore le sillage laissé par le cul minuscule de cette fille. Ah, lança-t-il soudain, ça faisait longtemps que je n'avais pas travaillé avec une collègue aussi jolie. La scène me pénétra si effroyablement que debout sur le palier, notre fille à la main, je sentis ma tête se désolidariser de mon corps. Six heures plus tard, Paul me trouva dans le salon, engoncée dans ma carapace de silence, toutes lumières éteintes. Il s'assit près de moi et chercha à dégager un sein de mon chemisier – ce que d'ordinaire il ne faisait jamais. Mais qu'est-ce que tu as, chérie ? Je finis par lui faire une scène épouvantable. D'horribles choses me sortirent de la bouche. Tout y passa. La collègue. Elle. Et d'autres, j'en étais certaine. Et ses e-mails. Tous ses e-mails lus il y a cinq ans. Il en fut meurtri. Je lui dis que je comprenais que la vie avec moi puisse être pénible et compliquée et que je ne lui en voulais de rien. Il quitta l'appartement en claquant la porte. Il revint, une heure plus tard, se coucher contre moi. Il bandait. Il me serra dans ses bras. Il posa sa main sur l'os de ma hanche et se mit à se frotter contre mes fesses, puis à glisser un doigt dans mon sexe, en me disant que j'étais épouvantable et merveilleuse, une calamité, parce que j'étais obsédée par la vérité et que c'était insupportable de vivre avec quelqu'un qui ne préservait jamais les illusions nécessaires à la vie de couple, mais que c'était pour cette raison-là, peut-être, qu'il m'aimait, tout de même, ou plutôt qu'il ne savait pas très bien pourquoi il m'aimait et que c'était bien pour ça qu'il m'aimait, ou encore que j'allais avoir quarante ans, que j'étais invivable, mais qu'il ne connaissait rien de mieux que ma bonne petite chatte toujours mouillée et mon bon cul toujours prêt à se faire fourrer, et je continuai à l'écouter, le dos tourné, mutique, les yeux grands ouverts vers le mur de notre chambre. Lorsque, me retournant vers lui avec l'intention parfaitement déterminée de lui arracher la queue et la langue, je vis son sexe, large et tordu, planté dans le buisson brun de ses poils, je lui dis Encule-moi, comme on dit Je t'aime. Et pendant qu'il le faisait, je repensai à la première lettre d'amour qu'il m'avait envoyée des années plus tôt, après notre premier week-end – « J'ai le sentiment qu'il ne faut pas trop penser à ce que nous sommes l'un pour l'autre en ce moment, mais l'éprouver d'abord. Nous avons tant d'idées préconçues et inutiles sur nos identités supposées profondes que nous nous ferions plus de mal que de bien à vouloir en imposer le filtre et les avertissements solennels à l'autre, alors que, pour ma part du moins, j'aime être pris à revers, investi par des portes que je ne me connaissais pas, et conquis par surprise. J'ai tellement aimé te prendre comme je t'ai prise, cela m'a tellement troublé et touché de te sentir venir et jouir dans mes bras, de te pénétrer enfin profondément et complètement, d'être dans le danger de ne plus me retenir, entre tes mains et porté par ton envie, que je n'arrive pas vraiment à y voir quoi que ce soit qui puisse tourner au désagréable. Je trouve à mon tour cela un peu fou, oui. Comme toi, je ne comprends pas bien. Bon, c'est comme d'habitude, on ne saura jamais, l'amour n'est vraiment l'amour qu'entre la carpe et le lapin. Je ne peux pas me sentir inquiet quand je me souviens de tes yeux verts attendris, émus, presque pleurants, fichés dans les miens, quand je songe à ta main sur mon cou ou ma cuisse. Tu es tellement belle. J'aurais fait durer des années ce 69 dont je ne me remets toujours pas (je bande incoerciblement rien que d'y penser). J'aime tellement te pénétrer, te sentir bouleversée, incrédule, offerte comme jamais, que je ne parviens pas à jouir dans ta bouche, alors que je suis fou de cette sensation. Je pense à toi, un peu lasse, le menton dans la main, un de ces magazines insipides que tu aimes lire quand la douleur d'avoir à être se fait trop forte posé sur les genoux. Je te vois différemment, sans tâtonner pour voir si je t'idéalise toujours, si tu ne t'es pas évanouie dans la banalité avec un changement de lumière, si cette nouvelle mimique me plaît autant que la précédente, non, apparemment, tu existes comme tu existes, c'est bien toi, je te sens là, source de désirs et de paroles, d'attentions imprévisibles, de gestes dont la douceur me ravit encore davantage, et nulle habitude ne te défait à mon horizon. Je suis aussi très réjoui et je souris d'avance à l'idée de la connaissance supplémentaire inouïe que je vais acquérir en te voyant petit-déjeuner dans toute la splendeur des détails, te coucher fatiguée, ou donner des coups de fil et te préparer du thé. Je suppose que j'aime goûter l'inépuisable légèreté de ce qu'on ne connaît pas de l'autre, et qui reste en fait inconnaissable. L'amour a tellement peu à voir avec se connaître, de toute manière. En revanche, je lui trouve une profonde parenté avec se déguster, alors viendras-tu quelque temps chez moi ? » Il me retourna sur le dos. Mes jambes s'accrochèrent à ses épaules. Il continua de m'enculer dans cette position. Je sentis une vague immense monter en moi. Puis la vague devint paysage de savane, au milieu duquel un soleil orangé grossit, enfla, se déchira, explosa, puis tomba à mes pieds. Alors, je me mis à pleurer dans sa nuque.

Et quand Paul ressortit de la salle de bains, l'orage n'était plus dans sa voix, l'éclair s'était dissipé de son visage, et il s'exclama en souriant Oh, c'était vraiment bon, j'en avais besoin, alors je lui dis, en souriant également, très calmement, Il est 3 heures du matin, je pars à Vienne dans deux jours visiter le musée Freud et ce centre d'accueil pour réfugiés et je n'ai encore rien préparé, dormons.

7

Il faisait une chaleur déconcertante pour un mois de février. Des fissures s'étaient formées dans la banquise antarctique. Sur l'île Marion, des scientifiques avaient vu des otaries à fourrure copuler avec des manchots – certaines otaries, après avoir pénétré les manchots, les avaient même tués puis mangés. On avait enregistré des températures nettement au-dessus des normales saisonnières dans toute l'Europe – plus tard, on dirait que l'année 2016 avait été l'année la plus chaude jamais enregistrée sur la planète tant pour la température mesurée sur les continents que pour les océans. J'avais trois articles à rendre. J'en avais terminé deux. Le dernier me donnait du fil à retordre. Nous étions en vacances en Italie pour quelques jours chez les Popesco. J'avais passé la journée à écrire. Ou, du moins, c'est ce que j'avais prétendu faire, ce jour-là encore (en réalité, j'avais passé de longues heures à dialoguer avec Richard sur Internet). Nathalie Popesco avait acheté pour ses enfants et ma fille des cartes postales d'une exposition du musée Rodin qu'elle avait vue, oh mon Dieu, le même jour que Richard et moi, mais deux heures plus tard. Enfermée dans la chambre, en train d'écrire à Richard pour lui raconter ce détail, j'eus soudain envie de lui envoyer une photo de moi enfant. Debout sur une souche, dans une forêt, une épée de bois à la main, je fixe le lointain. Tu n'as pas changé, m'avait écrit Richard. Tu plaisantes. Mais non, quand je te tiens toute nue dans mes bras c'est ainsi que je te vois, toute pure et vaillante, viens me retrouver dès que tu rentres de ces fichues vacances, j'ai soif de toi comme un mourant. J'avais refermé mon ordinateur. J'avais enfoui ma tête dans mon bras et j'avais couru, la bouche pleine d'un feu pâle, jusqu'à la forêt qui n'avait plus de réalité qu'au fond de moi. Quand j'étais arrivée dans le jardin, pieds nus, chacun avait déjà mis la table, et, juchée sur des escarpins vertigineux, Nathalie Popesco, cheveux mouillés parfaitement plaqués en arrière sur sa nuque éternellement bronzée, était en train de montrer aux enfants comment faire des origamis. Paul la regardait, admiratif. Et ma joie reflua. L'horreur que m'inspira ce que je vis dans les yeux de mon compagnon lorsqu'il s'écria, attendri, Regarde, c'est formidable, tout ce que Nathalie a fait pour les enfants !, et le petit couinement qu'elle poussa pour accueillir son compliment me glacèrent. Des paquets de nuages crevèrent dans ma tête. Je pleurai à l'intérieur mais personne ne le vit. Mon esprit se retrancha plusieurs dizaines d'années en arrière et, simultanément, dans les bras de Richard, pour n'en plus bouger. De là où je me trouvais, tout ce que j'avais créé avec Paul, tout ce qui, au fil des jours, avait façonné notre vie commune, toute cette fausse sagesse profane que, comme tous les couples, nous avions accumulée, année après année, pour nous aider à vivre ensemble, sembla se défaire sous mes yeux, tel un origami dont jamais je n'arriverais à maîtriser les pliages.

Plus tard, j'ai parfois pensé que si je n'avais pas trouvé de préservatif dans sa trousse de toilette, si j'avais eu l'intelligence de garder mon chagrin pour moi en me servant de ce que je savais pour ajuster ma conduite, si Paul avait accepté ma demande en mariage, si j'avais eu la tête et le cœur assez solides pour surmonter l'angoisse qu'il me causait d'exister comme il existait, rien de ce qui va suivre ne serait arrivé. Mais en réalité, même si Paul ne m'avait pas blessée, même si le lieu de l'amour n'était pas aussi devenu, pour nous, du fait de ces mille petites humiliations qui, jour après jour, empoisonnent le quotidien, le lieu de l'enfer, il est probable que rien ni personne n'aurait pu me tenir éloignée de Richard.

C'est quand Valentin, quatre ans et demi, raconta qu'il avait, la nuit précédente, rêvé qu'il marchait dans le brouillard et que son père, Petru Popesco, lui demanda, alors que nous étions tous à table en train d'attendre le risotto à la truffe et à la fleur de courgette que Paul cuisinait, mais dont le riz mettait un temps infini à absorber le bouillon, si ce brouillard était plutôt fin ou plutôt épais, et que l'enfant lui répondit, Ben c'était juste un brouillard, et que le père, insistant, lui répéta, Allons, mon garçon, tu ne veux pas partager avec nous tes pensées ?, que je me dis, assise sur la même chaise en plastique, ajourée, blanche, que celle sur laquelle j'étais déjà assise, l'année dernière, à la même époque, que, une fois encore, ç'avait été une erreur magistrale que d'accepter l'invitation des Popesco. Pendant des années, j'avais expliqué, dans des articles, dans des notes de lecture, pourquoi le prestige scientifique, intellectuel, clinique et thérapeutique de la psychanalyse s'était irrémédiablement étiolé. Pendant des années, j'avais pleuré de rage en racontant comment, à l'université où j'avais moi-même repris des études de psychologie au tournant du siècle, parce que, moi aussi, j'avais été sauvée d'un moment d'effondrement par la psychanalyse, et qu'à ce titre, à mon tour, moi aussi, je voulais en aider d'autres à aller mieux, on nous enseignait, dans un fascinant mélange de suffisance et d'ignorance mais aussi de haute culture, que l'autisme était bien une psychose résultant d'une mauvaise relation avec la mère et que donc, si tel enfant était autiste, c'était parce que très probablement sa mère était trop froide, ou n'avait pas bien su le porter en lui soutenant la nuque de la façon appropriée, au mépris de toutes les études savantes qui, à l'époque déjà, avaient très clairement identifié des mutations sur des gènes impliqués dans les communications entre cellules nerveuses et montré que les troubles du spectre autistique avaient une composante génétique et que des hormones comme la mélatonine et l'ocytocine y jouaient un rôle non négligeable. Pendant des années, j'avais vilipendé ces psychanalystes qui, au moment des débats sur le mariage pour tous, avaient assimilé l'homoparentalité à « la fin de la civilisation humaine ». Pendant des années, j'avais écrit des articles qui m'avaient valu des lettres de louanges comme d'insultes, pour raconter ce qui se passait dans certaines sociétés de psychanalystes et comment des individus entrés en analyse pour se défaire de certaines aliénations familiales, dont je ne savais que trop la réalité, l'abjection et la douleur, se retrouvaient ensuite, à coups de retranscriptions de séminaires et de photocopies à faire le dimanche, petits esclaves de plus petits petits-maîtres encore, espérant qu'un jour on leur adresserait peut-être quelques patients, pensai-je sur ma chaise en plastique, ajourée, blanche, et voilà que j'avais accepté sans hésiter de me rendre, une fois de plus, dans le « lieu de villégiature » des Popesco, comme les Popesco appellent la maison d'Italie où ils passent leurs vacances, où j'étais sur la même chaise en plastique, ajourée, blanche, que celle sur laquelle j'étais assise, déjà, l'année dernière, à la même époque, en train de ruminer un consternant pastiche *Des arbres à abattre* de Thomas Bernhard.

J'avais faim. Je voulais manger. J'étais lâche. J'étais tombée dans le piège social dont parle Bernhard, et, quoi que nous en disions, quelles que soient les histoires qu'on se raconte pour se persuader que si la vie en société est insupportable, la solitude l'est tout autant, tout piège social nous oblige à partir en vacances de ce que nous sommes réellement, à étouffer la partie la plus pure de nous-mêmes, à nous exterminer, jusqu'à n'être plus que les ventriloques de nos vies prétendument autonomes et prétendument réelles. Et c'est parce que j'avais dit oui, oui à ce piège, qu'à présent je brûlais dans l'enfer du lacanisme rive gauche dans ce qu'il a de plus condescendant et de plus ignoble, et que j'étais condamnée à écouter, avec la plus extrême courtoisie, ce que les Popesco avaient à dire sur le rêve du plus jeune de leurs fils, sur Bach ou sur Raphaël, alors que l'idée même d'aller « faire les courses », « laver la vaisselle », « faire une visite culturelle » avec ces gens, leur façon d'exhiber, à tout bout de champ, quelque chose de leur intimité sexuelle, leur manière abjecte d'appréhender la question des hétéronymes chez Pessoa comme relevant d'un simple délire et le témoignage irréfutable de ce que Popesco nommait, sans rire, forclusion du nom du père, en ignorant totalement qu'il s'agissait chez Pessoa, bien davantage, d'un jeu permettant de circuler librement entre plusieurs identités sans s'y retrouver coincé (fait, pour moi, d'une importance tellement vitale), leur façon insupportable de prononcer « phallus », « interprétation de Bach » ou « fresques de Raphaël » me donnaient envie de les équarrir à l'économe, puis de détaler, ventre à terre, à quatre pattes, dans les bois, finir ma vie, à l'ombre d'un grand arbre, la truffe pleine de terre, à ronger des racines.

Le risotto à la fleur de courgette et à la truffe n'arrivant toujours pas, le benjamin des Popesco ne sachant toujours pas si son brouillard était fin ou épais, ses frères aînés se disputant une tranche de pâté sous le regard outré de ma fille, levant vers le ciel des yeux désolés, il fut décidé, avec le retour de Paul qui nous informa qu'il faudrait encore attendre une vingtaine de minutes, que les enfants pourraient aller jouer dans un coin du jardin, ce qu'ils firent, sans se faire prier, puis, j'ignore encore pourquoi, sans transition aucune, Petru Popesco dit très fort, comme s'il faisait un de ces séminaires devant deux cents personnes qui constituent le prolongement grotesque du séminaire, l'aboli et l'absolument perdu, celui de Lacan, Georges Bataille n'avait-il pas intuitionné précisément ce que Freud dit du don chez la femme et du rapport sexuel ? Ce qui, par ricochet, fit rebondir la conversation sur Sylvia Maklès, qui avait été successivement la femme de Bataille puis celle de Lacan, pour rebondir ensuite sur la vie sexuelle de Lacan, dont Paul raconta qu'on lui avait raconté un jour, en Belgique, que, la veille du jour où il devait faire une conférence à Louvain, Lacan s'était rendu dans un bordel d'Anvers et qu'on l'avait retrouvé debout sur un lit, avec la fille (les filles) qu'il avait baisée(s), désemparée(s) ou rigolarde(s), gueulant Je suis le Dr Lacan et je ne paierai pas, pour rebondir encore sur Laurence Bataille, qui avait été la maîtresse de Balthus, très jeune, et son modèle, et tout cela encouragé par Lacan, le beau-père de Laurence, et par Sylvia, sa mère, qui avaient dit, racontait dans un livre une analyste qui avait été la compagne de Lacan, que la jeune Laurence aurait été bien bête de ne pas tomber dans les bras du grand homme, oui, bien bête, ce à quoi Paul, qui en profita aussi pour nous signaler que le risotto serait maintenant prêt dans une dizaine de minutes, répondit simplement, avec un sourire doux et rêveur, Être aimée d'un génie comme Balthus, oui, malgré tout, cela devait être une belle vie, avant de se lever et de repartir dans la cuisine. Et je me disais, assise sur ma chaise en plastique, ajourée, blanche, Les Popesco sont la quintessence de tout ce que tu exècres, les Popesco se vautrent dans leur suffisance et leur béatitude, c'est une profanation, oui, une profanation de tout ce que tu as pu constater de l'engagement de ces psys que tu as vus à Vienne travailler auprès des enfants réfugiés, ou bien à Paris dans ces services hospitaliers où tu les as vus soigner, oui soigner, des schizophrènes ou des mélancoliques avec un dévouement et une abnégation qui forçaient ton respect, une profanation infecte, ignoble, infâme du dévouement de cet ami qui pratique à la campagne, reçoit des patients pour dix euros ou en échange d'un déjeuner, et qui, une fois, est allé faire une séance à domicile avec un agriculteur qui avait, posé sur la chaise à côté de lui, un fusil chargé, tu sais très bien que la psychanalyse est une grande aventure individuelle, morale et existentielle, tu sais très bien que c'est grâce à la psychanalyse que tu as pu aimer et travailler, mais tu sais très bien aussi que c'est à cause de gens comme les Popesco que la psychanalyse est aujourd'hui nulle, arrêtée, prostituée, disqualifiée, ridiculisée, déconsidérée, parodiée, ou que tu n'as pas voulu rentrer dans une société de psychanalyse, pas voulu te faire la petite esclave de petits-maîtres et qu'alors que tu étais major de promotion à l'université, tu n'as même pas trouvé de travail en institution et que cela te fait une peine infinie, et te rend jalouse, tellement jalouse de Nathalie et Petru Popesco, et pourtant, tu leur as dit que tu étais ravie de passer ces vacances avec eux, dans leur lieu de villégiature, comme les Popesco appellent la maison où ils passent leurs vacances, et tu le leur as dit, tu leur as dit Je me réjouis de passer les vacances de février dans votre lieu de villégiature, avec ta petite voix gentille, ta petite voix qui n'est pas une voix, ta petite voix de fantôme, ta petite voix que personne n'entend, pas même Paul, qui se moque de toi, chaque fois que tu essaies d'être une maman autoritaire avec ta fille, oui, tu leur as dit Je me réjouis de passer les vacances de février dans votre lieu de villégiature, et tout ça parce que tu as honte, tellement honte, de faire le mal que tu fais, en lui trouvant toutes les apparences du bien, même si tu aimes Paul, même si Paul te fait jouir, que tu ne peux plus te regarder dans la glace. Et c'était donc aussi l'orgueil d'un esprit voulant masquer sa chute qui m'avait fait accepter cette invitation, me dis-je, sur ma chaise en plastique, ajourée, blanche, pendant que Petru Popesco, toujours crispé sur l'histoire de Balthus et Laurence Bataille, s'interrogeait sur ce que la liberté avec laquelle Lacan avait encouragé Laurence à devenir la maîtresse de Balthus pouvait bien indiquer de la vie sexuelle de Lacan, répétant, tout en tripotant avec sa fourchette des lambeaux de mozzarella, Je me demande bien comment Lacan baisait, et, en somme, de quelle façon il s'entendait à faire jouir une femme, c'est-à-dire, dit-il en scandant cha-que syl-la-be de sa phra-se, si ces développements extrêmement profonds sur la perversion ne témoignaient pas, au-delà d'intuitions cliniques géniales, d'un vécu très personnel, d'une façon de, si je puis dire, pour reprendre Lacan, cliver, et vous, qu'en pensez-vous ? demanda-t-il, se tournant vers moi, et moi, bien que connaissant par cœur le travail de Balthus, pour tout un tas de raisons dont les Popesco ni qui que ce soit, pas même Paul, ne savaient rien, mais aussi Bataille, que j'avais lu à seize ans, la nuit, éblouie, terrifiée, cœur battant, je ne répondis rien, puis finalement, comme on me pressait de questions et que le risotto n'arrivait toujours pas, je dis simplement que de tout cela, précisément, il n'y avait rien à dire, ce qui déclencha le courroux de Petru Popesco qui dit alors, en scandant toujours cha-que syl-la-be de sa phra-se, Mais tout de même, si on pense à Laure, la Laure de Bataille, il y a, comme dirait Lacan, dit Popesco, il y a des femmes chez qui les ardeurs maudites défont le visage, dit-il en me regardant soudain, sur ma chaise en plastique, ajourée, blanche, des ardeurs maudites qui leur font au coin des yeux de vilaines ombres noires, et ces ombres ne sont-elles pas la trace in-du-bi-ta-ble d'une perversion, d'une père-version, tournée vers le père, donc ? À ce moment-là, la femme de Popesco, qui jusqu'à présent avait gardé sa vapoteuse entre les dents, dont elle mordillait le bout avec avidité, attendant, comme nous tous, le risotto de Paul qui ne venait pas, le bouillon continuant, interminablement, à bouillonner, bascula la tête en arrière, recracha la fumée de son engin passablement obscène, en battant des cils, puis coassa quelque chose sur « le phallus », « le rapport sexuel » et « la spécificité de la jouissance féminine », jouissance spécifiquement féminine qui, disait-elle, disait Lacan, était plus étendue, car pas toute phallique, pas toute phallique, disait Lacan, répétait-elle, tétant à nouveau sa vapoteuse un instant, mais aussi, comme disait Lacan, ajouta-t-elle en recrachant un peu de fumée par les naseaux, la question d'être homme ou femme n'étant pas une question d'anatomie mais de discours, la réponse de ce qu'on doit faire comme homme ou femme, c'est bien du langage qu'on la tire, dit Lacan, dit-elle, rappelant que c'était d'ailleurs à quelques dizaines de kilomètres de là que Lacan avait prononcé à Rome, pour la première fois, ce mot fameux : « La femme n'existe pas », qui avait, comme chacun sait, fait scandale, disait d'ailleurs Lacan lui-même, dit-elle, et là encore je ne dis rien, car tout ce que je savais, c'est que j'avais terriblement faim et que, décidément, ç'avait été une erreur magistrale d'accepter l'invitation des Popesco, mais Nathalie Popesco continuait à répéter sans cesse les mots « jouissance féminine » et « jouissance Autre », en faisant entendre, oui, entendre, la majuscule, de cette même voix voilée par la cigarette que pourtant naguère, quand nous étions étudiantes et toutes deux à l'université, j'avais trouvée jolie, voire, si je veux être tout à fait honnête, sensuelle, et que, à l'époque, j'aimais écouter avec une joie certaine, d'autant que les exposés que nous faisions ensemble étaient toujours très bien notés, en particulier celui que nous avions fait sur *Le Malaise dans la culture* de Freud, car nous nous complétions fort bien, ce qui m'intéressait, c'était de travailler plus spécifiquement la question de la mélancolie et du délire des négations dans le syndrome de Cotard, ce qu'elle voulait, elle, c'était se cultiver et contribuer à faire mieux connaître Lacan dans une université encore tenue à l'époque par des freudiens, cette voix qui, donc à présent, me donnait tout simplement envie de l'attraper par les cheveux et de lui racler les dents puis de lui éclater la tête contre le muret du fond du jardin de leur lieu de villégiature, comme les Popesco appellent la maison en Italie où ils passent leurs vacances, ce que je ne fis pas, peut-être aussi, en souvenir du passage du *Malaise dans la culture* sur les pulsions agressives et leur sublimation dans le travail, sur lequel nous avions naguère pris beaucoup de plaisir à travailler ensemble. J'avais atrocement faim. Il me vint alors à l'esprit qu'un autre m'observant en train d'observer les Popesco pourrait me décrire avec tout autant de cruauté, que j'étais moi aussi un personnage de cette comédie, et que j'incarnais, pour d'autres, un certain type social, tout aussi abject et pathétique que l'étaient pour moi les Popesco. Car on est toujours l'abruti d'un autre. Et je me souvins alors que le soir où j'avais emmené ma mère au théâtre voir *Des arbres à abattre*, mis en scène par Krystian Lupa, parce qu'elle se plaignait de ne rien savoir de moi, et qu'un jour je l'avais appelée, disant Je t'emmène ce soir au théâtre entendre un de mes textes préférés, il montre vraiment quelque chose de ce que je suis, elle avait accepté avec joie, et je l'avais retrouvée devant le théâtre de la Colline, endimanchée comme pour un vaudeville avec Pierre Arditi et Évelyne Bouix au Théâtre Édouard-VII, et au bout de deux heures, au beau milieu du monologue de l'acteur qui jouait le narrateur, prisonnier d'un dîner artistique auquel il n'avait pas envie d'assister, ma mère avait dit, à HAUTE VOIX, Il se prend pas un peu la tête, dans son fauteuil à oreilles ?, et un instant, le comédien sur scène avait cessé de parler, regardant, perplexe, depuis son fauteuil à oreilles, vers le noir de la salle d'où la voix sortait, puis avait continué, comme si de rien n'était, à dire que *ç'avait été une erreur magistrale d'accepter l'invitation des Auersberger*, et moi, j'avais eu envie de ramper jusqu'à la trappe la plus proche, pour disparaître dans le plus petit des plus petits trous de souris de l'univers, mais mon voisin de gauche, à la sortie du théâtre, nous avait alpaguées, C'est votre mère ?, et j'avais marmonné Si l'on s'en tient à certains présupposés de la génétique moderne, je crois bien que oui, et il avait répondu, posant la main sur son épaule, Fabuleux, c'était fabuleux, cette saillie, en plein milieu du texte de Bernhard, on aurait dit que vous faisiez partie de la pièce, c'est complètement radical, Bernhard aurait adoré, Lupa aurait adoré. En tout cas, moi, j'adore. Je peux prendre un selfie avec votre maman ? Voilà, super. Madame, je vous embrasse, je suis votre obligé et vous êtes mon idole. Et j'avais regardé cet homme redescendre la rue, puis ma mère, immobile sur le trottoir, soudain si frêle et si petite, dans son imperméable dont elle tenait le col, l'autre main agrippée à son sac, songeant que c'était moi l'abrutie, bouffie d'arrogance, et non pas elle, et que tout ce que nous entreprenons au cours de notre existence, tous les barrages psychiques que nous mettons en place pour nous garder de la médiocrité sont souvent, précisément, ce qui, à notre corps défendant, nous fait devenir atrocement médiocres, médiocres au carré, médiocrement médiocres. À ce point de mes réflexions, je vis Petru Popesco ressortir l'exemplaire d'*Ulysse* de Joyce, qu'il gardait toujours dans la poche arrière de son bermuda, le titre du livre et le nom de l'auteur dépassant très lisiblement, et d'ailleurs, au cas où nous ne nous en serions pas rendu compte, il nous avait annoncé, dès que nous étions arrivés sur leur lieu de villégiature, ainsi que les Popesco disent, pour parler de la maison où ils passent leurs vacances, En ce moment, je relis tout Joyce, exemplaire qui ne le quittait donc pas, où que nous allions, quoi que nous fassions, ce qui, somme toute, était assez pratique, notamment à Arezzo où Paul, notre fille et moi avions retrouvé les enfants Popesco dans une rue parallèle à la grand-place, car ils avaient perdu leurs parents et étaient venus vers nous, pleurant, et où, les prenant par la main, j'étais partie, inquiète, à leur recherche, jusqu'à ce que, dans la foule, je reconnaisse Petru Popesco, de dos, achetant une glace, à son exemplaire d'*Ulysse* qui dépassait de sa poche de bermuda, lui, donc, sortant à nouveau, pendant ce dîner, son exemplaire d'*Ulysse* de sa poche et lisant à haute voix, « Et comme il m'a embrassée sous le mur mauresque je me suis dit après tout aussi bien lui qu'un autre et alors je lui ai demandé avec les yeux de demander encore oui et alors il m'a demandé si je voulais oui dire oui ma fleur de la montagne et d'abord je lui ai mis mes bras autour de lui oui et je l'ai attiré sur moi pour qu'il sente mes seins tout parfumés oui et son cœur battait comme fou et oui j'ai dit oui je veux bien Oui », puis disant, après une respiration, comme dirait Lacan, ce monologue de Molly Bloom ne noue-t-il pas des questions cruciales sur l'énigme de la femme, de la vérité, de l'inconscient, et de la fin de la littérature, car, enfin, à quoi dit-elle Oui, dit-il, dit-elle Oui à un autre, à l'Autre primordial, ou bien, dit-il, dit-elle oui à rien et donc à tout, dit-il, et à ce moment-là Paul arriva, portant sur un plateau le risotto fumant, demandant Où en étiez-vous ?, et quand, après avoir servi les enfants, qui étaient revenus ventre à terre à table, il dit, me regardant, Et toi en veux-tu ?, je lui dis Oui, je veux bien Oui, cela, évidemment, ne fit pas du tout rire les Popesco, alors, de tout le repas, je ne dis rien d'autre.

Après le repas, les enfants jouèrent devant nous une pièce de théâtre, qu'ils avaient inventée le matin même et dont ils voulaient nous faire la surprise. Il était question de chevaliers, de princesse dans une tour, de lion et d'honneur bafoué. Ils couraient, criaient, se jetaient aux pieds les uns des autres. Tout n'était que Je ne te pardonnerai jamais, Tu m'as trahi, Ce n'est pas toi que j'aime c'est ton frère, mais il y en a plein d'autres qui m'aiment. Avec des pousses de bambou, des plumes d'oiseaux, des fleurs, et une sauterelle desséchée trouvées dans le jardin, ils s'étaient fabriqué un attirail improbable, un autre monde, une autre scène sans doute dans laquelle ils jouaient à ce qu'est s'aimer, se haïr ou pardonner, avec une radicalité, une intransigeance qui n'étaient pas encore complètement abîmées par les blessures qu'inflige la vie sociale, et que je leur enviais mortellement. Les jeunes enfants, eux, n'ont pas les répugnants moyens du langage pour expliquer à autrui les mouvements de leur cœur. La façon dont ils mettaient en scène ce qu'ils recevaient du monde des adultes, l'entièreté avec laquelle ils doublaient dans leur scène à eux ce qu'ils comprenaient des façons que nous avions de nous accorder entre amis, entre couples, et au sein d'un même couple, ce qu'ils laissaient entendre aussi des amours comme des chagrins qui leur oppressaient le cœur, et dont ils ne parleraient jamais aux adultes, chacun des deux mondes, celui des enfants comme celui des adultes, restant, pour partie, à jamais énigmatique et opaque à l'autre, me tirèrent des larmes. Un chat, attiré par l'odeur du risotto dont le plat, vide, trônait encore sur la table, se mit à le lécher. Brusquement, je vis Popesco se lever et littéralement aboyer sur lui, avec un réalisme si stupéfiant que je ne pus m'empêcher de lui demander, d'une voix doucereuse, où il avait si bien appris à faire le chien.

Les enfants rangés devant la télévision, il alluma sa cigarette et se mit à parler, enfin, à parler enfin. C'était, disait-il, en Roumanie, à la fin des années 1960, j'étais petit garçon, je vivais dans une des tours d'une résidence en perpétuelle construction, au milieu de laquelle se trouvait un grand trou – c'était l'emplacement à venir d'une dalle, dont les travaux n'avaient jamais été terminés. Dès que ma mère avait le dos tourné, je partais jouer dans ce trou avec d'autres enfants. Il y avait ce garçon, Igor, qui torturait les chiens. Il y avait beaucoup de chiens errants en Roumanie, vraiment beaucoup… Igor avait inventé tout un système démoniaque pour appâter les chiens dans le trou, avec de la nourriture qu'il volait chez lui. Dès qu'un chien avait le malheur de passer par là, on devait se jeter sur lui et lui passer une corde autour du cou. On était six ou sept, les chiens ne pouvaient pas lutter. Quand on en avait attrapé un, on allait jusqu'à la forêt. Là, Igor saisissait le chien et le pendait à un arbre, avec la corde. Un autre garçon arrivait, avec un couteau, il l'éventrait et le dépeçait vivant. À chaque fois que c'est arrivé, et c'est arrivé tellement de fois que maintenant encore j'ai une sorte de vigilance de l'ouïe qui me rend insupportable toute amorce de hurlement animal, je suis resté là, pétrifié, incapable de crier, incapable de sauver le chien, incapable de dire aux autres d'arrêter, incapable de refuser les bonbons qu'on partageait après ensemble, incapable de m'enfuir. Et je regardais cet homme dont la voix, au fur et à mesure qu'il parlait, s'était faite moins grave, de moins en moins affectée, pour devenir tout à coup très nue, très pure, percluse de honte, sur ma chaise en plastique, ajourée, blanche, pensant à ce que le petit garçon qu'il avait été avait dû endurer de terreurs et d'humiliations, comment il avait lutté, année après année, de toutes ses forces, pour vivre dans cette dictature débile et débilitante, puis comment, dans des circonstances qu'il ne racontait jamais, il avait fui la Roumanie et la maison de ses parents, où il n'était jamais retourné, même après leur mort, pour s'installer en France, dans une langue qu'il avait appris à conquérir, et dont à présent il connaissait toutes les subtilités jusqu'à la caricature, songeant qu'on ne se remet jamais de son enfance. On apprend simplement, sur fond de brume et de brouillard, dans la vie partagée avec d'autres, à faire semblant de la laisser non pas de côté, non, sur un bas-côté, comme ces chiens atrocement éventrés dont on attend du ciel, de la pluie et du gel qu'ils les décomposent sans vous poser de question.

Un éclair froissa le ciel comme les mains d'un enfant détruisent une boulette de papier. J'avais trop mangé. Richard me manquait éperdument. Je voulais dormir. Nos enfants regardaient toujours un film, dans la maison. Petru Popesco avait débarrassé les assiettes à dessert. Nathalie Popesco avait apporté le café. Paul avait demandé que le silence soit fait. Il s'était levé. Il avait sorti de sa poche un écrin dans lequel se trouvait une bague en or avec, en ses extrémités, deux têtes de serpents, qui, soudain enroulés autour de mon doigt, semblèrent prêts à se mordre. Ça n'était certainement pas une bague de mariage. C'était, avait-il dit devant nos amis, un témoignage de son amour, de la joie qu'il éprouvait à me voir rencontrer enfin une certaine reconnaissance avec mes écrits, un remerciement pour les stripteases que je faisais pour lui dans ce club où nous allions parfois nous encanailler tous deux et qui rendaient son quotidien moins gris, moins bureaucratique, au point de lui donner envie d'écrire différemment et de risquer, sur le plan intellectuel, de nouvelles choses.

Je sentis mon corps se vider de son sang. Leurs visages éclairés par la lueur des bougies, les enfants, en déguisements de princesse, de dinosaure et de clown, qui venaient de faire irruption dans le jardin, me regardaient en silence. Nos amis prirent ça pour de l'émotion. C'est beau, chuchota Nathalie Popesco. À la manière que ma bouche eut de se froncer, malgré moi, Paul comprit que quelque chose n'allait pas. Il me prit la main. Elle était glacée. Il chercha à m'embrasser. Je me vis malgré moi reculer. Les invités eurent un petit rire gêné. Je m'entendis dire du bout des lèvres que j'étais émue, que j'avais besoin d'aller me rafraîchir quelques instants. Ils hochèrent tous la tête, en signe d'approbation, sans toutefois me regarder franchement. Je partis m'enfermer dans la salle de bains. Assise sur la cuvette des toilettes, je vis le couperet d'une guillotine danser au-dessus de mon front. Voici sonné le glas de ma condamnation. Tout est fini. On vint toquer à la porte.

– Tout va bien ?

– Oui, oui, juste un petit vertige, j'arrive.

Après ce qui me parut quelques minutes, je revins dans le jardin. Les Popesco s'étaient éclipsés.

– Où sont-ils ?

– Partis se coucher depuis deux heures, me dit Paul, dans la cuisine, aussi livide que l'assiette qu'il continuait obstinément à nettoyer.

Il se servit du vin – il n'en buvait jamais – et avala une longue gorgée.

– J'ai couché la petite aussi.

Je vivais un cauchemar les yeux ouverts. Je me sentis sur le point de lui dire, en l'aidant à remplir le lave-vaisselle, C'est une tragédie, je t'aime, éperdument, j'ai attendu pendant huit ans, chaque jour, que tu me dises ces mots, tu étais ma passion, mais maintenant que tu me les dis, ils viennent trop tard, car je suis tombée follement amoureuse d'un autre qui, il y a un mois, un mois tout juste, est venu s'installer à Paris pour m'aimer. Mais je m'entendis lui expliquer d'une voix pâteuse que si j'étais de mauvaise humeur, c'est que plus jamais je ne voulais voir les Popesco. Il attrapa une assiette sale dans l'évier, la passa sous l'eau, la mit ensuite dans le lave-vaisselle. Je prétendis que leur façon de mettre sans arrêt leur sexualité sur la table et l'intérêt à peine voilé que le récit de leurs aventures éveillait chez Paul me dégoûtaient. Je lui dis aussi que chaque couple avait son jardin secret et que le fait que j'aimais de temps à autre laisser mon cerveau au vestiaire d'un endroit dans lequel j'allais ensuite m'entortiller comme une anguille sur une barre de pole dance était une information que je n'avais jamais songé à partager avec qui que ce soit, et surtout pas alors que des enfants étaient dans la pièce d'à côté.

Nous étions maintenant au lit, incapables de dormir, en proie à une tension qu'aucun rire ne viendrait soulager, et je me mis à caresser sa joue de mes doigts, en répétant à quel point je trouvais sa bague jolie, à quel point j'étais embarrassée par la sensation inexplicable qui, soudain, s'était emparée de moi. Il m'écoutait, les lèvres obstinément closes, la tête un peu baissée sur la couverture. Ses cheveux en bataille se dressaient, bruns et drus, à peine éclairés par la lueur de la lampe. Il leva sur moi l'éclat dur de ses yeux noirs.

Quand je pense que je vais passer le reste de ma vie à te baiser deux fois par semaine en missionnaire, c'est comme tomber de cinq étages. Et pourtant, je vois bien, me répondit Paul, qui ne se doutait pas un seul instant que je vivais la moitié du temps avec Richard, que tu n'as commis aucune faute. Oui, tu ne supportes pas les Popesco, tu ne supportes personne, du reste, qui fasse obstacle entre toi et moi, car tu ne veux pas de tiers, tu ne veux que toi et moi, bref, la seule chose que tu veux, c'est pouvoir sombrer en extase en te disant Paul n'aime que moi, Paul m'aime. Mais l'amour, c'est une chose qui n'arrive que de surcroît, et qu'on ne peut pas viser. Si on cherche à l'avoir comme tel, directement, on décourage l'autre, on lui répugne même. Tu ne veux plus aller dans ce club avec moi, pour des raisons dont j'ignore tout et dont tu dis ne pas vouloir me parler. Tu as changé. Je ne te reconnais plus. Je ne comprends pas ce qui t'arrive. J'ai peur de ta réaction, de ton refus, de ton rejet que je ne m'explique pas, comme un homme de mon âge peut avoir peur, très sérieusement, du détraquage des petits engrenages affectifs, parce qu'il n'y a pas tant de lendemains que cela. Où est passée la femme avec qui je riais, la femme pour qui le risque était une éthique, la femme qui était si audacieuse et créative ? J'en étais venu à trouver que ton envie de jouir de moi était bien suffisante pour moi, même si mon excitation sexuelle et mon orgasme sont tout à fait médiocres, rapides, frustrants, avec le risque détestable que la débauche de sentiments amoureux dont je te gratifie ne soit, dans ces circonstances, rien d'autre qu'une compensation pathétique. Car je ne t'ai jamais autant aimée que quand tu dansais dans ce club aux yeux de tous, lorsque tu ne mettais justement pas au premier plan ce besoin ridiculement narcissique d'être l'unique, qu'il n'y ait personne autour, personne qui sache, personne qui voie, et surtout personne à qui je te montre. En tout cas, si déplaisant qu'il soit, c'est bien le même homme qui, ce soir, t'a offert cette bague, qui te l'a offerte devant les amis qu'il a pris à témoin, et qui a mentionné des choses que tu ne voulais pas voir mentionnées publiquement dans sa déclaration d'amour, tout à fait sur le même plan que les autres, dans cette intrication à laquelle je me garderai bien de toucher, parce que c'est ma vie même, faite de joie, de risques, de consentements au destin et à son incertitude, et de désirs. Alors, pour l'amour du ciel, si tu as quelque intelligence ou intuition de ce qu'il faut faire et dire, prouve-le maintenant.

Ce que je fis, en continuant à me taire. Et un an passa ainsi.

8

Le troisième jour de nos retrouvailles, après avoir déjà pendant deux jours follement baisé, nous irons à l'hôtel. Je réserverai la chambre. Je t'enverrai l'adresse et le numéro de chambre par texto. Je viendrai t'y retrouver avec de la vaseline, une alèse en caoutchouc et de quoi t'attacher. À toi de choisir : fer (très douloureux), cordes (un peu moins douloureux), scotch de bondage (encore un peu moins douloureux). Tu auras déjà préparé, je te prie, sept (nombre magique !) pinces à linge : tu peux les choisir en bois ou en plastique. Il faut que leur morsure soit assez dure pour te hanter, mais assez souple pour ne pas détruire ta peau douce et blanche. Procure-toi également un vibromasseur électronique. Prends ce qu'il y a de mieux. Ne lésine pas sur la dépense. Je paierai. À l'heure dite, je viendrai frapper à la porte. Je ne dirai rien. Toi non plus.

La scène se passe ainsi : tu es déjà complètement nue quand tu m'ouvres la porte. Tu m'aides à défaire le lit, afin qu'on dispose l'alèse sous le drap, puis à le refaire. Tu t'allonges. Tu me demandes alors (ce seront les seuls mots qui te seront permis) si je te donne la permission de te mettre ton vibromasseur dans la chatte et de l'allumer. Je t'en donne la permission. Tu le fais. J'enchaîne tes deux mains à gauche et à droite aux barreaux du lit. Bien écartées. Ensuite, j'attache ton pied gauche à ta main gauche et ton pied droit à ta main droite. Ainsi ta chatte et ton cul seront bien exposés et prêts à tout. Je vais fixer les pinces une à une aux lèvres de ta bouche (de sorte que tu ne puisses plus parler sans cliqueter d'une manière ridicule et humiliante), puis une à une aux pointes de tes seins, puis une à une aux lèvres de ta chatte et finalement à ton clitoris (si jamais ça ne voulait pas tenir, je le sucerais et le ferais grossir jusqu'à pouvoir y accrocher la pince). Ensuite, je vais enduire ma main de vaseline et la faire entrer dans ton cul jusqu'à mon poignet. Je vais rentrer en toi, sans me presser, lentement, profondément, afin de pouvoir sentir palpiter sous mes doigts chaque centimètre de ton anus et chaque nuance de ton âme. Je vais bouger mon poing dans ton intestin jusqu'à ce que tu ne puisses plus retenir tes cris et que ton cul soit inutilisable pendant plusieurs jours. Ensuite, je vais retirer ma main, enlever les pinces de tes lèvres, afin que tu puisses la lécher en la nettoyant de ta merde. Après quoi, je vais aller au restaurant pour déjeuner et boire en te laissant enchaînée. La séquence continue. Quand je rentre – et si tu ne t'es pas déjà évanouie (pour éviter que les batteries de ton vibromasseur ne soient à plat, prends, s'il te plaît, des piles au lithium) –, tu me supplies de te déchaîner. Sans un mot, j'enlève le vibromasseur de ta chatte et les pinces. Je prends la ceinture de mon pantalon pour te fouetter : sur tes seins, tes fesses, et ta chatte. Pas sur ton visage adoré. Fort, mais sans faire éclater ta peau si blanche. Après, je pisse la bière que j'ai bue au restaurant sur tes blessures et je te force à avaler mon urine comme le font les Américains avec leurs captifs dans ces films hollywoodiens que nous trouvons consternants. Tu vas enfin pouvoir, conformément à ce que tu m'as demandé, te sentir non plus comme un être humain mais comme un simple objet usé et abandonné. Ensuite, mon adorée, je vais te détacher, je vais te prendre dans mes bras, doucement, je vais lécher tes larmes et la pisse sur ton visage et ton corps, je vais te bercer, te consoler, et on va faire l'amour ensemble, très très lentement, très très doucement, sans préservatif. Je vais prendre tout mon temps et bien attendre que tu jouisses et, quand tu auras joui, je vais éjaculer en toi en poussant un long cri de douleur. Puis on s'agenouillera ensemble, l'un à côté de l'autre, devant le lit, pour prier ce Dieu auquel je ne crois pas de nous pardonner nos péchés et de protéger notre amour fou jusqu'à la fin de nos jours. À toi pour toujours. RK

9

Penchée sur le plan de travail de ma cuisine, ma mère écosse des petits pois achetés au marché biologique pour sa petite-fille. Tout à l'heure, elle continuera de coudre cette jupe qu'elle veut lui confectionner. Les mains, qui montrent l'âge que le visage veut cacher, ne sont plus vernies. Les doigts se sont épaissis. Elle a ôté toutes ses bagues. Ses gestes sont lents, maladroits et beaux. Le souci constant de faire absolument bien les choses et de ressembler à une femme d'intérieur lui donne, avec ses pommettes toujours saillantes, ses yeux agrandis comme ceux d'un enfant, sa lèvre inférieure pendant en direction du menton, et ses cheveux blonds filés de blanc, un air un peu comique. Quand elle me voit dans l'encadrement de la porte, elle demande :

– Toujours avec ton écriture ?

– Oui, toujours.

Ma mère hoche la tête, fait à son chien de poche qui joue à ses pieds une caresse, puis se replonge dans sa tâche. Le plat se remplit en même temps qu'elle s'épuise en babillages tout en s'excusant, sans cesse, d'être trop bavarde :

– On est des rebelles, nous, les femmes de la famille, on a toujours été des rebelles, même ta grand-mère, ton arrière-grand-mère, et avant cela ton arrière-arrière-grand-mère aussi, tu sais, elles ont dû se battre, chacune à sa façon, chacune avec les moyens du bord, à une époque où une femme ne pouvait pas exister en tant que femme si elle n'était pas adossée à un homme, où une femme artiste, ce n'était pas une femme normale.

Je lui dis qu'il fut un temps où on en brûlait pour moins que ça et que, quand on n'a plus brûlé, on a enfermé.

Elle me dévisage, effarée. Je comprends qu'elle ne veut pas comprendre de quoi je parle, ou plutôt que nous parlons bien de la même chose, mais dans un langage différent car, me raconte-t-elle en branchant l'autocuiseur :

– Il y a toujours eu chez les femmes de la famille une sorte de sensualité, pas quelque chose de sexuel, non, mais une façon d'être soi-même, de vouloir vivre ses impulsions, coûte que coûte, sans balises, moi, maintenant, les balises ça me fait du bien, parce que ça me repose, comme ça je suis pas juste une ancienne très jolie femme, mais, quand on y pense, ma mère n'a connu qu'un seul homme dans sa vie, un seul, tu te rends compte, eh bien, toi et moi on l'a bien vengée, et ta sœur, tu verras, ça sera pas la dernière.

Ensuite, elle se tourne vers moi.

– J'ai quelque chose pour toi.

Elle essuie ses mains sur son tablier, fouille dans son cabas de sorcière et en sort une tisane sur laquelle on peut lire : « Joie de vivre ».

Je fais chauffer de l'eau. On boit la tisane, ensemble, assises face à face, dans la cuisine. Tout à coup, je lui demande :

– Tu as quitté quand la Côte d'Ivoire ?

Elle dit qu'elle ne sait plus, puis :

– Je sais que je suis arrivée en 1968 à Paris.

La silhouette d'une toute jeune femme se promène sur ma rétine. Les murs de la cuisine vacillent. D'autres phrases tremblent dans la lumière du matin. Des paroles prononcées jadis, dans les temps où l'on croyait encore que le monde durerait toujours. Je vois les mots de ma mère glisser au fil des années d'entre ses lèvres, dans une sorte de bonheur froid – et entre elle et moi, cependant, cet amour fou, qui fait que je l'aime absolument, y compris pour cela même d'elle qui m'est haïssable, et contre quoi je me suis construite :

Ce que je préférais, c'était fouetter des hommes. D'abord parce que c'était drôle et puis comme ça j'avais pas à me salir.

*

Je portais parfois une bague à tête de mort représentant un nazi. Je l'avais trouvée aux Puces. Je crachais souvent dessus.

*

Un sexe, c'est rien du tout. C'est comme un bras ou une jambe.

*

J'avais une copine anglaise, qui faisait des photos avec moi. Un jour, au café Flandrin, il y a ce gros chanteur grec à succès qui nous aborde. Il me laisse son numéro et part sans rien dire. Ensuite, mon amie et moi, on a passé notre temps à lui faire des farces au téléphone. On l'appelait en pleine nuit. Je lui disais en prenant l'accent québécois, C'est moué la belle blonde du Flandrrrrrrin. Qu'est-ce qu'on a ri ! On s'amusait bien.

*

Quand on tombait enceinte, c'était dur. On faisait attention, on avait des méthodes. Mais parfois ça arrivait quand même. C'était avant la loi Veil. L'avortement était interdit. Il fallait aller en banlieue, où il y avait quelqu'un qui te faisait ça, tu t'allongeais sur une table de cuisine, il y avait une personne qui te faisait ça sans anesthésie, et deux autres qui te tenaient les bras et les jambes pour pas que tu hurles.

*

Un jour, je me suis fait virer de chez un copain du shah parce que je portais une étoile de David autour du cou. J'étais fière.

*

C'était un marchand d'armes saoudien. Il était petit, replet, moustachu, mais très sympa. On était parties à plusieurs filles sur son yacht. L'une d'elles a dû annuler au dernier moment parce qu'elle avait ses règles. Il était furieux. Mais pour le reste, tout s'est bien passé. C'était à Cannes. On participait à des fêtes grandioses. On nous laissait du temps pour bronzer et rigoler. Le reste, c'était facile. Ça a duré une semaine. À la fin du séjour, il m'a dit C'est vous qui devriez me payer pour le joli bronzage que vous avez pu avoir grâce à moi.

*

(D'une voix monocorde, comme s'il s'agissait de commenter le temps qu'il fait, en tournant inlassablement la cuillère d'une tasse de thé qu'elle finirait par oublier sur un meuble du salon jusqu'à ce qu'elle refroidisse complètement :) Ce ne sont que de grands enfants et plus ils ont du pouvoir moins ils sont endurants, et il faut alors savoir les soulager de leur tristesse de n'être que des bites molles.

*

Arrive toujours un moment où les hommes sont des connards, même les meilleurs d'entre eux, et pourquoi ?, parce qu'ils ont entre les jambes un bigoudi voltigeur, un petit gouvernail, un petit machin qui les tient, les dirige et les régente, une fois que tu as compris ça, tu as compris tout le reste, et tu peux mener ta barque là où bon te semble, tout en leur donnant l'illusion qu'ils sont les capitaines.

*

Il n'y a pas de grand homme pour qui le suce.

*

Le temps est un cercle. Ma mère est là, assise face à moi. Ma mère est morte, il y a des années, elle est aujourd'hui en pleine forme et nous nous entendons merveilleusement bien. On se sert encore un peu de « Joie de vivre ». Je lui dis que je me souviens de tous ses aphorismes, glanés au fil du temps. Je les lui cite en riant. Ma mère acquiesce, puis :

– Moi aussi, je me souviens de tous tes petits mots d'enfant, de toutes les chansons que tu chantais.

Elle ajoute :

– J'ai gardé tous les mots d'amour que tu m'écrivais et tous les dessins que tu me faisais.

Long silence. Ses yeux s'arrêtent sur les assiettes empilées sur le rebord de la fenêtre. Elle dit :

– Il y a eu le Danemark entre-temps, entre l'Afrique et mon arrivée à Paris.

– Mais ça, c'était heureux ou pas heureux ?

– Oui, c'était bien, j'étais protégée. J'avais besoin d'être protégée.

– C'est là que tu étais avec ton vieux ?

– Oui, j'étais avec mon vieux, avec Cérols.

– Cérols, c'est son nom ?

– Non, c'était ses voitures. Ses Rolls.

Nous rions aux éclats, d'un même rire, un peu infantile et fou.

– Mais il était marié, lui aussi. T'étais pas amoureuse de lui ?

– Ben non. J'ai pas aimé beaucoup d'hommes.

Sur le mur derrière elle, la peinture s'écaille et dessine sur le plâtre des fleuves et des îles. Je lui demande :

– Et des femmes ?

Une photographie trouvée il y a bien longtemps dans une commode zèbre ma pupille : ma mère et une autre femme, étroitement serrées l'une contre l'autre. Elles ont peut-être une vingtaine d'années. La gaieté dans leurs yeux est franche, évidente. Je sais que je vois juste. Je le sais depuis longtemps. Elle ne répond rien. Je n'insiste pas. Je reprends :

– Moi, je trouve ça beau, un corps d'homme. J'aime les corps d'hommes.

Ma mère ricane et singe une grimace de dégoût.

– C'est bien, ce que tu as fait à tes cheveux, me dit-elle. Ils sont vraiment beaux.

J'insiste :

– Tous les corps. Tous les détails de leur corps.

Ses yeux prennent une teinte plus métallique, presque coupante. Elle semble affligée de ce que je lui apprends, comme si mon goût des hommes allait m'emmener au-devant de souffrances inutiles et de jouissances trop intenses, dont il ne faut pas s'embarrasser. Elle est désolée. Et son dépit me ravit. Je lui dis que je ne crains pas d'être blessée par l'amour, quoi qu'il m'arrive. L'amour pour elle m'a blessée – j'aurais pu en mourir, mais je n'en suis pas morte. Elle ne répond rien à ça. Elle aime être aimée, quel qu'en soit le prix. Elle sourit et reprend la conversation là où nous l'avons laissée.

– Je t'avais dit le nom de cet homme au Danemark, chuchote-t-elle.

– C'est lui, vraiment, le magnat de la bière ? Le mec qui a été enlevé ensuite ?

– Ben oui, je dis ses Rolls parce que quand les gens voulaient toucher le bouchon de radiateur de sa voiture ça se mettait à faire wouhwouhwouh.

Elle imite une alarme.

– Vous vous étiez rencontrés où ? C'est compliqué à dire ?

– Dans un piano-bar, tout simplement.

– Ça t'a fait quelque chose ensuite quand tu as su qu'il avait été enlevé par ce gangster néerlandais ?

– Non, rien du tout. Je m'en foutais royalement, c'était un marchepied. Un marchepied pour… Je sais pas, chérie… pour vivre, quoi. J'ai aimé deux hommes dans ma vie. Je les ai épousés. Et j'ai eu deux très jolies filles. Et une petite-fille. Et j'espère que ta sœur aura elle aussi une fille, pour que ça puisse continuer.

Elle tend la main pour caresser ma joue, mais, brusquement, je recule.

– Pardon, lui dis-je. C'est plus fort que moi quand tu… C'est juste que je…

L'amande de ses yeux verts se ternit.

– C'est pas grave, dit-elle. Je comprends.

Je souris doucement. Je reprends :

– Tout ce que tu as vécu, il faut plus que ça te fasse mal, maman.

– Mais ça me fait pas mal, Sarah. Parce que, quand je suis arrivée à Paris, j'ai été recrutée tout de suite, avant de faire d'autres bêtises, et j'ai fait plein plein plein de photos. J'étais modèle chez l'Empereur qui à l'époque était rue Royale. J'allais faire les défilés de sous-vêtements et de maillots de bain à Deauville le week-end pour du fric et tout ça. Je me suis beaucoup débrouillée pour gagner ma vie. Je voulais être indépendante, moi, pas vivre à l'ombre d'un bonhomme. Ah non, ça, sûrement pas. Je me suis beaucoup battue pour avoir de l'argent. Et je sais que quand je décide de gagner de l'argent, je sais le chercher, j'ai remarqué, je sais le faire. En vérité, moi, la sexualité, j'ai été très longue à y penser. En fait j'y pense jamais. J'y aurais jamais pensé si les hommes m'avaient pas accostée. Parce que moi, tu sais, le sexe, j'y accorde pas trop d'importance. C'est juste un moyen de punir les hommes. La tendresse, c'est plus important.

10

Le 5 mars 1953, deux hommes qui se sont haïs pendant des décennies meurent à quelques heures d'intervalle : Joseph Staline, l'un des plus grands bourreaux du siècle, est enterré comme on inhume un dieu. Cinq millions de personnes défilent trois jours et trois nuits durant devant sa dépouille. Au moins mille cinq cents personnes périront étouffées ou piétinées pendant les funérailles. Dmitri Chostakovitch est l'un des seuls à suivre le cortège du compositeur Sergueï Prokofiev, mort quelques heures plus tard, interdit par le Parti de funérailles officielles car accusé, au moment du rapport Jdanov, tout comme Chostakovitch, de formalisme en musique – ce qui contraindra ensuite ce dernier, jusqu'à la mort du dictateur, à composer des musiques de films pour survivre, du moins officiellement. Les pièces que Chostakovitch continuera de créer sont élaborées dans le secret le plus total : le *Concerto pour violon n° 1*, le *Quatuor n° 5* et la *Symphonie n° 4* sont remisés dans un tiroir. Six ans après la mort de Staline, il compose le *Premier Concerto pour violoncelle* dans lequel il cache le motif DSCH déformé, c'est-à-dire sa signature musicale de compositeur, qui correspond à ses initiales en allemand D(mitri) SCH(ostakovitch) et qui sont, en nomenclature anglo-saxonne, des notes de musique (*ré-mi* bémol-*do-si*), et, dans le dernier mouvement, l'incipit de la mélodie géorgienne *Souliko*, connue pour avoir été la chanson préférée de Staline. Mais cette chanson aimée par le dictateur, il la malaxe, la triture et la tord, jusqu'à la transformer en ritournelle grotesque. Tête dirigée vers le ciel, torse détaché de la caisse de son stradivarius, Richard ne joue pas, il devient ce concerto pour violoncelle de Chostakovitch qu'il joue, ce soir-là, à la Philharmonie, avec le Wiener Philharmoniker. Ses doigts longs et plats glissent sur les cordes avec fermeté. Son visage est fermé. Il garde les yeux clos. Le violoncelle ricane, ricane encore, et plus le mouvement avance, plus l'orchestre vrombit, plus il oppresse le violoncelle, plus il se fait véhément, plus Richard disparaît tout entier dans ce rire ironique, macabre, qu'il fait jaillir de son violoncelle, sans jamais s'épuiser, et je crois voir un archange surgir des enfers qui, dans un ricanement de défi jeté au monde, emporte l'orchestre et le public dans un flot, sans reprise harmonique aucune, où tout ce qui suit et qui a l'air de ressembler à ce qui précédait est en fait toujours décalé. Je le regarde depuis le balcon de la grande salle où je suis cachée. J'ai demandé à avoir une place normale. Pas la meilleure place. Juste une place comme les autres. Ça me plaît de me fondre dans les autres. Et d'observer leurs visages qui se transforment au fur et à mesure qu'ils écoutent Richard jouer.

Paul et ma fille sont à la maison. Paul ne sait pas où je suis. Paul ne demande pas où je vais. Paul s'occupe de tout. Paul fait la cuisine. Paul étend le linge. Paul fait les courses. Paul s'organise pour que j'aie suffisamment de temps pour écrire tout en continuant à travailler à ses propres recherches. Paul ne pose aucune question. J'aimerais parfois qu'il en pose. Sait-il ? S'en arrange-t-il ? Il semble lui-même si absorbé par ses mondes intérieurs, il se désintéresse tant de moi que je n'ai pas l'impression de lui voler quoi que ce soit.

Après le concert, Richard et moi nous retrouvons dans le parc de la Villette. Je lui demande si chaque fois qu'il joue ce concerto de Chostakovitch il pense aux circonstances historiques dans lesquelles il a été composé.

Il me dit que non.

Je lui demande alors si c'est une question de pratique. Si la première fois qu'il l'a joué il y a pensé, et si, ensuite, les images des victimes du stalinisme se sont effacées.

Mais il ne répond pas directement à ma question. À la place, il me dit qu'il y a plusieurs façons de s'approprier un morceau. On peut faire défiler la musique dans sa tête, ou bien travailler sur une partition sans toucher à son instrument, ou encore chercher physiquement, à l'aide de son instrument, une solution pour traduire, à l'aide de ses doigts, de ses bras et de son corps, ce qu'on a en tête.

– À quoi penses-tu ?

– Je me demande soudain, lui dis-je, si ces différentes manières de pratiquer la musique et de l'inscrire dans le contexte historique dans lequel elle a été composée ne sont pas comme nos souvenirs, nos fantômes, les images de nos rêves et de nos disparus. Certains voient sans cesse défiler le passé. D'autres écartent ces images et s'en tiennent à distance. D'autres encore vont se déplacer d'une image à l'autre, comme un pion saute d'une case à l'autre sur un jeu de société. Tu sais bien qu'il nous arrive de rêver de nos morts. Et ces rêves que nous faisons d'eux, s'ils nous laissent, le matin venu, désolés ou rassurés, nous font acquérir la certitude d'être encore en vie et que du temps s'est écoulé. Du moins, c'est comme ça que ça devrait se passer. Mais, pour moi, ça n'est pas comme ça que ça se passe.

J'hésite un instant.

Je lui dis que dans l'enfance la voix de ma mère a pris la place de la musique. Qu'à force, je me suis laissé recouvrir par sa voix, jusqu'à n'être, par intermittence, plus rien d'autre que la surface de projection d'un rêve rêvé par d'autres. Je ne rêve pas de mes morts. Ils flottent dans le néant que je deviens, dans ces moments-là, à mes propres yeux. Je les vois en arrière de mes yeux. Et moi, je ne sais pas dans quel lieu je me trouve quand ça arrive, parce que j'ai disparu. C'est comme si j'avais perdu la ligne de mon existence, mes organes, ou que j'étais déjà morte, ou plutôt que je l'avais toujours été et que le passé arrivait depuis le futur.

– Oui, je sais, dit comme ça, ça fait bizarre, mais je ne pourrais pas le dire autrement pour tenter de me faire comprendre, quand bien même ça pourrait sembler incompréhensible. Ça arrive de façon tout à fait aléatoire, tout à fait involontaire. Il y a deux ans, ma fille était assise sur le rebord de son lit. Je l'aidais à enfiler son collant et, à un moment donné, le bruit du frottement du collant sur ses genoux a fait surgir une image dans ma tête, l'image d'un rêve fait il y a plus de quinze ans. Dans ce rêve, je voyais une grande maison délabrée dans un parc surplombant une colline, dans un endroit que je ne connaissais pas. Quand je suis allée à l'hôpital psychiatrique de Steinhof, en Autriche, parce que tu y donnais ce concert et que je voulais être auprès de toi, et que j'ai découvert cette histoire d'extermination d'enfants et d'adultes malades mentaux pendant la Seconde Guerre mondiale, j'ai reconnu cet endroit, Richard. Cette maison, ce parc, c'étaient la maison et le parc que j'avais vus dans ce rêve fait il y a plus de quinze ans. C'est proprement inexplicable. Les sons font surgir des images sans rapport avec les sons. Parfois aussi, ce sont des flashs, pas de mon enfance, non, mais de la vie des gens de ma famille. Ils se déplacent comme sur un écran de cinéma que j'aurais à l'intérieur de ma tête, ma tête n'étant plus alors que ça, qu'une surface de projection impersonnelle sur laquelle la vie des autres se réfléchit. Les sons appellent des images. Les images viennent à la place des sons. Et les images qui surgissent en appellent d'autres. L'espace n'est plus fait que de ça. D'images qui se reflètent sur d'autres images, de sons que je vois comme des mots écrits, de rubans de phrases prononcées il y a des années par certaines personnes et qui continuent à défiler sous mes yeux. À cause de ça, je ne peux rien oublier, je me souviens de tout, absolument tout : ce que disent les gens, ce qu'ils portaient le jour où ils l'ont dit. Le temps, je le vois flotter, comme un cercle autour de moi, un cercle dont les séquences se répètent, et où tout ce qui a lieu a déjà eu lieu ailleurs, puis recommencera. Ça s'accentue quand je bois trop de café. Je sais que je ne devrais pas boire de café. Mais si je ne bois pas de café je deviens incapable d'agir, incapable de fonctionner, incapable d'accomplir les tâches du quotidien car alors il n'y a plus que des images, et les mondes morts de choses mortes dans lesquels je marche en rêvant, les yeux ouverts, vers quoi ?, je ne le sais pas. Vers toi, peut-être ?

Richard prend mon visage entre ses mains. Nous restons ainsi longtemps, sous les arbres du parc. Il se tait. Le frottement de son pouce sur ma joue dilue les ombres.

– Chaque fois que je suis invitée dans une émission de radio, qu'on me convoque en tant qu'experte, qu'on me félicite pour « la profondeur de mes réflexions » ou ce qu'ils appellent ma « créativité », je suis sidérée, lui dis-je, et je voudrais leur avouer que tout ça, c'est de la poudre aux yeux, car chaque mot qui passe la barrière de mes lèvres est un triomphe sur l'enfer d'un enfant plongé dans le noir après avoir été cogné, et que je ne suis pas une experte, pas du tout, je ne suis rien, rien d'autre qu'une malade qui a réussi et qui, par hasard, s'en est trouvée à occuper une position sur l'échiquier social, et pourquoi moi plutôt qu'un autre ?, je n'en ai pas la moindre idée. Il y a tant de personnes héroïques, bien plus méritantes que moi, dont on n'entendra jamais parler et qui, dans l'ombre, accomplissent l'impossible pour continuer à se lever le matin. Pendant longtemps, j'en ai eu très honte, de survivre, d'avoir survécu à tout, même à l'impossible, honte, surtout, que ma fille le voie, qu'elle sente que, malgré tout l'amour que je lui donne, je suis foncièrement inadaptée. Un jour, j'ai découvert dans un livre que la façon dont, pour moi, les sons font surgir des images mentales où tous les temps flottent ensemble s'apparentait à une forme de synesthésie. Que c'était comme une version personnelle de la réalité augmentée. J'ai trouvé ça chic. Plus chic que de me dire que j'étais une malade mentale, une inadaptée. La maladie mentale est une blessure abominable. Mais la souffrance causée par les préjugés liés à la maladie mentale en est une autre. On ne dit pas d'une personne qui a un diabète ou un cancer que c'est sa faute. Mais on le pense d'une personne schizophrène ou dépressive. On classe, on trie, on étiquette, comme on le fait avec les cadavres à la morgue. Comme on le faisait avec les enfants de Steinhof. Mais les enfants, tu m'as raconté l'histoire de ton âne, alors tu sais, tu sais bien comme les enfants peuvent être cruels entre eux. Quand j'étais adolescente, j'ai trouvé dans la cour de récréation un papier sur lequel un groupe m'avait représentée, des mouches tournant autour de moi, avec, accrochée autour de mon cou, une pancarte où on avait marqué « direction Sainte-Anne ». Des années plus tard, Sainte-Anne, j'y suis allée, mais en tant que psychologue et écrivain, pour y soigner des patients et monter pour eux un atelier d'écriture. Lorsque j'ai commencé à écrire des livres, à signer des articles, à être invitée dans des émissions, les filles qui avaient écrit ce petit papier m'ont recontactée pour me féliciter de mes succès et pour s'excuser. Je leur ai répondu gentiment, en leur disant que je ne voyais pas même de quoi elles parlaient. J'ai pris un certain plaisir à le faire. L'orgueil se construit sur les cendres de l'humiliation. Mais je dois admettre que quand, malgré cette forme de folie qui est la mienne, ou peut-être même grâce à cette forme de folie qui est la mienne, j'arrive à vivre, j'arrive à aimer, j'arrive à travailler, j'arrive à faire du sport, très intensément, disons bien plus intensément que beaucoup d'individus, parce que mon corps n'est pas arrêté par ce qui arrête la plupart des autres, survient toujours un moment où je regarde tout cela depuis un lieu où tout est calciné et où je suis déjà morte.

Je passe ma main devant mes yeux pour conjurer mes visions. Je ne dis pas à Richard ce que je vois. Je dis simplement :

– J'ai trop parlé. J'ai très froid.

Il me prend dans ses bras et chuchote J'embrasse ce front, et les pensées derrière ce front. Ne pleure pas sur toi-même, c'est en dessous de ton niveau.

– Je ne pleure pas sur moi, lui dis-je. Je pleure parce que, malgré nos gestes, nos décisions, et alors même que nous croyons faire entendre notre voix, nous ne sommes que des pantins ventriloqués par ce qui nous dépasse. Nous avons beau nous mettre en route vers le monde, sur le chemin de la vie, arrive toujours un moment, une station de notre voyage, où nous sommes ramenés à cette question : mais de quoi sommes-nous la faute ?

Son regard me traverse.

11

L'un porte une cape noire et un masque, l'autre un bouclier aux armoiries de son château. Le troisième personnage pour l'amour duquel les deux premiers se battent, à coups de plongeons, de traversées de tempêtes et de concours de tir à l'arc, flotte très lentement, un bouquet de fleurs à la main, sur le fleuve de mousse du bain où barbote ma fille. Les premières fois où je l'entends jouer à ce jeu et où elle m'invite à jouer avec elle, je veux croire au hasard. Mais les jours passent et, chaque soir, elle recommence. Cela devient un rituel. Puis le rituel se fait obsession.

– Viens dans mon château. Non, viens dans mon château à moi, il est plus gros. Organisons un concours de tir à l'arc. Je tire le plus loin. On dirait que le méchant il tirerait moins loin. Non, je ne peux pas te suivre, je suis déjà mariée avec cet homme et je l'aime. On dirait qu'il la kidnappe dans son sommeil quand son mari dort, non mais, maman, quoi, allez, maman, maman, tu m'écoutes, maman, joue avec moi s'il te plaît.

Mais je ne peux pas. Je ne peux pas feindre. Je ne peux pas dissimuler. Je ne peux plus. Je sais que si je me mets à faire parler ces petites figurines de plastique, je vais leur faire dire la vérité. Je ne peux pas considérer que je vis avec Paul et Richard ce que l'on appelle une double vie, ni même que je trompe Paul – tromper suppose d'agir contre l'autre, d'avoir un partenaire officiel et un amant, l'un étant au centre et l'autre à la périphérie –, ni même encore qu'il s'agit là d'une vie double où la même personne qu'on suppose que je suis se dédouble pour enrichir une vie fade dont elle n'ose se déprendre. Ce sont deux vies tout à fait distinctes l'une de l'autre, que je chéris tout autant, et tout aussi intenses, et qui font de cette fiction que l'on appelle « moi » deux personnes différentes qui aiment deux hommes différents.

Je dois me rendre à l'évidence, je suis épuisée. J'ai honte. J'ai peur. J'en ai la conviction : ma fille sait et me le montre. Elle sait de ce savoir qu'ont les enfants. Elle sait parce que, contrairement aux adultes, les enfants aiment entièrement. Et l'intransigeance de cet amour leur donne un savoir sur les êtres et les choses qu'en grandissant nous perdons. Je l'observe à la dérobée en raclant la peau intérieure de mes joues avec mes dents. Elle tempête, s'obstine.

– Allez, allez, maman, s'il te plaît, juste cinq minutes, juste le concours de tir à l'arc, tu fais le méchant, allez, allez.

– NON.

Le cri sorti de ma bouche me surprend tout autant qu'elle. C'est, en six ans, la première fois qu'elle m'entend hurler. Sa bouche s'arrondit, s'ouvre, muette de stupeur. Je m'agenouille. Je la sors de la baignoire.

Je la prends dans mes bras. Je cherche à l'embrasser. Mais elle, atterrée :

– Oh, maman, mais qu'est-ce que tu as à ta bouche ? Elle est pleine de sang.

Je porte la main à mes lèvres. Je m'étais mangé l'intérieur de la joue droite jusqu'à m'enlever un morceau de peau.

Le soir même, je propose à Paul de partir en février au soleil, en confiant notre fille à ma mère. Noël arrive dans deux mois. Nous avons beaucoup travaillé. On prévoit une saison encore plus chaude que d'habitude dans les Caraïbes.

Paul me dévisage, interloqué.

– Oui, lui dis-je, je me suis fait une petite blessure à la bouche, mais ce n'est rien, ça va passer.

Mais lui :

– Ah, je n'avais même pas remarqué. Je suis surpris, tellement surpris par ce que tu me proposes, nous ne nous sommes jamais autorisé ce genre d'extravagances, mais je crois que c'est une belle idée.

Il accepte. Ma mère répond, enthousiaste, à mon texto, Mais oui, bien sûr je garderai ma petite-fille. Nous réservons les billets. À Richard, je mens pour la première fois. Je prétends que c'est un voyage familial. Il grogne, s'emporte, Tu sais bien qu'ensuite ma femme va venir à Paris pour trois semaines, je ne peux pas vivre sans te voir pendant un mois, puis de guerre lasse : Sans connaître ta fille, je l'aime car elle te ressemble, si c'est pour elle que vous partez en vacances dans ce truc au soleil, ça ne me pose pas de problème.

Un mois passe. Un jour de décembre 2016, Richard et moi déjeunons en parlant de la façon dont nous devons organiser notre avenir. Sa femme le réclame à Vienne. Il réfléchit à la possibilité d'accepter ce projet avec la Philharmonie de Paris pour rester vivre en France au moins un an encore. Il retournerait à Vienne une fois par semaine. Margarethe viendrait de temps en temps en France avec lui. Je pourrais ensuite candidater à une bourse d'écriture en Autriche. Et nous pourrions ainsi continuer à vivre notre amour.

– Ce jour-là, je joue à Vienne. La semaine d'après, je dois aller à Bruxelles, juste deux jours, me dit Richard, peut-être pourrais-tu venir avec moi ?

– Non, cette semaine nous ne nous verrons pas, tu sais bien que ce sont les vacances scolaires et que je pars au soleil avec Paul.

– Et avec votre fille.

Tout à coup, ma bouche dit la vérité, alors que je ne m'y attendais pas :

– Non, la petite part à la campagne avec ma mère.

Le temps de me rendre compte, épouvantée, que, malgré moi, ce trou planté au bas de mon visage vient de caqueter ce que j'avais réussi à masquer, il est trop tard. Ses pupilles se contractent. Il comprend que je lui ai menti.

Il hurle, tonne, me contraint à m'expliquer. Comment, pourquoi, pour quelles raisons ?

La panique me gagne.

– Mais non, voyons, tu sais bien que…

– Mais si. Une île sous le soleil plus brûlant que jamais, la mer bien chaude, la plage, tous les deux à poil dans votre petit paradis, tu me prends pour un idiot ? Si ça se trouve, depuis le début tu me mens, sur tout, et tu ne m'aimes pas.

Il garde les yeux si fixés sur le sucrier posé sur la table que je le vois en esprit se pulvériser.

– Arrête ! J'ai menti parce que je ne voulais blesser personne. Depuis l'épisode de la bague chez les Popesco, je culpabilise d'avoir fait du mal à Paul. Je veux vous rendre heureux tous les deux. Toi et Paul. Et puis toi, quand tu es avec ta femme, tu lui mens. Tu lui souris, vous faites l'amour. Tu fais comme si de rien n'était.

Il me dévisage, mortellement pâle.

– Ça n'est pas pareil. Je ne lui mens pas. Je ne lui dis simplement pas ce qui pourrait la faire souffrir.

– Mais si, c'est exactement la même chose.

– Je baise peu avec elle. Toi, tu baises tout le temps avec Paul.

Je me lève, meurtrie, tremblante.

– Puisque c'est comme ça, je sors.

Il crache :

– Eh bien vas-y, sors.

Je mets mon manteau. J'attrape mon sac, je vais jusqu'à la porte, je me retourne, marque une pause, je regarde le lit dans lequel ce matin encore nous nous sommes aimés à en mourir, les chemises noires alignées méticuleusement dans le placard entrouvert, la peau tendue sur ses mains veinées de bleu profond comme des branches d'arbre, les cheveux encore épais qui font un halo de lumière blanche autour de ce visage que j'aime plus que la vie. Je lâche mon sac. Et, comme un pantin désarticulé, je tombe sur le sol pour ramper jusqu'à Richard. J'attrape ses chevilles.

Je me recroqueville et me mets à lécher ses pieds en pleurant.

– Arrête, dit-il. Relève-toi. Tu t'humilies.

Il me tire par les épaules. Mais je continue. Il va forcément reconnaître la scène d'un de mes films autrichiens préférés, rentrer dans le jeu, et tout sera pardonné. Mes larmes font sur ses ongles des flaques que je bois avec avidité et j'attends donc qu'il appuie son autre jambe sur mon dos et me maintienne face contre terre pour me faire sentir l'étendue de mon péché.

– Arrête.

Mes dents s'immobilisent sur la chair de son pouce que je recrache en dehors de ma bouche.

– Tu n'as pas toujours dit ça.

Je me relève. Je ramasse mes affaires comme un chien piteux attrape, la gueule basse, la balle qu'on ne veut plus lui lancer. Je claque la porte. Je me vois tomber dans l'escalier, et mon corps rouler jusqu'en bas. Je descends les marches en tremblant. Je me poste au café en face de chez lui. Je prends mon téléphone. Je l'appelle. Une fois. Deux fois. Dix fois. Il refuse de répondre. Je reste assise en face de son immeuble, la truffe levée vers son balcon. Je dois rentrer à la maison. Il est l'heure que je rentre. Mais je n'arrive pas à bouger. Je suis au désespoir. Mes entrailles se tordent. C'est une douleur saisissante, comme des aiguilles enfoncées dans l'estomac, et qui me fait remonter à la bouche un liquide acide et froid. Une heure passe. Puis deux. Puis trois. Le gris sale du ciel se met à baver sur les trottoirs en une petite pluie obscène. Tout pue. Tout ment. Soudain, tout s'éclaire dans ma tête. Comment ai-je pu tomber si bas ? La solution brille, comme une évidence. D'une main sûre, je tape sur le clavier de mon téléphone Richard, moi non plus, je ne supporte plus le mensonge. Et l'idée de t'avoir déçu m'est intolérable. Je t'aime. Tu es toute ma vie. Et je vais te le prouver.

12

Le soir, Paul rentre d'une série de conférences données en Belgique. À peine arrivé, il se jette sur moi et lance :

– J'ai visité le musée Magritte, ça m'a rendu amoureux, j'ai envie de toi.

Je chuchote :

– Je suis un peu fatiguée, ce soir.

– Mais tu es belle.

Il m'attire à lui. Je lui résiste.

– Je suis indisposée.

– Depuis quand cela te gêne-t-il ? Enlève ta culotte et écarte bien les jambes, je veux te voir.

Je laisse glisser ma robe. Il baisse son pantalon, commence à me renifler.

– Tu sens bon. Tu sens fort.

Je ferme les yeux. Je renverse la tête en arrière. Il faut le faire, je dois le faire, je dois me taire, mes mains tremblent, la pointe de mes seins me brûle, mon sexe me fait mal, j'ai les chairs meurtries d'avoir trop baisé, je cache mon visage dans mes cheveux.

– Oh, Paul, je t'ai menti, je te mentais, il y a quelqu'un d'autre.

Il reste un instant au-dessus de moi, retient un gémissement, s'écarte, se laisse tomber sur le lit, replace son oreiller sous la tête, s'y adosse, me contemple longuement, et puis :

– C'est bien que ce soit toi qui le dises. Je m'en doutais. Je me disais, depuis un temps, cette femme est trop souvent dehors.

Il entend ma voix, lente, calme, qui lui raconte tout depuis le début et qui lui explique le pourquoi de mon comportement : la bague, les fatigues inexplicables, les voyages. Je ne pleure pas. Il demande des détails. D'abord je lui dis :

– Non, c'est inutile, tu vas te faire du mal.

Il insiste. Je raconte encore. Il croyait à une brève liaison, une de ces passades dans lesquelles on se laisse prendre pour redonner de l'allant à son quotidien, puis dont on finit par se lasser. Quand il entend la vérité, quand il entend avec qui cela se passe, et que cela se passe depuis tout ce temps, d'abord il éclate de rire.

– Toi, avec lui, alors que tu ne connais rien à la musique ?

Je ris aussi, comme un enfant soulagé d'avoir avoué une faute grave, espère le pardon. Je pense à tous ces gens qui se sont trouvés dans une situation analogue. Tous ces couples qui sauvent les apparences. Ceux qui font semblant de ne rien savoir. Ceux qui trouvent des arrangements. Il est assis sur notre lit. Je lui souris. Il est lui-même si secret. Je suis certaine qu'il m'a toujours caché des choses, qu'il ne m'a pas toujours été fidèle et que, plus d'une fois, il a cherché à me préserver de ce qui aurait pu me faire souffrir. Il peut comprendre. Il va comprendre. Il me semble impossible qu'il ne puisse pas me comprendre. J'approche la main de son visage pour caresser sa joue. Il recule, se lève, traverse la pièce, va dans la chambre de notre fille. Il la regarde dormir. Il demande :

– Elle est bien de moi ?

– Mais tu es fou ? Bien sûr que oui.

– Je voudrais ne t'avoir jamais connue. Je voudrais qu'elle ne soit jamais née.

Je fais quelques pas en arrière. Je tombe sur le parquet. Quand je me relève, je croise mon reflet dans la glace de la chambre d'enfant. C'est moi, mais sans plus personne dedans.

13

Plus tard, dans la cuisine, assis de part et d'autre de la table, devant notre machine à eau gazeuse. Vus du ciel, deux pauvres moucherons rangés chacun à un bout d'une boîte à insectes.

– Tu aurais dû commencer par ça.

– Comment ?

– Tu aurais dû commencer par me raconter ça : l'appartement à deux pas de ta maison d'enfance, les commerçants du quartier, les mêmes rues, les mêmes lieux que ceux que fréquentaient tes parents, parce que là, si tout ce que tu me dis est vrai, alors tu n'es pas une salope qui a voulu jouer, tu n'as pas répété ce que m'a fait Béatrice, tu n'es qu'une enfant prise au piège de son passé.

– Quoi ?

– C'est habile, c'est vraiment très habile, ce que Richard K. a fait. Il a fait ce que j'ai toujours refusé de faire avec toi.

– Je ne comprends pas.

– Je ne t'empêcherai jamais d'aimer cet homme, mais je ne veux plus jamais que tu couches avec lui. Car on ne couche pas avec son père.

– Mais enfin, qu'est-ce que c'est encore que cette connerie ? Richard n'est pas mon père. Il m'a donné tout ce qu'on peut donner à une femme et il m'a fait sortir du chagrin dans lequel je me tenais depuis l'enfance. Mais Richard est Richard, c'est tout.

– Il ne sera pas dit que je n'aurai pas été magnanime jusqu'au bout. Je comprends mieux l'intensité de la passion qui vous lie. Je sais que ces choses ne peuvent pas se faire en deux jours. On va fêter Noël en famille comme si de rien n'était. Je te donne un mois pour le quitter.

14

Richard et moi sommes cloîtrés dans son appartement. Il sourit, caresse mes cheveux, me dit que je suis belle, que j'ai été fabriquée pour lui. Ensuite, il dit qu'il ne peut pas laisser sa femme.

– Je l'aime. Comme toi tu m'as dit que tu aimes Paul malgré tout.

Sa bouche se fracture.

– Tu es ma sœur d'âme, ma passion, la part perdue de moi-même. Si j'avais dix ans de moins, j'aurais franchi le pas. Mais à mon âge, c'est trop tard. Regarde-moi : je suis vieux.

– Je m'en fous. Je t'aimerais même si tu n'avais plus de dents et plus de cheveux. Même si je devais nettoyer la merde collée à ton cul. Tu comprends pas ça ?

– Arrête. L'amour t'a aveuglée. S'occuper d'un vieillard, ça n'est pas un cadeau à faire à une femme encore jeune. Ni à sa fille. Ma femme a mon âge. Nous nous sommes fait la promesse de veiller l'un sur l'autre jusqu'à la fin de nos jours. Si je la quittais, elle, elle ne referait pas sa vie, et le spectacle de mon indignité me serait intolérable.

Il s'assied au bord du lit. Sous le visage de l'homme acclamé dans le monde entier perce celui de l'enfant chétif privé de sa mère restée à Vienne pour jouer au théâtre et faisant la queue, nu, avec ses camarades d'infortune, dans un hôpital, au lendemain de la Seconde Guerre mondiale, pour se faire injecter des vitamines. Il me regarde, affligé, puis :

– Pourquoi est-ce que je ne t'ai pas rencontrée il y a trente ans ?

– Il y a trente ans, j'étais petite.

– Je t'aurais aimée, même si tu avais été petite.

– Je t'aurais aimé aussi. Je t'attendais déjà.

– J'ai un fusil caché chez moi en Autriche. Un mot de toi et on le fait.

On reste collés l'un à l'autre, ridicules, misérables, sans force aucune. On ne fait plus l'amour.

15

– Bonsoir, chéri.

Paul m'empoigne le bras. Ses yeux sont cerclés d'ombre. Son haleine, chargée d'alcool, alors qu'il ne boit jamais.

– Mais quoi, chéri, tu ne m'embrasses pas ?

Je vois le visage de Paul se contracter jusqu'à devenir rouge de haine. D'un geste brusque, il s'écarte de moi.

– Arrête, tu me dégoûtes. Tu imagines tout ce qui m'est passé par la tête, pendant que je t'attendais à la maison avec la petite et que tu étais en train de dire adieu à ce type ? Recule, recule, je te dis, sinon je te colle mon poing dans la gueule.

Les couleurs de ses mots claquent dans mes yeux. Son poing s'enfonce dans le mur du couloir. Je regarde la peinture s'effriter tout autour de l'endroit où il vient de frapper et ses phalanges, toujours serrées, à en devenir blanches. Tout semble étrangement irréel et flou. Je regarde Paul se défaire. Je regarde mon visage se détruire. Je regarde notre vie se saccager. Notre appartement, encombré de livres et de plantes, dans lequel nos amis disaient qu'on se sentait si bien, notre appartement dont nous avions choisi chaque objet pour composer un intérieur où nous aimions travailler, faire l'amour et voir pousser notre fille, notre appartement est un labyrinthe hérissé de ronces où nous redoutons de nous croiser. Et le lit dans lequel nous avions pris tant de plaisir, dans lequel nous avions ri, dans lequel nous nous étions disputés, dans lequel nous nous étions consolés l'un l'autre du désarroi d'exister, le lit dans lequel nous avions parlé des bonheurs et des infortunes de nos amis, du vieillissement de nos mères, de l'avenir que nous rêvions pour notre fille, ce lit, un marécage au fond duquel nous assistons, chaque soir, au spectacle de notre propre noyade et de celle de l'autre.

Un pot de peinture dégouline dans ma tête et efface tout. Ensuite, le temps cesse de s'écouler. Je flotte, anesthésiée, détachée de tout, impassible, bras ballants, dans le couloir, regardant Paul gesticuler dans notre appartement comme on regarde un insecte se débattre dans un ragoût. Je l'entends crier, d'une voix semblable à celle que l'on entend dans les cauchemars :

– À qui je vais pouvoir raconter ça, hein ? À personne, tellement j'ai l'air d'un con.

Mais il ne se passe plus rien en moi, à part la conviction qu'il est en train de perdre la raison à cause de moi et un désintérêt total pour la nécessité de persister dans l'existence.

Les décors autour de nous me paraissent complètement inconnus et complètement inutiles. C'est ma maison mais ce n'est plus ma maison. Je n'ai plus qu'une tête percée par des cris. J'écris en catastrophe un texto à Richard pour lui raconter. Je veux que ça s'arrête. Je veux que tout s'arrête. À un moment donné, Paul me regarde et me dit :

– Si ça continue, je saute.

Je suis assise sur le canapé. Je cherche autour de moi des preuves de la réalité. La couronne de Noël qui pend à la porte du salon me fait l'effet d'une couronne mortuaire. Je regarde le sapin prêt à être enveloppé dans son sac funéraire. Je m'entends dire à Paul d'une voix étrangement aplatie :

– Ben vas-y.

D'un bond, il se lève, se précipite à la fenêtre, une chaussure au pied, l'autre restée près du fauteuil, s'appuie à la balustrade jusqu'à sortir du cadre de la fenêtre, d'où il semble nous regarder depuis le dehors, en poussant un cri épouvantable. Moi aussi, tout à coup, je suis épouvantée, mais par la voix qui vient de siffler dans ma tête Reste assise. S'il le fait, tout sera réglé.

Encore un pas. Puis un autre. Ne pas faire de mouvement brusque. Apparemment je me suis levée de mon canapé. Je pensais encore y être. Parler délicatement. Là. Viens. Paul. Chut. Doucement. Tout doucement. Un pas de trop, un mouvement de trop et il bascule dans le vide. Avancer encore. Sans le quitter des yeux. J'y suis presque. Là. Hop. De mes bras, je le ceinture. Il se débat, me saisit par le cou, me tire encore plus fort vers le vide, au-dessus duquel il nous fait pencher, je nous vois passer par-dessus bord et nous écraser sur le bitume. Vite, trouver quelque chose à dire. Paul, je t'aime. À ces mots il hurle Sale pute et fait volte-face, en direction du salon, pour me frapper. Je recule. Il avance vers moi, le poing levé. J'esquive. Je l'attrape par les jambes. Il tombe, nous roulons au sol. Gagné. Je bondis vers la fenêtre. Je la referme. Je regarde Paul affalé par terre, les yeux rivés au plafond, dans notre salon. Je ne comprends pas ce qui vient de se produire. Je ne comprends pas ce que cet homme que j'aime fait à terre, au pied du sapin, le corps jonché de boules de Noël et de guirlandes. Je lui tends la main. Je l'aide à se relever. Je lui demande de s'asseoir sur le canapé. Je m'assieds face à lui. Je le dévisage, le souffle court, muette d'horreur. Tout à coup, notre fille fait irruption dans le salon, son doudou à la main. Elle a entendu son père crier. Elle demande ce qui se passe.

Un coup d'œil à Paul, puis :

– Ton papa s'est planté une grosse écharde dans le pied. Mais il vient de se l'enlever. Tout va bien.

Je prends la petite dans mes bras.

Je tourne la tête vers mon téléphone. Richard, à qui je n'ai pas du tout annoncé mon intention de le quitter, contrairement à ce que croit Paul, a écrit Mon amour, je m'inquiète, réponds-moi, dis-moi ce qui se passe, viens avec ta fille chez moi si tu veux.

Je passe devant la porte d'entrée. J'hésite. Je fixe la porte, longuement. Je ferme les yeux. Je bifurque vers le couloir. Je porte ma fille jusqu'à son lit. Je referme la porte de sa chambre.

– Quel sang-froid dans le mensonge, dit Paul quand je reviens dans le salon.

Ensuite, il a cette réplique :

– Tu te rends compte, j'espère, qu'il faudra que tu mettes ce qui vient de se passer dans ton roman.

16

De fortes averses accompagnées de grésil, de grêle, de neige provoquent la crue de plusieurs cours d'eau. Richard prend l'avion sous une pluie battante. Sa femme l'attend à Vienne pour les fêtes de fin d'année. Ils reçoivent. Comme chaque année, elle a fait attacher du gui aux lustres, rempli des coupelles en cristal de chocolats et de biscuits, disposé des boules de verre rouge sur la table basse du salon et tout un tas d'angelots en porcelaine ou en bois peint dans chaque recoin de la maison. Richard part, très angoissé à l'idée de me laisser. Sitôt atterri en Autriche, où il fait, note-t-il, plutôt beau, il m'écrit en continu. Comment vas-tu ? Chérie, je t'en prie, reste calme, raconte-moi tout ce qui se passe, j'ai peur pour toi. Je lui réponds de moins en moins. Il ne supporte pas mon silence. Alors il se met à faire ce que, d'ordinaire, il ne fait jamais quand il est avec sa femme : pianoter ostensiblement sur son téléphone pendant qu'elle lui parle. Elle le regarde. Elle ne dit rien. Soudain, le téléphone sonne. Ensuite, me dira-t-il, c'est comme ça que ça s'est produit : le téléphone était posé sur la table. Richard a répondu au coup de fil de son fils aîné. Oui, c'était formidable de vous avoir auprès de nous, mais non, vous ne nous avez pas fatigués, pas le moins du monde, c'est toujours un plaisir, oui, avec tous les chocolats qu'on a mangés, non, penses-tu, ce soir je prends une soupe et c'est tout, attends, ta mère me fait signe, elle s'impatiente, déjà deux heures que vous êtes partis et tu lui manques, elle veut absolument te parler, ne quitte pas, je te la passe, je t'embrasse.

Il a regardé sa femme traverser le salon, le téléphone qu'il lui avait prêté collé à l'oreille, ouvrir la porte-fenêtre et, comme il faisait inhabituellement chaud dans cette région d'Autriche pour un mois de décembre, aller sur la terrasse, descendre l'escalier et marcher de long en large dans le jardin, pour parler de l'absence de neige. Cinq minutes se sont écoulées. Puis dix. Puis vingt. Du salon, par la baie vitrée restée ouverte, des échos de sa voix lui parvenaient. Elle est toujours bavarde, surtout avec les enfants. À un moment donné, il ne l'a plus entendue parler. Il s'est levé. Il est sorti du salon. Il est allé dans le jardin. Il ne l'a pas vue. Il s'est mis à courir et à la chercher, devant les chaises longues, au niveau du potager, dans le garage. Il l'a trouvée debout, sous le saule, le portable à la main, muette, le visage ravagé de larmes.

Il lui avoue tout. Ils parlent et pleurent pendant trois jours. Elle lâche finalement J'accepte son existence du moment que jamais tu ne lui fasses un enfant et que jamais vous ne partiez en vacances ensemble.

Dans le salon de notre appartement, je raconte tout cela à Paul. Tu vois, lui dis-je, elle, elle a l'intelligence de comprendre, elle, elle accepte. Mais je me garde bien de raconter que Richard m'a dit aussi Que ma femme accepte ton existence me fait l'aimer encore plus.

Paul hausse les épaules.

– Je n'admire aucunement Margarethe. Je la comprends, parce que ce que vous nous infligez tous les deux est tellement violent, tellement cruel, que chacun fait en fonction de ses forces. Je n'ai pas son âge, je n'ai pas encore subi de ta part tout ce qu'il lui a fait subir.

Nous partons pour Rome. Paul y fait, comme prévu de longue date, une conférence sur la fin du monde et la pulsion de mort. J'y assiste pendant que notre fille est gardée par un couple d'amis. Et en l'entendant dire à la foule Je ne vais pas hésiter à solliciter, pour l'expérience qui va suivre, toute votre indulgence. C'est en effet une expérience de pensée ou, pour mieux dire, une expérience de rêve, sinon de cauchemar, qui met en péril toute préférence pour le raisonnable. Nous ne sommes pas, nous ne sommes plus dans le cadre plus ou moins rassurant d'une disparition totale de l'humanité comme de la planète à un horizon cosmologique, quand le soleil explosera, dans des milliards d'années. Non. L'extinction de l'humanité dans un horizon historique est une certitude, chacun de ses mots signe, d'évidence, notre damnation.

17

Les nuages qui, auparavant, voilaient le ciel ont laissé place à un ciel d'un bleu très tendre sous lequel, silencieux, nous marchons tous les trois, à pas lents, à travers les somptuosités mortes des palais en ruine, sur les parvis de marbre et les tombeaux, sous les portiques, les arcs de triomphe, les colonnes brisées des temples, les peintures délavées par les siècles et les pierres dépouillées des couleurs qui les paraient. Devant nous, notre fille improvise une chorégraphie en chantant « Libérée, délivrée, je ne mentirai plus jamais ». Paul et moi nous jetons des regards doux et hébétés. Elle écoute les explications que son père lui donne sur chaque monument de sa voix dépourvue de toute agressivité, les yeux mi-clos. Tu es gentil, Paul, lui dis-je. Tu es gentil. Un rat s'échappe de la haie de poubelles qui borde le Colisée. Paul me sourit. La fatigue lui tire les yeux. Il croit que j'ai déjà annoncé à Richard mon intention de rompre. Il pense qu'après notre dernière dispute nous avons atteint un tel point d'horreur que j'ai compris qu'il fallait s'arrêter là. Mes jambes et mes mains sont engourdies. Mon bras gauche se contracte. Un éclat de douleur me perce le thorax. Je crois que je ne pense pas, si ce n'est au fait que je ne tente strictement rien pour éviter le chaos vers lequel je suis en train de tous nous entraîner.

Vers la fin de la journée, nous nous attablons devant des chocolats chauds. Paul pose sa tête contre la mienne, comme il ne l'a plus fait depuis longtemps. Notre fille s'empare de mon téléphone. Elle veut nous prendre en photo. Je le lui prends des mains, compose le code pour le déverrouiller puis le lui tends. Sitôt la photo prise, je réclame mon portable, Je veux vous prendre en photo tous les deux, moi aussi, clic clac, un sourire, ma chérie, Paul, regarde-moi, super, voilà, ranger l'appareil dans ma poche, puis partir aux toilettes. Mes chaussures baignent dans une eau saumâtre. Je pisse. Je tire la chasse. L'eau monte presque jusqu'au bord de la cuvette, puis son niveau baisse jusqu'au fond du trou dans lequel je me vois, déchet parmi les déchets, disparaître tout entière. J'écris à Richard, Encore quelques jours de patience et Paul comprendra que je l'aime et que je t'aime, et qu'on peut mener deux vies intelligentes et bonnes. Mais Richard s'impatiente, insiste. Son désespoir se fait avidité. Et son avidité me tyrannise. Quand est-ce que tu rentres ? Alors, ça y est, tu m'abandonnes ? Tu ne m'envoies plus de vidéos de toi ? Est-ce que tu baises beaucoup avec Paul, ma petite salope ? Je dois le calmer, il faut que je le calme, il doit me faire confiance. Tard dans l'après-midi, pendant que Paul est en train de travailler sur son ordinateur dans un petit salon qui se trouve dans la pièce à côté de notre chambre, et que notre fille regarde un dessin animé, allongée à côté de moi, je prends mon téléphone et, tout en écoutant Paul taper sur le clavier de son ordinateur, de l'autre côté de la cloison, et tout en discutant avec ma fille du dessin animé qu'elle regarde, j'écris à Richard un message parfaitement pornographique. Quinze minutes plus tard, je reçois une réponse circonstanciée accompagnée d'une photo. À peine le temps de la lire que la porte s'ouvre.

– Préparez-vous, les filles, je vous emmène dans un joli restaurant.

– Ooouais, papa !

– Oh, comme c'est gentil, mon chéri.

Ma main se dirige vers mon téléphone.

– Attends, je termine un truc.

Mais lui :

– Non, ils nous attendent dans vingt minutes, dépêche-toi.

– D'accord, chéri. Le temps de doucher la petite et de me doucher, et on y va.

18

Je sors de la salle de bains, notre enfant dans les bras, enroulée dans une serviette. Je vois Paul, couché sur notre lit, blafard, mon portable à la main. Je comprends qu'il est en train de lire ma correspondance avec Richard. Il me regarde et dit simplement :

– J'avais le code de ton téléphone.

Il se lève. Il sort la valise de l'armoire, la jette sur le lit et commence à la remplir.

Ensuite, il dit à notre fille :

– Je n'aime plus maman. Maman a été très méchante. Elle aime un autre homme que moi.

Le front de l'enfant se plisse sous l'inquiétude.

– C'est vrai, maman ?

Les mains crispées sur sa peluche, elle fouille mon visage.

– Oui, c'est vrai. Je suis tombée amoureuse d'un autre homme. Mais j'aime aussi ton père. J'aime ton père et j'aime cet homme.

Puis, m'adressant à Paul :

– Tu avais dit que tu me laisserais du temps.

Il va dans la salle de bains, attrape sa trousse de toilette, la pose dans la valise.

– Oui, j'avais dit que je te laisserais du temps pour le quitter, mais pas que tu pourrais envoyer des messages pornographiques pendant que tu es en famille. Tu es ignoble, ignoble de m'avoir fait croire à un rapprochement entre nous, fait croire que tu préférais la vie de famille, et d'avoir utilisé précisément ce moment magique de notre voyage à Rome pour recevoir avec faveur des obscénités de Richard K. Tu devrais avoir honte, oui. Rien d'autre que de la honte.

– Tu peux parler. Et les e-mails que tu écrivais il y a sept ans ? Et les préservatifs trouvés dans ta trousse de toilette ?

– Regarde-toi. Tu vas à la pêche à mes errances passées, errances en pensées, que je ne conteste pas, mais qui sont restées à l'état de pures rêveries, car je ne t'ai jamais trompée, ni une nuit ni plus longtemps.

– Et toi, regarde-toi aboyer comme un roquet ridicule. Et regarde-nous nous humilier, nous salir devant notre enfant. Pour des personnes censées être averties de tous les pièges et toutes les illusions du désir et de l'amour, nous sommes pires que tout. La lie du genre humain. Nous ne méritons pas de vivre.

Je sens ma bouche se tordre de rire et s'étirer sur mon visage dans une joie bizarre, qui me vide de toute humanité, de toute gentillesse, et me rend incapable de faire le moindre geste quand il repousse la petite qui se cramponne toujours à ses jambes et hurle Papa, lorsqu'il prend sa valise, claque la porte et s'en va.

Un vase tombe et se brise en deux. Ève est dans sa bassine en fer. Je cours à la fenêtre. Je vois Pierre tourner, sous le ciel noir, à l'angle de la rue d'une petite banlieue, sa valise à la main, puis disparaître dans la nuit. La neige qui tombe dru efface la trace de ses pas. Ma fille me regarde. Elle grelotte dans sa bassine en fer et répète :

– J'ai très peur, maman. J'aurais pas dû dire que j'écoutais votre conversation. C'est ma faute, ma faute à moi.

Je prends une serviette dans laquelle je l'entortille, la porte jusqu'au lit, sèche les pleurs de ses beaux yeux verts, et lui dis Jean viendra bientôt nous chercher, peut-être est-il déjà là, quelque part, dans la rue, sous la neige, près du pont, attendant simplement que la voisine qui nous épie, cachée derrière ses rideaux, aille enfin se coucher. Dans le jardin de la petite maison du sud de la France où Marcel et moi nous sommes cachés, j'entends Charles hurler, Madame, vous n'êtes plus ma femme, vous ne reverrez jamais votre enfant.

Les boucles de ses cheveux collent à ses joues blanches couvertes de larmes. Ses mains, minuscules, attrapent mes mains, à peine plus grandes. Ses mains qui ont exactement la même forme que celles de son père. Ses mains à lui que je vénérais.

– Tu n'y es pour rien, tu n'as rien fait de mal. La bêtise, c'est moi qui l'ai faite. Ne pleure pas.

– J'ai très froid, maman.

J'augmente le chauffage. Je remonte la fermeture éclair de son pull. J'attrape des chaussettes que je lui enfile. Elle baisse les yeux vers moi.

– Maman, je vais plus avoir de papa.

– Mais si, ma chérie, tu vas avoir un papa. Quoi qu'il arrive, ton papa restera toujours ton papa. Et je ne cesserai jamais de l'aimer. Tu sais, on peut aimer très fort quelqu'un et ne pas savoir le rendre heureux.

– Papa, il a dit en partant qu'il ne t'aimait plus.

– Oui, il a dit ça. Mais moi et toi, ce sont deux choses différentes. Ce qui s'est passé n'est absolument pas ta faute. Tu n'as rien fait de mal. Ce sont des problèmes d'adultes. Des problèmes que tu n'aurais pas dû entendre. Toi, il va toujours t'aimer. Il sera toujours ton papa. Et moi, je serai toujours ta maman. C'est juste qu'on aura deux maisons et que…

– Papa a dit des choses très méchantes.

– Parfois, quand on a beaucoup de chagrin, on dit des choses très méchantes, des choses qu'on ne pense pas vraiment. On dit des choses pour faire très mal.

– Pourquoi on veut faire mal ?

– On veut faire mal parce qu'on a mal.

Je détache le médaillon que je porte autour de mon cou. Celui que j'ai porté pendant des mois sans que Paul me demande une seule fois d'où venait ce collier. Celui que ma fille voulait toujours m'emprunter. Celui que je ne voulais jamais lui prêter. Je l'ouvre. Je lui montre la mèche de cheveux blancs cachée dedans. Je lui dis qui est vraiment Richard. Je prends mon téléphone. Je tape son vrai nom sur l'écran. Je lui montre une photo de lui.

– Ah ben je le savais bien, moi, qu'il y avait un secret que personne ne connaissait. Et cet homme, il va t'épouser ?

– Je ne crois pas, ma chérie.

– Mais pourquoi ?

– Parce qu'il a déjà une femme.

– Hein ? Oh ben c'est compliqué, tout ça.

– Oui, ma chérie, c'est compliqué. C'est la vie des adultes.

Des pétards claquent dans les rues. On entend des voix crier *Happy new year !*

Ma fille lâche un cri plaintif. Ses traits se figent. Je m'écroule dans ses bras. Sa main se soulève puis retombe sur mon visage. Elle essuie mes yeux.

– Ton père m'a rendue très heureuse, pendant longtemps, lui dis-je, puis c'est devenu plus compliqué entre nous. J'ai gâché sa vie. Et je ne veux plus continuer à le faire. Je sais qu'il pourra aimer d'autres personnes après moi, j'en suis persuadée, je le lui souhaite. Mais je veux que tu saches : il a été pour moi ce que personne d'autre que lui n'aurait pu être. Parce qu'il n'existe qu'un être comme lui, pour moi, sur cette fichue planète et que j'ai continué à l'aimer, lui et son caractère de chien, et à vénérer son intelligence, sa foutue intelligence visionnaire, dingue et tordue, même en aimant passionnément un autre homme qui est celui que j'attendais depuis toujours et à qui je dois certains des plus grands bonheurs de ma vie.

– Maman, je voudrais te remercier.

– Mais de quoi ?

– Merci d'être avec moi cette nuit et de ne pas être partie avec cet homme.

– Mais enfin, ma chérie, comment peux-tu dire une chose pareille ? Je ne te laisserai jamais !

– Je te le dis parce que tu es ma mère et que je suis ta fille. Tu peux me donner quelque chose à manger, s'il te plaît ? J'ai très faim.

Aucun bruit ne filtre de derrière les portes. Personne dans les couloirs. Personne dans l'ascenseur. Personne à la réception. Tout l'hôtel est empesé dans un silence suspect pour un jour de l'an. J'arrive dans la salle des petits déjeuners. La lumière criarde se réfléchit sur une affiche d'un film de Fellini sur laquelle je lis, abasourdie : « Rome est un bien bel endroit pour attendre la fin du monde. » Je fouille les placards. Il n'y a rien que des assiettes, des tasses, des verres, une bible et un guide touristique qui date du siècle dernier. Je finis par dénicher une dose de chocolat au lait et une sorte de pain à la marmelade d'abricot. Dans le reflet du micro-ondes où je fais chauffer un chocolat, je vois ricaner le visage que j'avais avant que tout cela n'arrive. Je cours jusqu'à la chambre de ma fille, épouvantée. J'ouvre la porte. Ma fille est en train de jouer avec la poupée de porcelaine que Marcel lui a offerte. Ma fille est en train de jouer avec le baigneur en celluloïd que son grand-père Charles lui a offert. Ma fille joue avec une Barbie en jean neige dont elle a dévissé la tête. Je trouve ma fille roulée en boule sur le lit de notre petite chambre d'hôtel, la télécommande à la main, en train de regarder un dessin animé. Dans la télévision, une famille de cochons se roule dans la boue dans un concert de rires et de grognements. Nous regardons les cochons grogner dans la télévision. Je prends la télécommande. J'éteins.

– Tiens, mange un peu, ça va te faire du bien.

Elle engloutit son pain à l'abricot, boit son chocolat, porte son doudou à la bouche et respire le crâne de la peluche dont elle fait glisser les oreilles entre ses doigts dans un mouvement circulaire qui ne s'arrête plus.

– Regarde, regarde le petit livre que je t'ai apporté. On va le lire si tu veux, tiens, tu pourrais même, essaie, essaie de lire les mots qui sont marqués sur la page.

Ses yeux dilatés par le chagrin se plantent dans les miens.

– Ça n'est pas la peine d'essayer de me faire penser à autre chose, maman.

– Attends, je vais te raconter une histoire. Il était une fois une petite fille kangourou qui avait des ailes et…

– Arrête, maman, les kangourous n'ont pas d'ailes.

– Ils n'ont pas d'ailes en vrai, mais dans les histoires ils peuvent en avoir, tu sais.

– Maman, où est papa ? Je veux le voir. Quand est-ce qu'il va rentrer ?

Quand est-ce qu'il va rentrer ?

Le comportement immoral d'une mère qui a abandonné son enfant. Des pratiques incestueuses avec son frère que la morale réprouve.

Quand est-ce qu'il va rentrer ?

Ah ! Ah ! Celle-là, elle est dingo, chaque année elle fait un séjour chez les dingos, et sa fille qui raconte dans toute la pension que son père est explorateur en Afrique, la vilaine menteuse, elle aussi, elle finira dingo chez les dingos.

Quand est-ce qu'il va rentrer ?

Pute.

Quand est-ce qu'il va rentrer ?

Je les vois, en arrière de mes yeux. Je les vois, comme je les ai toujours vues. Elles sont, mère et fille, couchées à même le sol, brisées comme deux vases d'argile, au centre d'un cercle qui tourne où tout ce qui a lieu a déjà eu lieu jadis et recommencera, couchées dans un cercle qui tourne où tout ce qui a lieu a déjà eu lieu jadis et recommencera, couchées dans un cercle qui tourne où tout ce qui a lieu a déjà eu lieu jadis et recommencera. Elle est sur le pont d'Argenteuil avec sa fille en 1914. Elle l'amène à Boulogne, au bord d'un lac gelé, en 1960. Étendue sur le lit de son appartement parisien, au début des années 1980, elle n'entend plus sa fille lui dire Regarde, maman, la petite plante qu'on a fait pousser à l'école. Elles sont englouties dans la chambre d'un hôtel de Rome dans la nuit du 1er janvier 2017. Et je chuchote Pleure pas, maman, pleure pas, pendant que ma fille répète en s'accrochant à moi Pleure pas, maman, pleure pas, et que ma mère penchée sur sa mère lui dit Pleure pas, maman, pleure pas, tandis que sa mère pleure, abandonnée, sur le pont d'Argenteuil, en pleine Première Guerre mondiale.

La porte s'ouvre. Elle s'ouvre sur une porte qui s'ouvre sur une porte qui s'ouvre sur une porte qui s'ouvre sur une pièce où on a couvert les miroirs d'un drap. Il y a des fleurs partout. Des tonnes de fleurs.

– Maman, où est papa ?

– Papa est très loin, chérie.

– On va le voir.

– Papa est très loin, tout là-haut dans le ciel.

– Je veux le voir. Quand est-ce que papa va revenir ? Quand est-ce qu'il va rentrer ?

– Sarah, on ne peut pas le voir. On ne pourra plus jamais le voir. Il est mort. On est toutes les deux toutes seules, maintenant.

J'ai perdu connaissance.

Quand je reviens à moi, je suis dans la salle de bains de l'hôtel à Rome. Je pensais être encore couchée à côté de ma mère dans sa chambre à Paris.

Je suis des yeux la traînée de sang qui macule le carrelage. Je ne comprends pas d'où elle vient. Je titube. Je me relève. Je cours jusqu'à la chambre. Ma fille s'est endormie. Elle va bien. Je passe une main sur mon visage. Je regarde ma main. Elle est rouge. Je vais jusqu'au miroir. Un filet de sang s'échappe de mon nez. Je me rince le visage à grande eau. Ensuite, je fais ce qu'il faut faire. Je fais ce qu'on doit faire dans ces cas-là, alors que je sais que ce que j'ai craint toute ma vie est en train d'arriver : je deviens folle. Je ne sais plus le reste. Je ne sais pas ce que je veux. Je ne sais pas le dire. La terreur colle au rideau de douche et grandit sur les murs de la salle de bains. J'appelle Richard. Nous parlons jusqu'à l'aube. Nous nous quittons fous d'amour l'un pour l'autre. Dans le téléphone, je n'entends plus que le sac et le ressac de son souffle qui cogne à mon oreille, se dérobe, cogne encore, mon amour, mon amour, et se retire, au loin. Je sors de la salle de bains. Ma fille dort. La chaleur de son dos. Le moelleux de sa joue. L'odeur de ses cheveux. Je contourne le lit. J'ouvre les rideaux. J'ouvre la fenêtre. Je reste face au vide. Premier étage. Pas assez haut. Je referme la fenêtre. Il n'y a plus rien dans la chambre, pas même moi. J'ouvre mon médaillon. J'avale la mèche de cheveux qui s'y trouve. J'attrape mon téléphone. J'envoie un message à Paul. Je me recouche, mon enfant serrée contre ma poitrine.

Vient une nuit sèche et compacte.

Nous restons prostrées l'une contre l'autre, comme deux cadavres de fœtus.

Quelqu'un hurle dans la pièce d'à côté. À moins qu'il ne s'agisse de ma mère. À moins qu'il ne s'agisse de sa mère. À moins qu'il ne s'agisse de la mère de sa mère. À moins qu'il ne s'agisse de moi.

Le téléphone vibre.

Un message s'affiche.

Mon enfant ouvre les yeux.

Elle me regarde.

Ma main caresse sa joue.

Je lui dis C'est ton papa. Il va revenir. Papa va revenir. Papa va rentrer.

19

Sur un bureau plongé dans l'obscurité, enseveli sous des piles de livres au sommet desquelles gisent des tasses contenant des restes de café, des kleenex usagés et des boîtes de calmants vidées de leur contenu, flottent, inertes, déchirés, des fragments de lettres décachetées, où l'on peut encore lire « Mon amour », « Nous devons être raisonnables et responsab », « tu as peur pour ta fille et pour ta propre santé mentale », « crains de te retrouver seule sans ce cadre familial qui t'a toujours fait défaut et que tu étais si fière d'avoir constr », « pas quitter ma fem », « me, ça détruirait sa vie tout comme ça détruirait la m », « elle a fait un malaise quand elle a appris que », « est vieille et démun », « ne referait pas sa vie », « nous ne devons plus », « nous conduirait, nous deux et nos conjoints et ton enfant, dans de nouvelles catastroph », « ai passé des nuits affreuses, pleines du désir vain de te tenir dans mes bras », « ne peux plus dormir, je suis complètement épuisé, mon sang est comme du plomb, mon cœur fait mal », « suis malade de toi », « l'amour pour nos proches et notre responsabilité envers eux », « on ne peut pas fonder une nouvelle vie sur les cadavres de l'ancienne », « Je ne veux plus me lever chaque nuit en me disant que je ferais mieux de me », « tirer une balle dans la bouche », « gérer ce qui nous arrive dignement et ne pas salir le cadeau qui nous a été d », « vraiment éperdument, mon amour si ador », « ma femme ne veut plus que », « seule possibilité de gérer l'horreur de cette séparation et d'y survivre, c'est le silence », « effacer toutes tes coordonnées, ton numéro de téléphone, ton adresse, tes mails, tes photos et les films que j'ai faits de toi », « donné les jouissances du corps et de l'esprit les plus élevées qu'on puisse connaître. Et je t'aimerai toute ma vie avec la même fureur. Mais les circonstances ne nous permettent plus de vivre cet », « ouhaite tout le bonheur possible. Adieu ».

20

– Appuie-toi sur mon bras, on va marcher un peu. Voilà, ce que je voulais te dire, c'est ça, on ne peut jamais rien construire sur de la destruction, se séparer parce qu'on ne s'entend plus et se retrouver tout seul, face à soi-même, laisser passer du temps et essayer, plus tard, de reconstruire autre chose, ça on peut le faire, mais si on quitte une personne pour une autre, ça, à long terme, ça n'entraîne que du chaos. On ne peut pas vivre sur des chimères. Et la passion éternelle en est une. Ta mère, quand je l'ai rencontrée, elle m'a tout de suite dit Je veux ça, le grand amour, le grand amour sinon rien, j'ai eu ça avec mon premier mari, je veux ça avec toi, elle voulait le grand truc, mais tu sais, tout exceptionnel qu'il était, et je crois que ton père était un être rare, exceptionnel, tout exceptionnel qu'il était, je ne suis pas certain que, s'il avait vécu, il aurait rendu ta mère heureuse, je veux dire, peut-être serait-elle restée sur sa trajectoire de femme très belle et entretenue par son mari, sans chercher à se creuser une intériorité, peut-être que toi, tu ne serais pas devenue écrivain, ce sont là de pures spéculations, on ne sait pas, on ne peut pas savoir, mais en revanche il y a une chose dont je suis sûr avec le recul que m'ont apporté les années, c'est que même les grandes amours, les passions incandescentes, cette fille, là, et ce grand auteur qui était diplomate, qui était fabuleux et qui s'est suicidé, et sa femme qui s'est suicidée avant lui, cette, ah merde qui avait les cheveux courts, cette fille du cinéma, oui, Jean Seberg, c'est ça, avec Romain Gary, la passion, si elle dure, elle tue.

– Tu veux dire que ma mère a été fatale à mon père ?

– Ça, je l'ignore. Mais ce que je veux dire, c'est que moi, au départ, j'avais pas forcément une passion extraordinaire pour maman, c'est pour ça que je l'aime de plus en plus, que je suis de plus en plus amoureux d'elle, parce que si tu veux, avant ta mère, j'ai eu une passion brûlante pour une femme qui était mariée, quand j'y réfléchis, j'y pense encore, ça aurait été destructeur, on est restés trois ans ensemble, elle avait des enfants, elle voulait quitter son mari, elle le voulait mais sans vraiment le vouloir, et moi, en fin de compte, après tout ce temps, je dois dire que j'avais envie qu'elle le fasse mais que je ne le voulais pas vraiment, et donc je peux dire aujourd'hui que je suis de plus en plus amoureux de maman, c'est quelque chose qui s'est construit non pas sur de la passion mais sur des épreuves que nous avons traversées et qui nous ont soudés, ç'a été très dur, pour moi, ton adolescence, arriver dans votre vie à toutes les deux, donner à ta mère un autre enfant et te voir, toi, au même moment, t'enfoncer dans les ténèbres d'une adolescence douloureuse, et maman qui ne comprenait pas, et maman qui pensait que quand je lui disais Ta fille est malade, il faut la faire soigner, je t'insultais, je ne t'aimais pas, et maman qui n'aimait pas le fils que j'avais eu de mon précédent mariage, qui ne voulait pas l'accueillir à la maison, qui le rejetait, ç'a été très dur, aujourd'hui encore maman ne s'en rend même pas compte, mais tout ça, nous l'avons traversé, sa maladie, ta maladie, la mort de mes parents, la mort de sa mère, mon dépôt de bilan, et on s'est battus de toutes nos forces pour donner à ta sœur ce que ta mère n'a pas pu te donner, ta sœur, elle est sur les rails, c'est un bloc de narcissisme assumé, elle s'aime, elle aime la vie, elle, je ne me fais pas de souci, mon fils aussi, mon divorce avec sa mère, ç'a été très dur, il en a terriblement souffert, mais depuis il a fait son chemin, il a trouvé sa voie, il est allé très loin, dans une voie qui est la sienne et que je respecte, mais…

Il s'interrompt un instant puis :

– C'est étrange, biologiquement je ne suis pas ton père, et pourtant nous ne sommes pas sans nous ressembler. Tu es peut-être même celle de mes trois enfants qui, à certains égards, me ressemble le plus.

Je fixe tristement la pointe de mes chaussures. Je lui dis :

– Je sais.

Il me prend par l'épaule.

– La vie m'a donné trois enfants très différents dont je suis très fier. Je suis heureux de ce que la vie m'apporte chaque jour et, à presque soixante-dix ans, je suis de plus en plus amoureux de ta mère, bien sûr je suis frustré de ne pas pouvoir avoir avec elle des discussions comme je peux avoir avec, avec, avec toi, par exemple, mais on y vient, on va y arriver avec la maturité, j'en suis certain, on est sur le bon chemin, trente ans qu'on est ensemble, je suis fier d'elle, fier de son développement, il nous reste beaucoup de temps pour vivre de grandes et belles choses, ça va être bien, ça va être bien, j'en suis sûr, j'ai confiance.

Le jour tombe. Les éclairages des cafés qui un à un s'allument font un halo au-dessus de nos têtes. Un joueur de vielle entonne un air ancien devant une terrasse. Au son de ses chansons, je souris. Mon cœur bat ardemment. Et la foule des clients, absorbés dans leurs songes, leurs conversations, leurs récits de peines ou d'amour, soudain se fige et se congèle, puis chacun se remet à parler, à lire, à écrire son propre livre, à manger, à boire, à dessiner des labyrinthes ou des carrés sur les nappes en papier, à entremêler ses doigts à celui ou celle dont il faudra un jour se séparer, à étouffer des rires ou des chagrins, ou à rêver.

Mais lui, ne voyant pas que sa petite apologie de la conjugalité me tue :

– Et puis la deuxième chose que je voulais te dire, c'est que la mort de mon père, ç'a été très dur, vraiment, bizarrement plus dur que pour maman, maman il y avait son Alzheimer, donc en dix ans j'ai eu le temps de m'y préparer, papa, sa tumeur au cerveau qui l'a emporté en un mois, c'est une période qui m'a, où j'ai… Tu sais, tu sais tout, je crois, mais bon voilà, si c'était à refaire, j'essaierais de faire quelque chose, pour que ma mère fasse pas chier mon père, qu'elle le fasse pas chier jusqu'à la fin de ses jours, parce que, trente ans plus tôt, il l'avait trompée et que depuis il n'y avait pas un jour, pas un jour sans qu'elle le lui rappelle, d'une façon ou d'une autre, et le lui fasse payer, j'aurais dû faire quelque chose, mais j'étais pris moi-même par le mouvement de ma vie, son tourbillon, ses exigences, toutes ces choses que l'on met en place chaque jour pour essayer de maintenir une vie de famille, de la joie de vivre, de l'amour et du désir. Les cinq dernières années de la vie de mon père, je l'ai vu s'enfoncer dans une tristesse affreuse, cette vie qu'il avait avec maman, qui le rassurait, le cadre, les horaires, les repas, la radio le matin, la télévision tous les soirs, la mousse au chocolat le dimanche, et en même temps le chagrin de n'avoir pas pu vivre avec l'autre femme tout cet amour qu'elle voulait lui donner, la douleur de ne plus avoir la force d'aller au foot avec les copains, et je me suis dit en le voyant, ses vieilles pantoufles aux pieds, tassé dans le fauteuil dans lequel il me prenait sur les genoux quand il était encore un homme jeune et vigoureux, je me suis dit que j'étais passé à côté de mon père, alors j'ai réfléchi toute une nuit, et le lendemain je suis retourné le voir et je lui ai dit Papa, il faut que tu m'aides, j'ai besoin que quelqu'un me fasse une revue de presse quotidienne et une synthèse écrite de tout ce qui a trait à la communication de crise, et je n'ai pas les moyens de payer une nouvelle attachée de presse pour ça, bien sûr je lui mentais, mais il n'en savait rien, et au début il m'a répondu, tu sais, de sa voix bougonne, Certainement pas, c'est hors de question. Mais trois jours plus tard, il me rappelait en me demandant Quand est-ce que je commence ? Il s'est mis au travail. Je venais chercher la revue de presse à chaque fin de semaine. C'était l'occasion de faire un bon déjeuner ensemble. Au bout de trois ans, il m'a dit Tu sais, fils, ta revue de presse, ça m'a donné une idée, il y a un an, je me suis inscrit à des cours à l'université, sur l'histoire de la musique, c'est accessible à tous, même aux gens comme moi qui n'ont pas le bac. J'ai découvert aussi qu'avec des copains de l'université il avait monté une chorale pour aller chanter dans les maisons de retraite. Il m'a raconté, je m'en souviens encore, les yeux brillants de joie, C'est super, on va chanter chez les vieux. Tu te rends compte, il avait quatre-vingt-un ans. J'ai gardé la toute dernière revue de presse qu'il a faite pour moi. Elle date de trois semaines avant sa mort. On lui avait déjà diagnostiqué sa tumeur au cerveau.

Ses paupières retiennent des larmes qu'il ne veut pas verser. Je le prends dans mes bras. Il sèche ses yeux, puis continue :

– C'est très douloureux de survivre à la mort de ses parents. Et ça l'est également de survivre à une personne qu'on a passionnément aimée et qui est toujours vivante. Il faut avoir de l'indulgence pour les faiblesses humaines, pour celles des autres beaucoup plus que pour les siennes. Tu dois pardonner à Paul, et pardonner à Richard, je suis persuadé que tu vas y arriver, la fin d'une histoire ne signifie pas la fin de l'amour, mais tu m'écoutes depuis tout à l'heure sans rien dire…

– Un jour, j'ai trouvé dans la bibliothèque d'une vieille maison que vous aviez louée pour l'été, maman et toi, un livre de Lawrence Durrell, *Les Îles grecques*.

– Je ne connais pas.

– C'était l'auteur préféré de mon père. *Les Îles grecques*, c'est un texte écrit à la fin des années 1970 dans lequel Durrell mêle ses souvenirs personnels aux descriptions, aux mythes et à l'histoire. Il parle des ports, de la lumière et de la flore avec un émerveillement et une sensualité proches de ceux qu'on trouve chez D. H. Lawrence. C'est vraiment beau. Mais ce qui m'a émue, surtout, c'est de voir toutes les stries et les brisures sur la couverture de ce qui se trouvait dans cette maison qui n'était pas la nôtre, qui ne serait la nôtre que pour le temps des vacances, et qui serait ensuite une maison habitée par d'autres dont nous ne saurions rien. Tu vois, ces stries qui donnent à la couverture d'un vieux livre l'aspect de la peau d'un visage marqué par les années. Je n'ai pu m'empêcher de penser à toutes les mains qui avaient feuilleté ce livre au cours des années, et à celles qui le trouveraient encore, après notre départ, à la fin de nos vacances, comme on consent qu'un visage adoré soit touché par d'autres mains que les nôtres, des mains qui s'en occuperont peut-être mieux que nous n'avons su le faire. Richard a préféré rester avec sa femme car il a besoin d'elle même si j'ai été, et continue à être le grand amour de sa vie, même s'il sait que je l'ai dans le sang et que personne ne l'aimera comme je l'ai aimé, et comme je l'aime encore. Compte tenu de ce que j'ai fait subir à Paul, compte tenu de la façon qu'il a de se raconter que décidément je ne sais pas le comprendre et que je n'ai jamais su trouver le chemin de son cœur alors que je n'ai pas cessé de le chercher désespérément, il est possible qu'il se remette à penser que la conversation d'une seule femme ne lui suffit pas ou même qu'il finisse par me quitter pour une autre, sans jamais avoir compris la profondeur de l'amour et l'intensité de la gratitude que j'ai pour lui. Nous sommes des aveugles qui avancent dans la nuit sèche, prisonniers de nos basses manières de comprendre, notre faible façon d'aimer, notre pauvre et étroite manière de goûter les bonheurs qui nous sont donnés. Cela fait mal de vivre. J'ai cru trouver mon salut dans l'amour. Je l'ai cherché dans une certaine reconnaissance. Tout le monde a des rêves de grandeur. Des rêves qui nous empêchent de regarder vers l'abîme. J'ai rêvé, beaucoup. J'ai vu beaucoup de mes rêves se réaliser. J'ai eu beaucoup de chance. Je ne suis pas à plaindre ni ne veux qu'on me plaigne. Mais je suis fatiguée. Ça fait huit mois, maintenant. On avance, chaque jour, on fait ce qu'on a à faire. Le travail. La maison. Ne rien dire aux amis. Préserver notre fille qu'on a tant abîmée. Essayer de reconstruire ce qu'on a saccagé. Persister dans l'existence avec une obstination qui n'a rien à voir avec la dignité humaine et fait de nous des moules sur un rocher. C'est dur, lorsqu'on n'est plus dupe des ambivalences de l'âme, de sa propre médiocrité comme de celle des autres.

Les mains enfoncées dans les poches de nos pantalons, nous marchons d'un pas lent, en regardant les nuages dans lesquels nul prince ne laisse de message s'étirer prudemment dans le ciel.

– Quand j'étais enfant, je devais avoir huit ou neuf ans, je voulais être un chevalier. Jamais une princesse. Juste un chevalier. Je courais dans les forêts, sans crainte de me blesser, rêvant de tout risquer pour ceux que j'aimais. Je n'ai pas été à la hauteur de mes idéaux ni de mon code d'honneur. J'ai menti, j'ai trahi, j'ai été lâche. J'ai eu peur. Cela s'appelle devenir adulte, dit-on. Mais je ne suis pas taillée pour ça. Je voulais rendre ceux que j'aimais heureux, mais je n'ai semé que le chaos et la désolation autour de moi. C'est impossible d'être à la hauteur de la fiction que l'on a de soi-même. Tout comme il est impossible d'être fidèle à la fiction que ceux qui nous aiment se font de nous. C'est pour ça que des gens deviennent fous ou se tuent, plutôt que de l'admettre. Les cheveux de Paul ont blanchi en quelques semaines. Et moi, regarde-moi, je suis une loque. J'ai chuté de trop d'illusions. Je ne crois plus en ce qui jusqu'à ce jour me faisait tenir debout : que j'allais devenir quelqu'un, que j'avais un destin personnel. Et, par-dessus tout, savoir que je vais passer toute une vie sans voir Richard, juste continuer à le voir en songe toutes les nuits, que si un jour il tombe malade, on ne me… je ne peux pas.

– Ne dis pas de bêtises. La vie est longue et pleine de surprises. Tout cela va faire son chemin. Tu vas avancer. Tu vas retrouver ta dignité.

– Il n'y a plus de dignité possible pour celui qui a détruit tous ceux qu'il aimait. Et cependant, il y a, je crois, une certaine gaieté à trouver dans le fait qu'on est si peu de chose qu'on ne peut rien retenir, ni ceux que nous aimons, ni ceux que nous perdons, rien empêcher, ni l'abandon ni la mort, rien. Car, en réalité, nous ne sommes pas propriétaires de l'amour.

Je détourne les yeux. J'hésite un instant, puis :

– Je voulais te dire une chose ; une chose que je ne t'ai jamais dite. Je ne pensais pas te le dire un jour, et c'est une blessure d'avoir à te le dire, car il me reste tout de même encore trop d'orgueil, mais voilà, finalement, je pense que tu es la meilleure chose qui soit arrivée à ma mère.

Nous marchons encore, le long du boulevard Montparnasse, et passons devant une des librairies dans lesquelles nous allions, ensemble, quand j'étais adolescente, nous sourions en silence, d'un même sourire triste et heureux, puis nous nous disons au revoir.

– Tu m'appelles la semaine prochaine, d'accord ?

Je ne lui réponds pas. Je sais ce qu'il me reste à faire. J'attends que sa voiture démarre et tourne au coin de la rue. Je rentre dans une pharmacie.

21

À ce point du jour où soudain tout va si vite que mes pas avancent sans moi, je me fais couler un bain qui m'attend depuis toujours. Je m'y allonge. La fenêtre claque. Je sens l'odeur de Richard sur mes mains. Je lui parle. Je sais qu'il m'entend. Je veux sortir du bain. Mais je n'ai plus de thorax, d'abdomen ni de bassin. Une pluie cendreuse me tombe dans la bouche. Des taches de lumière grise brouillent mes yeux. Je vois Richard – son sourire quand il dit Viens par là, que je te baise dans le cœur, et sa main dans la mienne. Je le vois courir après moi dans l'appartement, notre appartement. Tu ne me quitteras jamais ? Jamais. Et si tu cherchais à me quitter ? Tu me tuerais. Je vois sa bouche mangeant la mienne et nos corps entremêlés. Je vois son lit devenu le nôtre plein de nos cheveux, plein de nos odeurs, plein de nos rires, plein de son foutre. Je vois sa femme couchée à ses côtés. Je vois sa femme lui préparer son plat préféré. Je vois sa femme pleurer. Je me vois pleurer à ses côtés. Je vois le visage de Paul entre mes paumes. Je vois notre première rencontre à ce dîner où je ne voulais pas aller. Je le vois m'écrire

Viendras-tu quelque temps chez moi ? Je nous vois nous disputer à Ikea au rayon salon et nous réconcilier devant un copieux sandwich au renne. Je nous vois marcher main dans la main comme au premier matin du monde. Je vois le petit visage plissé de rêves de notre fille le jour de sa naissance. Je vois son tout premier sourire. Je vois sa main, si petite, se refermer sur mon doigt. Je nous vois, Paul et moi, la conduire à son premier jour d'école, tout comme, vingt ans plus tôt, il y a conduit ses deux fils avec leur mère. Je vois l'ex-femme de Paul. Je me vois l'accueillir à notre table à Noël. Je nous vois sourire tendrement des petites manies de l'homme qu'elle a aimé devenu l'homme que j'aime. Je vois mes parents. Ma mère et mon père. Puis ma mère et mon beau-père. Je revois nos disputes. Je revois nos fêtes. Je revois la maison où nous nous sommes haïs et où nous nous sommes aimés. Je me vois rencognée dans mon lit chaque fois que ma mère sort, j'ai si peur qu'elle ne meure, elle aussi, et ne revienne jamais. Je vois ma mère lisant un livre à l'ombre des peupliers d'un jardin d'enfance. Je la vois m'apprendre à lire. Je la vois s'approcher de moi, je vois son sourire lent et parfumé s'ouvrir aux feux du soir et, surgi tout à coup dans ses mains, ce tout premier cahier dans lequel j'écris – et les mots que j'y trace pour l'aimer comme pour la fuir font partie de la nuit. Je nous vois toutes deux courant à perdre haleine dans le couloir d'un hôtel où nous venons d'intervertir les chaussures que les clients ont laissées devant la porte pour les faire cirer. Je nous vois rire aux éclats. Je la vois me faire tournoyer dans ses bras. Et je vois le soleil tourner, tourner, et tourner encore. Je vois ma mère étouffer des chatons et des chiens. Je la vois petite, serrant le corps de sa mère prisonnière d'une camisole de force. Je vois le fils de mon beau-père, assis à côté de moi, à une table de noces. Ma mère épouse son père ; le fils et moi faisons une tête d'enterrement ; sous la table, je le pince au sang ; nous nous détestons cordialement ; on fume nos premières cigarettes en cachette ensemble ; il devient mon ami. Je vois mon beau-père parler de moi à ses collègues en leur disant Je vous présente ma fille. Je le vois dire à ma fille Montre à grand-père ton beau dessin, grand-père est fier de toi. C'est bien. Je le vois, dans un cimetière, regardant les quatre cordes disposées autour du cercueil de son père que l'on va mettre en terre, et je vois mon bras autour de son épaule. Je vois ma mère en vison, cuissardes et en minishort de cuir. Je me vois vidant la poche urinaire de ma mère dans les toilettes d'un hôpital. Je vois ma mère aux cheveux parsemés de blanc penchée sur des petits pois qu'elle cuisine pour ma fille. Je vois ma sœur, bébé, au creux de mes bras. Je nous vois, elle enfant et moi adolescente, nous rouler dans les champs au milieu des vaches. Je la vois hurler de peur en trouvant une souris dans le grenier. Je me vois ensuite dessiner des souris et les glisser sous la porte de sa chambre en ricanant. Je me vois la tenir serrée tout contre moi, si petite, si fragile, et lui répéter Respire, respire, respire, ton asthme, ça va passer. Je la vois, jeune fille, me serrer dans ses bras quand, anéantie par la dépression, je lui dis Je ne trouverai jamais de travail car je suis un déchet social, une inutile, sans valeur. Je la vois, jeune femme, assise dans une salle au milieu des deux cents personnes venues m'écouter donner une conférence, un immense sourire aux lèvres. Je la vois éclater en sanglots de joie en découvrant ma fille à la maternité. Je vois ma fille éclater en sanglots de joie en apprenant que sa tante va se marier. Je vois la beauté impétueuse de ma sœur sur les photographies qu'elle m'a envoyées des multiples essayages de sa robe de mariée. Je vois son fiancé. Je vois son bon sourire. Je les vois rire, je les vois se chamailler, je les vois se lancer dans la préparation de leur mariage avec une candeur que je ne connaîtrai jamais. La lumière brille d'un éclat plus vif. Je vois toutes les personnes dont j'ai croisé la route et qui un jour m'ont tendu la main. Je vois toutes les personnes à qui j'ai pu redonner le goût d'exister. Je vois une forêt sur les sentiers de laquelle se trouve toujours l'épée de bois d'un enfant, des arbres, immenses, balayés par les vents, et loin, comme là depuis toujours, l'océan. Tout cesse, je cède. Je perds jusqu'au souvenir de mon chagrin. Je n'ai plus ni peur, ni mal, ni froid. Je flotte, sans appui, dans le vide qui m'emplit, dépouillée de toute volonté et de toute rancœur, percée de part en part par la clarté d'un amour infini que plus rien ne peut borner. Les images s'effacent. Ma peau s'efface. Les sons s'effacent. Je n'entends plus que les battements, de plus en plus doux, de plus en plus calmes, d'un cœur qui fut le mien et d'une voix qui fut mienne, ne l'est plus mais chuchote encore : C'était bien.

Dans le vase posé sur un tabouret, les roses jaunes flambent presque. Je me penche pour les attraper. Le plafond clapote. Tout à coup la cadence des rires de

Paul et de notre fille me parvient de la cuisine. Puis, à nouveau, plus rien que le vent qui respire entre mes doigts. Seigneur, pardonnez-moi. L'eau du bain se ride de vagues. Je passe le golfe de Lisbonne, traverse l'Atlantique jusqu'au point où l'eau et le ciel se confondent, contourne le désert de Mauritanie et les vallées du Sénégal, vois tanguer les pirogues amarrées sur la plage de Grand-Bassam, et, du rivage, j'atteins le vieux cimetière noir de Yopougon, à l'entrée duquel des femmes font frire des beignets et où la brousse chaque année mange un peu plus les corps, puisque, à part quelques caveaux visibles à l'entrée, tout n'est à présent sur des dizaines de kilomètres qu'arbres et hautes herbes, que des gamins s'échinent à arracher en vain. Restée sur le rivage, elle est là, des coquillages cachés dans les plis de sa robe, et lui fait un signe de la main. Le soleil brûle la rétine. Je souris. Tout se rembobine, en arrière de mes yeux. Les vagues roulent, roulent, refluent et bouillonnent. L'enfant rit. Ses dents étincellent dans la lumière. Les vagues enflent. Le vent hurle. Il la voit. Il nage vers elle. Les vagues roulent, roulent et refluent. Il arrive. J'arrive. Un feu brûlant tombe dans mon âme. Je plonge, sans peur aucune, dans les océans du temps, mes roses dans une main, mon épée de bois dans l'autre. Attends-moi, me voilà, tu vois, je suis revenu, je suis revenue, tu vois, me voilà, attends-moi, vertes, immenses, les vagues grondent, grondent et hurlent, dans le jour en feu, déferlent, grondent, grondent, refluent, percutent nos yeux, noient nos bouches et nous poussent, au-delà de la barre, au large, dans l'infini où nous sombrons, enfin réunis, dans ces flots ondulants, dans ces modulations d'harmonie, dans l'esprit qui palpite en un seul battement, tout au fond des eaux incendiées du ciel devenu océan. Paul accourt dans la salle de bains. Il me saisit aux épaules. Avec ce qui me reste de force, je me cramponne à son cou.

22

Tu n'es pas méchante, mais imprévisible. L'ennui, c'est que ça me donne envie de l'être aussi. Peut-être est-ce nécessaire à ce stade. Je ne suis pas qu'un objet de tes rêves. Mais c'est pourquoi, avec moi, il peut y avoir une vie, des enfants, de l'écriture, une maison, des années. Et non pas tout ce qui sert à incendier ces choses. J'avais le code de ton téléphone. J'ai même soupçonné qu'il ressemblait trop à une date pour être un nombre anodin, et c'est ce dont, à Rome, j'ai voulu avoir le cœur net. Et, aujourd'hui encore, je n'en ai pas du tout honte, parce que tu m'avais dit que tu ne mentirais plus et que tu étais en train de le quitter. J'ai pris ton téléphone avec le sourire. Je pense, en tout cas, que tu n'imagineras jamais à quel point ces leçons de mots crus échangés avec Richard K. ont été pour moi douloureuses. Il m'a été tout particulièrement insupportable de me voir ensuite reprocher mon manque de magnanimité. Si la magnanimité consistait non pas à rester à ton chevet pendant tous ces mois, et à te tenir serrée dans mes bras quand c'était un autre que tu pleurais, mais à ce que tu puisses continuer à vivre comme tu as vécu, une double vie, à l'abri de la honte et de la culpabilité véritables, eh bien, de la magnanimité, pendant tous ces mois, je n'en ai eu aucune. J'ai été Richard. Je sais combien on souffre d'avoir à faire souffrir l'autre. Tu as été moi. Tu sais ce qu'est l'humiliation de sentir qu'on n'a pas été préféré. Mais je n'ai jamais été toi. Il y a un malentendu total, sidérant, dont je ne sais quoi penser. Tu as toujours parlé de Richard et de moi comme si nous étions sur deux plans différents, comme si tu avais deux cœurs, et pourtant, quand tu justifiais ton comportement en m'accusant, c'étaient toutes ses qualités que tu opposais à mes défauts… Je rends les armes. J'abandonne toute tentative de maîtrise du cours des choses, et je m'en remets à toi. Je te parle, dans l'obscurité de cette chambre, et je tiens tes doigts serrés dans les miens, en me demandant simplement si tu comprends ce que je dis. Mais, encore une fois, je suis sensible au fait que je te parle au présent, et pas au passé. Nous avons traversé des tempêtes, nous avons impliqué notre enfant dans un théâtre d'ombres où se sont mêlées nos illusions tragiques et la seule chose qui mérite d'être vécue dans une vie humaine : la quête éperdue de la vérité sur soi et sur l'autre – et c'est toi qui me l'as enseignée. Il y a une forme de grandeur dans ton histoire avec cet homme, une grandeur qui a été belle, qui restera belle, et que je respecte, tout comme je respecte ton courage – et le sien. Je sais que tu ne m'aimeras jamais avec la ferveur avec laquelle tu l'as aimé – je n'ose pas dire avec laquelle tu l'aimes encore. Je sais combien tu souffres de son silence. Je sais à quelle mort affreuse ce silence te renvoie. L'abandon est une autre forme de mort, si ce n'est de meurtre. Mais le dialogue entre vous n'est pas rompu. Le feu qui vous a consumés continuera à brûler, autrement. Vous continuerez à vous parler par œuvres interposées, non, ne hausse pas les épaules, tu verras, j'en suis certain. Il n'est pas lâche. Ce qu'il a fait, fuir, se taire, malgré tes lettres et tes supplications, c'était la seule solution, sinon nous aurions tous fini par nous suicider : lui, toi et notre enfant, moi, sa femme. Je le comprends. Je te comprends aussi. Comprends-moi. Je ne veux pas voir grandir notre enfant dans les tensions qui reconduisent le malheur dont nous avons tous été victimes, toi et moi, et quantité d'autres dans nos deux familles. Mais c'est impossible de mener une vie commune avec quelqu'un qui estime qu'il a tous les droits à cause de l'enfance abominable qu'il a eue et que les blessures qu'il a subies sont tellement irréparables qu'il peut à tout moment chercher à les compenser avec ce qui se présente. En fait, je t'ai toujours supposée beaucoup plus morale que ça. J'avais même beaucoup de fierté à te supposer telle. C'est peut-être au nom de cette idée que j'ai de toi que je vais te dire une chose, et je m'épouvante presque de ma décision compte tenu de la façon dont tu m'as roulé dans la farine, dont tu as, comme tu dis, joué avec le feu, et essayé d'avoir le beurre et l'argent du beurre, et par-dessus le marché mon sourire de dupe : je ne te quitterai pas. Et pas parce que nous avons un enfant ensemble. Ni parce que tu as voulu mourir. Mais parce que tu es la personne que tu es. Parce que tu es toi. Tu te rappelles sans doute – tu te le rappelles sûrement, tu as cette manie détestable de n'oublier jamais rien –, tu te rappelles, donc, après notre premier baiser, il y a onze ans, cette phrase que je t'avais écrite et que tu avais alors trouvée odieuse : « Je t'aime non pas pour ce que tu es mais pour ce que tu pourrais devenir. » Je crois que l'amour t'a fait devenir cette personne-là. Tu as dans les yeux un trait de lumière en plus. Et je sais que je n'y suis pour rien.

23

Il y avait un drap que nous avions trouvé dans le placard et que je ne me rappelais pas avoir laissé là. Nous l'avions accroché, à l'aide de cordelettes, à des branches d'arbres, pour en faire une cabane dans laquelle nous pourrions nous cacher.

– Maman, tu es réveillée ?

– Oui, je suis réveillée. Et toi aussi, à ce que je vois.

– On y va, alors ?

– Oui.

Elle s'était enveloppée dans une de mes chemises, la tête posée sur mes genoux, pendant que je buvais mon café. La maison n'était pas aussi grande que dans mon souvenir. Les meubles n'avaient pas changé depuis quarante ans. Dans quelques heures, après le mariage de ma sœur, nous irions peut-être, sous la canicule, marcher dans le silence des prairies, traverser les collines sans oiseaux jusqu'aux plages – et puis nager.

Ils dormaient. À cause de la chaleur, certaines sections de routes avaient été fermées car l'asphalte avait commencé à fondre. Des invités avaient prévenu qu'ils seraient en retard. Nous étions sorties de la maison. Nous avions marché, pieds nus, dans les herbes hautes, jusqu'au ventre de notre cabane dans lequel nous nous étions glissées.

Les paroles d'une comptine lui montèrent aux lèvres, je la suivis, assise face à elle, marquant la cadence, nos mains l'une contre l'autre, puis sa main droite contre ma main gauche, puis sa main gauche contre ma main droite, puis à nouveau nos deux mains l'une contre l'autre. Puis elle cessa de chanter, se leva, sortit de la cabane, fit de ses petits pieds ronds quelques pas dans la clarté de l'été et revint s'asseoir à côté de moi. Nous étions en train de regarder le vent, très doux, rider la surface de l'étang, quand tout à coup elle me dit :

– Écoute, maman. À mes yeux tu es très spéciale. À mes yeux tu es comme un cœur flottant sur l'eau douce. Tu es la meilleure maman du monde.

Elle ne vit pas que j'essayais de lui répondre quelque chose, mais que je n'y arrivais pas. Elle resta la tête appuyée contre ma poitrine et contempla, souriant doucement, sa petite main pelotonnée dans la mienne, la libellule aux ailes fragiles qui voletait au-dessus de l'eau. La brise faisait danser le drap de notre cabane, comme elle ferait danser le voile perlé de la mariée, et au-delà de l'étang la cime des peupliers, puis au-delà encore les grands arbres de la forêt. Je regardais les lignes qui se croisaient et se chevauchaient dans la paume de ma fille, les brins de cheveux qui s'échappaient de ses tresses, son œil grave et, sous le nez à la pointe ronde, sa bouche résolue rosie par la nuit ; mes yeux partirent vers le chemin d'herbes qui conduisait à la vieille maison, ensevelie sous le lierre, dans laquelle dormaient tant de portraits couchés les uns contre les autres d'êtres dont les voix n'existaient plus que dans ma bouche, tant de films de famille dont un jour nul ne verrait plus les images ni n'entendrait le son, tant de lettres, pleines d'ardeur, d'amertume, de chagrins, de mensonges, de médiocrité, de courage, et de grandeur, qui redeviendraient cendres ; je vis tout ce que j'y avais rêvé et conçu en secret, quand la clôture d'une chambre d'adolescence ne suffit plus à contenir l'urgence du désir ou du désespoir, et qu'il faut fuir, à travers la boue grasse et chaude des champs, jusqu'à l'arrière-salle du bureau de tabac du village, pour fumer des cigarettes brunes à s'en étourdir, boire les sourires et les grimaces des hommes avinés, s'enivrer des ciels qui se constellent dans leurs yeux tristes, jouir, enfin, de ma laideur d'adolescente et de ma gaucherie, et converser avec des spectres en riant jusqu'à disparaître entièrement, sans fracas, dans les mots qui nous raconteraient tous un jour avant que nous devenions nous aussi cendres et qui, déjà, crépitaient dans ma tête, puis rentrer, parce qu'il fallait bien rentrer (sachant déjà qu'un jour je les quitterais pour de bon), en courant sous le manteau des forêts, la bouche et les cheveux fouettés par le vent, jusqu'à ma chambre dont les murs étaient remarquablement assortis à ma médiocrité ; puis mes yeux revinrent sur l'arche de sa paume que jamais je n'avais osé rêver.

– Je voudrais te remercier, lui dis-je.

– Me remercier ? Mais pourquoi ?

– Parce que tu as traversé des choses qu'un enfant de ton âge ne doit normalement pas traverser. Tu as entendu des choses qu'un enfant ne devrait pas entendre. Tu as vu des choses qui t'ont fait peur. Tu as été de nous tous la plus courageuse, parce que ton cœur est pur.

Elle me regarda, très surprise, puis secoua la tête.

– Parfois, j'ai le cœur noir.

– C'est quoi, pour toi, avoir le cœur noir ?

– Ça veut dire que je suis méchante, mais que je le cache.

– N'aie pas peur de l'obscurité que tu portes en toi, car c'est aussi ce qui fait que tu danses avec tant d'humilité et que l'on est venu te chercher pour te faire jouer dans deux films, en te disant à chaque fois qu'on t'engageait, toi, et pas une autre personne, parce que tu ne joues pas les sentiments, tu les vis. Bien sûr, ça ne veut pas forcément dire que plus tard tu deviendras une artiste. Et si tu deviens un jour une artiste, ça ne voudra pas dire que tu es une personne meilleure que les autres, mais simplement que toi, tu as ce don-là, cette différence-là, cette sensiblité-là, qui t'a été donnée sans que tu le veuilles, et qu'il ne faut pas la craindre, mais la cultiver comme une grâce. N'oublie jamais : ne te soumets à rien, même pour plaire. Reste libre, de toi comme des autres. Ton père et moi, nous sommes très fiers de toi.

Ses yeux s'ouvrirent tout grands. Elle se redressa, passa ses bras autour de mon cou. Et levant les yeux vers le ciel sans pourquoi dont je m'étais crue chassée, je le vis flamber au centre de mon cœur.

– Attends, lui, dis-je, je vais te montrer quelque chose.

Elle regarda le livre que j'avais laissé la veille au soir dans la cabane et que je tenais entre mes mains.

– Maman, pourquoi tu as fait une corne sur cette page et un trait sous ces mots ?

– Parce que je les trouve beaux.

– Je peux essayer de les lire ?

– Oui, bien sûr. Tu peux.

– D'accord.

Elle posa sa tête contre ma poitrine, elle resta ainsi un instant, les yeux baissés vers le livre, ensuite il y eut sa voix, sa voix timide, délicate et tendre :

– «Écoutez le dénouement, écoutez-le avec moi. Un groupe d'instruments s'efface après l'autre et ce qui subsiste, ce sur quoi l'œuvre s'achève, c'est le *sol* aigu d'un violoncelle, le dernier mot, le dernier accent, qui plane et qui s'éteint lentement dans un point d'orgue pianissimo. Puis plus rien – le silence, la nuit. Mais le son, encore en suspens dans le silence, le son qui a cessé d'exister, que l'âme seule perçoit et prolonge encore, et qui tout à l'heure exprimait le deuil, n'est plus le même. Il a changé de sens, et à présent il luit comme une clarté dans la nuit », oh, tu as vu, maman, comme je sais bien lire, maintenant.

– Tu te rappelles, quand je t'avais dit, une fois, dans la cuisine, que ce jour arriverait ?

– Oui !

– Tu vois, je te l'avais promis.

À l'ouest du Pacifique, au large de l'Indonésie, la poche d'eau normalement maintenue près de la côte par le souffle des alizés venus du Pérou, de l'autre côté de l'océan, se rompit brusquement et se déplaça, entraînant un cortège de précipitations vers l'Amérique. Un ouragan d'une force inouïe, qui, des semaines plus tard, en ferait naître un autre, plus monstrueux encore, défiant l'imagination, le plus extrême ayant sévi sur l'océan Atlantique et qui ferait rentrer les vagues jusque dans les maisons et les boutiques devenues la proie des pilleurs, déferla sur les côtes américaines du golfe du Mexique, ravageant des hôtels, arrachant des toitures, renversant des voitures. On vit flotter à la surface de l'eau de grosses taches brunes, tels des radeaux vivants. C'étaient des amas de fourmis de feu qui, chassées par les inondations, s'étaient liées les unes aux autres par les crochets que forment leurs pattes, en plaçant, au centre de ce radeau, leurs œufs et leur reine, afin d'assurer la survie de l'espèce. Des centaines de personnes se retrouvèrent bloquées dans les eaux. Plus de quatre cent cinquante mille personnes furent privées de logement. À Freetown, en Sierra Leone, des pluies continues saturèrent le sol des collines surplombant la ville. Elles cédèrent sous le poids des eaux, s'affaissèrent, causant des coulées de boue qui firent dériver les habitations et les habitants jusqu'au large de la Guinée voisine et sur ses côtes. De catastrophiques inondations frappèrent l'Inde, le Bangladesh et le Népal, laissant des milliers de communes coupées du monde. On ferma les écoles. Les camps d'hébergement provisoire se gorgèrent de personnes sans logis. Au Népal, faute de terre sèche pour enterrer les morts, on laissa les flots de boue les emporter. Au Bangladesh, plus d'un tiers du pays se trouva submergé par les eaux. Six cent mille hectares de terres agricoles, la première ressource économique de ce pays, l'un des plus pauvres du monde, furent engloutis. Les vents s'intensifièrent encore. En Corée du Nord, l'armée de Kim Jong-un encouragea ses soldats épuisés par l'entraînement et par le manque de nourriture à voler du maïs dans les champs pour être prêts physiquement en cas de guerre avec les États-Unis. Des précipitations torrentielles frappèrent l'Amérique du Sud. Massée subitement le long des côtes sud-américaines, la poche d'eau chaude empêcha l'eau froide riche en plancton et en nutriments de remonter des profondeurs. Le poisson se raréfia. Des milliers de pêcheurs se retrouvèrent au chômage. Repoussés très loin de la mer, là où les glaces persistent mais dans des eaux moins riches en phoques et en poissons, des ours polaires se mirent à errer, hagards et faméliques, sur des terres dépourvues de glace. Des pluies brèves mais d'une intensité rare s'abattirent sur le nord du Chili. L'enfant que l'on appelle *El Niño* souffla, et souffla encore, jusqu'à faire enfler tout ce que le ciel comptait de nuages au-dessus du désert d'Atacama. Alors, dans un grand rire très pur, il les creva. La pluie, que personne n'attendait, tomba sur le sol sec et dénudé où toute forme de vie semblait pourtant évanouie. Au matin, le désert le plus aride du monde se couvrit de millions de fleurs blanches et roses.

Seuls se plaignent les sots.
Courons gaiement le monde
Contre vents et marées !
S'il n'est de dieux sur terre,
Nous serons Dieu nous-mêmes.

Klagen ist für Toren.
Lustig in die Welt hinein
Gegen Wind und Wetter !
Will kein Gott auf Erden sein,
Sind wir selber Götter.

WILHELM MÜLLER, *Le Voyage d'hiver*,
Die Winterreise.

Sources

Thomas Bernhard, *Des arbres à abattre : une irritation* (1984), traduit de l'allemand par Bernard Kreiss, Gallimard, « Folio », 1998.

Karen Blixen, *La Ferme africaine* (1937), traduit du danois par Alain Gnaedig, © Éditions Gallimard, « Folio », 2006.

Pierre-Henri Castel, « La pulsion de mort vient du futur », *Le Coq Héron*, n° 231, 2017.

Lawrence Durrell, *Le Quatuor d'Alexandrie* (1957-1960), traduit de l'anglais par Roger Giroux, Le Livre de Poche, 2003.

Mélanie Jacquemin, *« Petites nièces » et « petites bonnes » à Abidjan. Les mutations de la domesticité juvénile*, La Découverte, 2002.

Jean de la Croix, *La Nuit obscure*, Seuil, « Points », 1984.

James Joyce, *Ulysse* (1922), dans la traduction d'Auguste Morel, traduction de l'anglais (Irlande) revue par Valéry Larbaud, Stuart Gilbert et l'auteur, © Éditions Gallimard, « Folio », 1929, 1957.

Nagisa Oshima, *L'Empire des sens*, 1976.

Fernando Pessoa, *Le Livre de l'intranquillité* (1982), traduit du portugais par Françoise Laye, Christian Bourgois, édition de 2007.

Élisabeth Roudinesco, *Lacan, envers et contre tout*, Seuil, 2011.

Bram Stoker, *Dracula* (1897), traduit de l'anglais par Jacques Finné, Éditions Pocket, 1992.

Léon Tolstoï, *Anna Karénine* (1877), traduit du russe par Henri Mongault, Gallimard, « Folio », 1952.

Richard Wagner, *Tristan und Isolde* (1865), édition bilingue, Aubier-Montaigne, 1993.

Richard Wagner an Mathilde Wesendonk, Tagebuchblätter und Briefe, 1853-1871, Alexander Dunker, Berlin, 1904.

Le témoignage de Jean Collart p. 180 est issu des archives de l'Association française Buchenwald, Dora et Kommandos et est publié sur le site de l'UNADIF.

La phrase lue par la petite fille p. 360 est extraite du roman de Thomas Mann, *Le Docteur Faustus* (1947, traduit de l'allemand par Louise Servicen, © Albin Michel, 1950, 1996), biographie fictive d'un génie de la musique, Adrian Leverkühn, qui vendit son âme au diable en échange de la connaissance, au moment même où la société allemande basculait dans une décadence intellectuelle qui devait la conduire au nazisme.

Remerciements

Je remercie l'Institut français pour la bourse Stendhal qui m'a été accordée et m'a permis de passer un mois à Vienne, en Autriche, où ce livre a été rêvé, puis commencé, ainsi que celles et ceux qui ont soutenu ce projet.

Merci aux réfugiés de la Maison des réfugiés de Paris, et aux réfugiés rencontrés à la gare de Vienne, en Autriche, d'avoir accepté de me raconter des bribes de leurs histoires.

Au Dr Herwig Czech, de l'université de Vienne, et à la direction de l'hôpital Otto Wagner, notamment le Dr Rainer Miedler, de m'avoir ouvert les portes de l'hôpital psychiatrique Otto Wagner, anciennement appelé hôpital de Steinhof, où, pendant la Seconde Guerre mondiale, plus de trois mille deux cents patients adultes et au moins huit cents enfants malades mentaux, délinquants ou asociaux ont été délibérément exterminés. Ma gratitude profonde va au travail qu'il accomplit sans relâche, depuis des années, pour mettre au jour l'ampleur des crimes commis dans son pays, pendant la Seconde Guerre mondiale, sur des personnes, enfants ou adultes, atteintes d'une maladie mentale.

À Johannes Schröer, pour m'avoir accueillie, pour une nuit, au sein de l'association Train of Hope, où j'ai pu assister aux soins apportés aux milliers de réfugiés à leur arrivée en gare de Vienne.

À l'International Tracing Service (ITS) de Bad Arolsen et au service des Archives du mémorial de Buchenwald, qui m'ont permis d'accéder à des documents d'archives concernant mon grand-père et la vie quotidienne des déportés au camp de Schönebeck.

À Vincent Hein, pour ses précisions concernant les plages de Grand-Bassam et la vie en Côte d'Ivoire.

À Souad Bent-Abbes et à Pacôme Thiellement dont l'amitié est un baume.

Aux personnes de ma famille qui m'ont transmis les archives, les pièces judiciaires, les lettres et les partitions citées dans ce livre.

À Jacques André et aux lieux d'une ruse.

À Hugues Jallon et à Olivier Bétourné.

À Estelle Roquetanière, pour sa scrupulosité merveilleuse.

À mon agent, François Samuelson, pour son soutien indéfectible, et à mon éditeur, Frédéric Mora – sans leurs lectures attentives, je n'aurais pas pu continuer.

RÉALISATION : NORD COMPO À VILLENEUVE-D'ASCQ
IMPRESSION : CPI FRANCE
DÉPÔT LÉGAL : JANVIER 2020. N° 142467 (3036324)
IMPRIMÉ EN FRANCE